転生しまして、現在は侍女でございます。 9

きちんと、ユリアには
話しておきたくて。
心配をかけたい
わけじゃないんだけど
アルダール
バウム伯爵家の長子で近衛騎士。
恋人のユリアへの熱い気持ちを
隠さない。
貴方の恋人は
ただ守られるだけの
女じゃないってところを
見せてあげる
ユリア
王女宮筆頭侍女として、プリメラに
仕える。有能だと思われているが、
恋愛ごとにはまだまだ疎い。
今日はこのまま
お休みで良いから、
早く早く！
プリメラ
クーラウム王国第一王女。ゲー
ムでは悪役令嬢になってしまう
予定だったが、ユリアの奮闘に
より才色兼備な姫に育った。
登場人物
紹介

やぁ、すまないね。
座って座って。
この書類にサインだけ
させてもらえるかな？
ナシャンダ侯爵
プリメラの義祖父。独身、社交界は苦手だが、ジェンダ商会の会頭とは仲がいい。
それにしても、
すごい人の数ねえ……！
ファンディッド子爵婦人
ユリアの義母。前ファンディッド子爵夫人が病気で亡くなった後、パーバス伯爵家から嫁いできた。
遊びに行きたいわ、
行きましょう
ビアンカ
宰相の妻で公爵夫人。ユリアのよき友人で、プリメラへの貴族令嬢の教育も担っている。
恋愛感情もなく、結婚するっていうのが、
あたしにはわからなくて……
ミュリエッタ
ゲームのヒロインで、ユリアと同じ転生者。アルダールのことが好きで、ことあるごとにユリアたちの前に現れる。

Contents

プロローグ 6
第一章 蚊帳の外ってこのことだよね？ 10
幕間 残念だなあと思いながらも 73
第二章 待てど暮らせど、乙女心は複雑で 81
幕間 遊びに行こうと誘いをかける 134
第三章 腹が立つことくらいある 141
第四章 啖呵を切るにも準備が必要 195
幕間 それだから、かっこいい。 240
第五章 暗躍・駆け引き・情報戦 247
幕間 想像したら、楽しくて 300
幕間 起死回生を望む者 311
第六章 鬼が出るか、蛇が出るか 322
番外編 聞こえてくる、現実の足音 365
番外編 息子は、かく願うのだ 373

プロローグ

穏やかな日々ってなんだっけな？

そんなことを考えるくらいにはめまぐるしい日々を過ごしております。

みなさまいかがお過ごしですか？　私は元気です。


さて、可愛い弟の婚約も恙《つつが》なく調《ととの》いそうですし、将来の義妹《いもうと》もなんだか申し訳なくなるくらい私のことを慕ってくれていて……悪いところが一つもない状況です。

お父さまとの距離もグッと縮まってますよ！

最近じゃあ〝お仕事をする私〟に対しての理解度も高まっている気がします。

(だからって仕事の愚痴《ぐち》を手紙に書いて送ってきちゃだめだけどね……)

最近メレクが優秀で自分の立場が……なんて手紙をお父さまからいただきました。

お父さまったら！

まあ、そんな感じですが……それでもこんな感じのコミュニケーションを取れるようになったというだけでも私たち親子の歪《いびつ》さが少しずつ解消されていっている証《あかし》だと思います。

ちなみに手紙自体は昔からやり取りをきちんとしてますよ。

なんせ私は王城でずっと生活していますからね、そりゃ対話不足だと言われればその通りです。

申し開きのしようもございません。

とはいえ、挽回はできるというもので……。今後に期待してもらいたいところですね！

（でもメレクとは今後、手紙のやり取りが減っていくのかしら？）

そりゃまあ可愛い婚約者もできたのだし、そちらとのやり取りがメインになるのだろうなと思うと姉としては少しだけ寂しい気持ちになっちゃいますね！

……いや、もしかしたら将来の義妹であるオルタンス嬢からお手紙をいただく可能性もあるのか。

（そう考えたら便箋《びんせん》の種類をいつもより多く揃《そろ》えておいた方がいいのかしら？）

あまり備えすぎて失敗しても格好悪いですが、便箋は数種類置いておくと便利ですよね。

出す相手によって使い分けたりするのも楽しいものですから！

去年はアルダールとよく手紙のやりとりをしたなと懐かしくなりました。

（今思えば、あれが始まりだったのかなあ）

ちょっとだけ、本当にちょっとだけですが、思い出すと甘酸っぱい気持ちになりますね‼

まあ、それはともかくとして。

何かあった時にこれから親戚付き合いをすることとなるセレッセ兄妹とは、今後とも親しくしていけたらなと思う次第です。

特にセレッセ伯爵であるキースさまはアルダールの先輩でもあるし、よき理解者のようですから。

曲者《くせもの》っていうか、親切なのだけれど掴《つか》み所がないっていうか……とにかく少しクセのある人ですが、頼りになることは間違いありませんからね！

反対に、同じ親戚……というのもおかしな話ですが、遠戚にあたるエイリップさまは相変わらずでしたね……王城で絡まれるとか思いも寄りませんでした。

あの後どうなったのかしら？

とりあえず隊の方で罰を与えられたという話を最後に、その後はお会いしておりません。

エイリップさまに絡まれた際には何故《なぜ》かミュリエッタさんに助けられました。

（あれには驚かされましたね……）

若干《じゃっかん》ミュリエッタさん周辺がきな臭い……というほどでもないのですが、ちょびっとだけ不穏《ふおん》な雰囲気を漂わせているっていうか。

貴族として面倒を見てくれる寄親《よりおや》が見つからないままでどうなることかと思っていたら、何故かタルボット商会がいつの間にか彼女の後見を担《にな》っていて、ついでにご挨拶《あいさつ》されちゃったというわけがわからない状況です。

（いい加減、私は平穏《へいおん》に暮らしたいのになあ）

なんでか以前の、大公妃殿下から始まったお父さまの借金問題で感謝されるっていうよくわからない事態に困惑が隠しきれませんでしたが、まあ侍女として鍛えられた表情筋のおかげでその場は乗り切れましたよ！

ただまあ、内心バクバクでしたけどね！

これは今後も彼女たちに悩まされるかとその時は思ったんですが……。

しかしながら、私は今後ノータッチの構えで行けとヒゲ殿下にも言われちゃいましたし、アルダールにもその通りだと頷《うなず》かれちゃいましたし。

（確かに、そうなのよね……）

私は、ミュリエッタさんに対して苛《いら》つくのと同じくらい……彼女のことを、心配していました。

でもそれはあくまで過去形ですよ？

ヒゲ殿下にも言われましたが、彼女は私が心配すべき範囲の外にいる人なのです。

私が責任を持たなければいけない相手は、他に大勢います。

愛すべき家族、同僚、それから後輩。

私を大事にしてくれて、そして私も大事にしたい大切な恋人。

それから。

なにより大切な、大切なプリメラさま。

もうすでに私の手の中にはたくさんの『大切で、守りたいもの』があります。

中途半端な気持ちで心配をしたって、ミュリエッタさんにも私にも、どちらにとっても良いようにはならないのです。

改めて、反省しました。

私には、私が守るべきものがあって、そして自分ができることを見誤らないことが必要なのです。

ただの個人としてだけでなく、王女宮を預かる筆頭侍女という立場、そして王女殿下の専属侍女として、私は甘ったれたことだけを考えてはいけないのです。

私人としても公人としても、己《おのれ》の力量を忘れて人に迷惑をかけちゃいけませんよね。

その辺りを自戒して、頑張っていきたいと改めて決意をいたしました！

第一章　蚊帳の外ってこのことだよね？

……とまあ、決意も新たに職務に励む私ですが、現在緊張の極みにあります。
そりゃもうなんていいますか、借りてきた猫の気分って感じですかね？
いや、それもちょっと違うな……。
(とにかく緊張、する)
隣には笑顔が可愛いプリメラさま。今日も天使。
その大天使なプリメラさまの傍《かたわ》らにはセバスチャンさんの姿。
他にはレジーナさんとメッタボン、それからスカーレットとメイナもいます。
安心できるメンツです。
そう、いつものメンバーですよ‼
ですが、緊張しちゃうんですよ。そりゃ緊張だってしますとも。
私だって人間だもの‼
そもそもなんで私がこんなにも緊張しているかっていうとですね。
「それではファンディッド子爵令嬢さま」
「……セバスチャンさん、面白がっていませんか？」
「いえいえ、そのようなことはありませんぞ。ささ、どうぞ」
そう！　なぜならば‼

今の私は『王女宮筆頭のユリア』ではなく、『王女殿下の親しい友人である子爵令嬢のユリア』という立場なのです。

当然そうなると、みんなの私に対する態度も〝王女殿下のご友人〟に対するものとなるわけで……。

ええ、頭では理解しておりますとも。

でもね？

セバスチャンさんはどう考えても楽しんでおられますし⁉

メイナとスカーレットはチラチラ見て楽しそうですし⁉

メッタボンはこちらを見るなり指をさして笑おうとしたので、レジーナさんが真顔で渾身《こんしん》のひじ鉄を繰り出したことをここにご報告申し上げます。

「ユリア、どうしたの？　乗らないの？」

先に馬車へ乗っていたプリメラさまが、不思議そうな表情をして顔を覗《のぞ》かせました。

ああ可愛い！

今日も本当に可愛いです、プリメラさま‼

そんなプリメラさまをお待たせするなどできるだろうか。いや、できません（確信）。

「いいえ何もございません！　大変お待たせいたしました」

「ううん、ユリアが大丈夫ならそれでいいわ！」

私の返答にプリメラさまが嬉《うれ》しそうに笑顔を浮かべて……天使かな？　天使だな！

まあいろいろと思うところは多々ありますが、私も覚悟を決めてセバスチャンさんの手を取りました。

なんせ今回乗り込むのは王族の馬車なのです。

以前も乗ったことはありますが、あれは侍女としてでした。

今回はプリメラさまの友人という立場なので、給仕される側になるのですが……やはり落ち着けそうにありません。ドキドキします……！

もちろん、表面上は落ち着いた淑女ですけれども!!

ちなみに今回、プリメラさまの給仕役として同乗するのはセバスチャンさんです。

経験を積ませるという意味ではスカーレットかメイナでも……とは思ったのですが、それはまた次の機会にしようとセバスチャンさんと私で決めました。

まだあの二人、遠出となると少しソワソワしちゃいますからね。

しかしそのうち何かしら任せてみたいと思っています。

公務に連れて行くのもいいかもしれません。今のところ難しい話はなさそうですし。

(それにしても、相変わらず魔法の馬車ってすごい……)

前回も思いましたが、これどうなってるんでしょうね？

馬車内部だっていうのに、王宮の一室と同じくらい広々としているんですよ。

王族御用達《ごようたし》の馬車ですし、プリメラさまが乗られるのですから当然と言えば当然なのですが、ここに私が客扱いで乗っていいのか……？　って筆頭侍女としての自分が必死に訴えてくるのがね……。

「ルイスおじいさま、元気かしら」

「きっとプリメラさまの到着を今か今かとお待ちだと思いますよ」

「ふふ、そうだったら嬉しいなあ！」

ルイスおじいさま、そう親しげにプリメラさまが呼ぶのはただお一人だけ。

そう、ナシャンダ侯爵さまのことです！

以前誕生祝いの品を贈っていただいた際にご招待されていたことが実現したわけですが……それ自体は構わないのですが、何故に私が令嬢として行かなくちゃいけないのか。

別にナシャンダ侯爵さまはプリメラさまと私がセットで来ればどのような立場だろうと歓迎してくださると思うんですよ、きっとね。

だけど国王陛下が『ファンディッド子爵令嬢と共に行くと良い』なんてプリメラさまに仰《おっしゃ》ったもんだから、私も侍女としてではなく令嬢として行くことになったのです！

おのれ陛下、何故そんなことを仰ったのですか……!!

まあプリメラさまが一緒にナシャンダ侯爵邸の薔薇《バラ》が美しい庭園でお茶を共にしたいと楽しみにしておられるので、私としては否《いな》やということはないのですが。

ただね、侍女としての振る舞いならば誰にも引けは取らないと自負しておりますけれど、一人前の貴族令嬢としてというのは、まだまだ経験値が足りなくて緊張せざるを得ません。

（もちろん、顔には出しませんけどね！）

そこのところは侍女として学んだスキルが活かせますからね、余裕です余裕。

こんなところで活用できると思いませんでしたけど。

ただまあ、顔に出さないことができるってだけで、令嬢としての優雅な振る舞いについてはまだまだ未熟と自覚しておりますので、そろそろ学び直した方が良いかもしれません。

内心はドッキドキですよ、ドッキドキ。冷や汗出てないですかね。

「ルイスおじいさまのお庭の薔薇、楽しみねえ」

「本当に。ナシャンダ侯爵さまの薔薇はやはり別格と思いますので」

「そうよね！　王城の薔薇も見事なのだけれど、おじいさまのところはまたいろいろな品種があってすごく綺麗《きれい》だもの！　わたしね、すっごく楽しみにしているのよ‼」

「まあ、きっと侯爵さまもそのお言葉を聞いたらお喜びになりますよ」

義理とはいえ祖父という立場にあるナシャンダ侯爵さまは、以前の交流でプリメラさまとの仲を深められましたからね。お二人はすっかり仲良しというわけです。

まあ？　プリメラさまの愛らしさを考えたら当然ですけど？

仲良くならない道理がありませんとも！

それにしても、ナシャンダ侯爵さまにお会いしたら話したいことがたくさんあるのだと無邪気に笑うプリメラさまは控えめに言って天使……いや、大天使だな！

「あっそうだ！　あのねユリア、ここでのことはルイスおじいさまには内緒よ？」

「まあ、何故ですか？　楽しみにしているのは良いことではありませんか」

「だってプリメラはもう公務にも携《たずさ》わるおとなだもの！　……だから子供みたいにはしゃぐなんて恥ずかしいでしょう？」

「……なるほど。ふふ、かしこまりました」

「ありがとう！　えへへ……ユリアが一緒だと思うと嬉しくって。ユリアはわたしのことだったらなんでも知っているから、特別よ。あ、セバスもだから安心してね！」

「ありがとうございます」

照れたようにそう仰るプリメラさまの可愛らしさに心が打ち抜かれちゃいますね……。

んんんん、いやもうそれ可愛いから！　ものすっごく可愛いから‼

それは私だけじゃなくセバスチャンさんもそう思っているのでしょう、いつも微笑みを浮かべていますけれど一段と優しい笑顔をしてますもの。

とはいえプリメラさまの言葉も一理あります。

まだ社交界デビューをなさっていないとはいえ、いつまでも子供扱いされるほどプリメラさまは幼くないのです。むしろそこらの大人よりも弁《わきま》えていらっしゃる。

確かにまだ数少ないとはいえ公務をこなしていらっしゃいますし、去年よりもずっと手足が長くなって背も伸びたプリメラさまのお姿は、どことなく大人びて見える時がありますしね。

きっとそのお姿に、ナシャンダ侯爵さまも良い意味で驚かれることでしょう。

そのうち、義理とはいえ祖父と孫でダンスだって踊れるようになりますとも！

今の段階でも踊ることは可能ですが、さすがにプリメラさまの社交界デビュー前にナシャンダ侯爵さまと踊ったら国王陛下とディーンさまが残念がっちゃいますからね！

デビューの際は親、あるいは親族、または婚約者とファーストダンスを踊るのが一般的です。

その辺りはナシャンダ侯爵さま、きっちりと弁えてらっしゃるでしょうから……お二人が踊るのは、もう少し先の話になるのでしょうか。

（私のデビューの際はアルダールが一緒に踊ってくれましたし！）

デビューせざるをえない状況だったとはいえ、なかなか良い思い出になったのでは。

いや正直あまり記憶にないんですけどね！

まあ、あの時はその後にあるプレゼンテッド・バイ・王太后さまによる寸劇が控えていたので、純粋には楽しめていませんでしたが……あのおかげでキースさまとも親しくなりましたし、アルダールと踊れたのですから冷静に考えると最高の環境だったのでは？

ただの社交界デビューだったら私、メレクと踊って終わったと思いますしね！

良い思い出だったかと問われるとちょっとそこは疑問ですけど‼

ただまあ、プリメラさまのデビューの際にはそういった面倒事は絡まないと思いますので、きっと純粋に楽しんでいただけること間違いなしです。

（ファーストダンスはやっぱり国王陛下かしら？）

溺愛《できあい》する娘のファーストダンスの相手になりたいって父親は多いらしいですからね！

ちなみにうちのお父さまはダンス自体があまりお好きではないので、お察しください。

それはそうとプリメラさまのデビューの際のエスコートはきっとディーンさまでしょう。婚約の発表もおそらく社交界デビューと同時です。

プリメラさまからも以前、そうなってくれたら嬉しいという話を耳にしておりますから……でもそうなると、ダンスの順番ってどうなるのかしら？

やはり国王陛下が一番手、ディーンさまが二番手として妥当《だとう》でしょうか。

この流れで行くと、ナシャンダ侯爵さまはやはり三番手以降ですかね？

いずれにしてもプリメラさまのお気持ち次第でしょう。

きっとどなたと踊られても、最高のダンスを見せてくださるに違いありません。

（それはもう絵になる光景でしょうねえ、想像するだけでうっとりしちゃう）

国王陛下もやはり美形ですし、親子でダンスとか絶対素敵じゃないですか。

もちろんディーンさまとの初々《ういうい》しいカップルがダンスしているのだって愛らしいこと間違いなし。

それに加えてダンディな侯爵さまと、美少女で大天使なプリメラさまの取り合わせとか……素敵以外の言葉が出てこないじゃないですか。なにそれどれも絶対に見たい。

（ああでもナシャンダ侯爵さまは社交場が苦手だからなあ、遠慮なさるかも……）

いえ、お二人は仲良しなのですから、これからそのような機会はいくらでも訪れるのでしょう。

見逃してなるものか。脳内カメラにばっちり焼き付けますよ！

その際にはもちろん、プリメラさまのために私も侍女として最善を尽くしますとも‼

「ねえ、ユリア？　そういえばユリアにルイスおじいさまがドレスをプレゼントしたと聞いたのだけれど、今着ているそのドレスは前から持っていたやつよね？」

「はい、さようにございます。侯爵さまからいただいたドレスは、あちらで着ようかと思いまして」

「そう！　きっとおじいさま、お喜びになるわ！」

私の答えに、プリメラさまがまた笑顔を見せてくれました。

本当にご機嫌ですね。

プリメラさまが笑顔だと、こちらまで嬉しくなっちゃいますよ！

ああ〜〜〜、尊い‼

それに尽きます。もうその一言に尽きますとも。

(今回のナシャンダ侯爵領への旅行も、すっごく楽しみにしてましたもんね‼)

それこそ出発の日までこっそり指折り数えていたことをこのユリア、知っておりますよ！

ああ、なんて尊いのでしょうか。

大事なことなんでね、何回言っても言い足りないものなのですよ……。

思わず変な声も出かかりましたが、そこはグッと堪《こら》えましたとも。淑女ですから。

なんとなくセバスチャンさんが状況を察したのか生温《なまぬる》い視線を向けてきましたが……私もここは気が付いていない体《てい》を貫きたいと思います。

「おじいさまのところのお庭なら、きっと冬薔薇もたくさん色とりどりに咲いているのでしょうね。お散歩できるかしら」

「きっとできますよ」

前日準備は私も参加していましたから、プリメラさまの防寒具もばっちりです！

まあ、準備に真剣になりすぎて、最終的にメイナとスカーレットに自分の準備もしてくれとお願いされてしまったのは失敗でした。

ついプリメラさまのこととなると、自分でいろいろしてあげたくて。

とはいえ、私の旅行準備は二の次で！　なんて言ってちゃいけませんね‼

(もうそろそろ、淑女としての立ち居振る舞いも考えなくちゃならないしなあ……)

私としても侍女としては統括侍女さまに厳しく育てていただきましたから、どこに行っても恥ずかしくない立ち居振る舞いができていると自負しております。

ですが、淑女としてとなると……ね。

自分でも、こう……いろいろと思うところはあるのです。

礼儀作法は当然ながら身についておりますが、優雅に微笑み続けて会話を続けるとか……。

私にはとてもとても、難しいんですよ。想像できません。

できないわけじゃないでしょうけど、ハードルが高い‼

（なんて言ってちゃだめなんだけどね……）

とはいえ、私が令嬢として正式なお茶会に参加した経験は、未だに少し前にサプライズで私の誕生日会が行われたビアンカさまのお茶会のみです。

あれだって結局身内の会なので、ノーカウントだと言われれば確かになって思うレベルでした。

今のところは〝王女殿下の専属侍女〟ということで、お茶会に誘って仕事を抜けられては困るという風に王太后さまとビアンカさまが手を回してくださっているので招待状をいただいたことはありません。

まだ少し猶予《ゆうよ》があるな……そう自分を誤魔化《ごまか》している状態です。

少なくとも、プリメラさまが正式に社交界デビューをなさるまでは私個人のことに煩《わずら》わされることなくできる限りお傍《そば》に控えること、という指示を統括侍女さまからいただいておりますので、現実逃避をしているってわけじゃないんですよ⁉

まあ主にそれって国王陛下からの命令でしょうけれども！

でも、プリメラさまのデビュー後は覚悟しておけよっていうニュアンスをビアンカさまから聞かされておりますので、そろそろ現実を受け止めねば……。

（今後はどこかのお茶会とかに誘われる可能性があることを念頭に、これまで以上に自分の行動に気を配るべきね……誰が見ているかわからないんだから）

私の行いは私自身の評価だけでなく、プリメラさまや実家、それにアルダールとか王女宮のみんなに繋《つな》がりますからね！

（小さな失敗をして周りに『侍女としてはできる女だけど、貴婦人としてはなあ』なんて言わせてなるものか……‼）

このユリア、みんなのために頑張りますよ！　今回もね‼

そんな決意も新たに意気込んでいる私に気づくこともなく、プリメラさまはとてもご機嫌です。

「ルイスおじいさまとユリアと、同じテーブルを囲めるだなんて夢みたい……！」

私としては身分的にもメンタル的にも若干場違いじゃないかって心配ですけど、その場にご一緒できること自体は夢みたいに嬉しいです、プリメラさま‼

そんなこんなで馬車の中であれやこれやと会話を楽しみながら、時にセバスチャンさんの美味《おい》しい紅茶に舌鼓《したつづみ》を打ちながら……ってこんな優雅な旅を私がしていていいのか……？

ちょっとドキドキしてきました！

まるで淑女の生活みたいじゃないですか。淑女ですけど‼

しかしプリメラさまへのお茶は私が淹《い》れたかったなあ……なんてチラッと思ってしまったのですが、セバスチャンさんにはバレバレだったようです。

『おとなしくしているように』

そう視線で釘を刺されたような気がしますが、気のせいではないはずです……。

これも付き合いの長さゆえってやつでしょうか？

視線で大体言いたいことが伝わるっていうのは普段だとものすごく助かりますけど、こういう時は少しだけ不便だなあとか思ったり思わなかったり。

特に私はセバスチャンさんに叱られるのは弱いんですよね。

あまり叱られた記憶はないのですが、だからこそ叱られる時は怖かったというかなんというか。

今でこそ私は王女宮筆頭としてしっかり者であると定評をいただいておりますが、それはセバスチャンさんや統括侍女さまたちがあれこれ教えてくださったからなので……。

そういう意味でもやはり頭が上がりません。

「……ねえユリア」

「はい、なんでございましょう？」

「いつか……わたしもファンディッド領に行ってみたい」

「え？」

「かあさまが育った土地を、プリメラも見たいなあって思ったの。公務でお外に出られるようになったし、実績を積めばいつかはお父さまもある程度の外出を許してくださるんじゃないかしら？」

プリメラさまが、はにかむように笑みを浮かべました。

その可愛らしいことったら！

王族であるということに加えて、国王陛下からの溺愛のせいでほぼ城外に出たことがないプリメラさまにとって、公務というのは世界を広めてくれるものだったのですね……！

確かに今はまださほど大きなお仕事もなく、慰問のようなものが殆《ほとん》どですが……それでも実績を積まれれば国王陛下だってお許しくださるに違いありません。

まあ、今回のように王女騎士団、それに加えてメッタボンのような腕利きを護衛に置くことが前提となるでしょうが。さすがに冒険者をつけるより、騎士たちだけで囲むことになるでしょうか。

移動の途中は王女騎士団だけでなく、各領地における領内の治安を主な役割とする私兵騎士団も加わっての移動になります。

前回ナシャンダ侯爵領に向かった際は近衛騎士がいてくれましたから、各領地の私兵騎士団は合流しませんでしたが……あれはあれでなかなか仰々《ぎょうぎょう》しかったというかなんというか。

まあこれも王族であるがゆえ、ってやつです。仕方ありません。

「それからね、バウム領も行きたいの。いつか嫁ぐのだから慌てることもないかなって思うのだけど、行ってみたいなって……ほら、かあさまが前に話してくれたでしょう？」

「え？」

「セレッセ伯爵家のご令嬢が顔合わせの時に領内を見て気に入ったようだって」

「……そういえば、そのようなこともありましたね」

照れくさそうに笑うプリメラさまは、誤魔化すようにお茶を飲んでふぅっと息を吐き出しました。

その仕草は、どこかご側室さまに似ていて、思わずドキリとしたのは内緒です。

きっと成長した暁《あかつき》にはご側室さまと同じくらい……いえ、それ以上の美姫になること間違いなしです。

そうなったら陛下は本当にプリメラさまをお嫁に出せるのかしら。

なんだか今から心配になってきました。

けれど、プリメラさまはそんな私の心配をよそにとても楽しそうに笑ってらっしゃいます。

「その話を聞いて羨《うらや》ましいなって思ったの。いつかわたし、バウム家へ嫁ぐでしょう？　それならわたしも自分が暮らしていく土地を、そこに住まう人たちの顔を今から見ておきたいなって思ったの」

「プリメラさま……」

「王城にいるだけではわからないことは、たくさんあるもの。これから大切にしていきたいものを、今から確かめておきたいなって思って」

「……とても良いお考えと存じます」

つい最近までまだまだ子供だ、なんて思っていたのに。

子供の成長は、なんて早いのでしょう。

（そういえばメレクも気が付いたらすっかり大人の顔つきですものね）

私はニコニコ笑うプリメラさまの笑顔を、まぶしく思ったのでした。


「まあ、すごい……」

「本当ね、すごい……‼」

手紙にあった通り、ナシャンダ侯爵さまのお庭では冬でも薔薇が美しく咲き誇《ほこ》っていました。

以前、夏の折に見た時とはまた少し違った趣《おもむき》があるように思えますね。

なんと言いましょうか。冬の澄んだ空と、鮮やかな薔薇と葉の緑がなんとも美しいのです。

「キラキラしてて、宝石みたい！」

「さようでございますね、冬にもこれだけの薔薇が咲くだなんて……」

「さすがはルイスおじいさまのお庭だわ！」

どこか誇らしげなプリメラさまもまた大輪の薔薇のようだなんて思いましたが、私がそれを言葉にしても似合わないので止めておきました。

そういうのはカレシとかイケメンとかの役割です。

このユリア、さすがにその辺は弁えておりますよ……!!

そうして屋敷の入り口前で停まった馬車から降りると、侯爵家の使用人たちがずらりと並んで私たちを出迎えてくれたわけですが……そこにはナシャンダ侯爵さまのお姿もありました。

変わらぬ柔和な微笑みで、ですが以前とは違いぎこちなさはどこにもない、親愛の情に満ちた表情を浮かべておいでです。

「王女殿下、ファンディッド子爵令嬢、ようこそナシャンダ侯爵領へ。このルイス・アレス・フォン・ナシャンダ、首が長くなってしまうかと思いましたよ」

「ルイスおじいさま！」

なんて反応して良いのかちょっぴり判断に困るジョークを交えつつ、ナシャンダ侯爵さまが出迎えの口上を述べてくださったところで、プリメラさまが嬉しそうに駆け寄りました。

そして飛びつこうとしたところでグッと堪え、優雅にお辞儀《カーテシー》をなさいました。

「お招きありがとうございます、ルイスおじいさま」

「遠い所よくおいでくださいました、殿下。馬車での移動でお疲れではありませんかな？」

「いいえ、まったく！」

「それはようございました」

「お会いできてとても嬉しいわ。滞在中、どうぞよろしくお願いします」

以前、夏の滞在ですっかり打ち解けられたお二方《ふたかた》はニコニコとしていて、見ているこちらが幸せになるっていうか……。

いいなあ、いいなあ、こういうのがいいんですよ。

こういう和《なご》やかな空気こそがとても癒《いや》しになるのです！

思わずそんな風にほっこりとお二人の姿を見ていると、ナシャンダ侯爵さまがこちらに視線を向けてにこりと微笑みました。

王城の紳士たちとはまた違ったそのジェントルな穏やか笑顔に思わずドキッとしたのは内緒です。

いやあ、ナシャンダ侯爵さまは素敵な方ですから仕方ないですよねー‼

「ユリア嬢も、ようこそ。貴族令嬢としての貴女《あなた》を今回お招きできて、とても光栄に思うよ」

「ナシャンダ侯爵さまに再びこうしてお目にかかれること、大変光栄です。このたびはお招き、誠にありがとうございます」

「ははは、そう堅苦しくならずに自分の家だと思って寛《くつろ》いでくれると嬉しいのだけれどね。今回は以前とは別の部屋を用意させてもらったんだ。ユリア嬢が気に入ってくれたらいいんだが」

「お心遣いに感謝いたします」

小首を傾《かし》げて心配そうに仰るジェントルマン、なんだか可愛らしく見えるから不思議です。

もちろん、満面の笑顔でお礼を申し上げました！


そりゃまあ？　前回はプリメラさまの侍女としてついてきたわけですから？

前回は使用人としての立場でお部屋をご用意いただいたのであって、今回は立場が違いますものね！

さすがに客人扱いされる側だと自覚しておりますので、客室に私の部屋が準備されていても驚いたりはいたしません。

だってほら、お客さまにお部屋を用意するのって当然じゃないですか。

そりゃもう館にある中でも良い部屋を準備しますよね。

ええ、侯爵さまのお宅ともなればそりゃあもう客室は特別仕様だとわかっておりますとも。

高位貴族ともなると客人に対して下手《へた》な部屋に案内するなど、逆に自分たちの品格が疑われるようなことになりますから、特に気を遣うものなのです。

特に、ナシャンダ侯爵さまは私たちに好意的なわけですし。

それに私は一応、ビジネスパートナーっていう立場にもありますし。

ならば客室の中でも一番はプリメラさまに、その次に良い部屋を……ってなりますよね！

私だってちゃんと、その辺りを理解していますとも！

ただね？　理解はしていますけどね⁉

「……これは、なんか、ちがう……。ちがう、よね……？」

ナシャンダ侯爵家の部屋に案内されて侯爵邸の侍女たちが下がったのを確認してから、私は思わず声に出して呟《つぶや》いちゃいましたね！

だってですよ。

私が案内された部屋が思っていた以上に凄《すご》すぎてですね……⁉

まあ、そこはいいでしょう。ある程度覚悟していたので、そこまで衝撃ではありません。

一般的に貴族の館にある客室というのは、それ相応に贅《ぜい》を尽くしたものであることが大多数でしょう。

それはお客さまをおもてなしするという意味合いはもちろんのこと、その貴族家の裕福さなどを見せつける場でもあるからです。

社交界で新しいドレスなどを身につけることと同じですね。その領地の特産品を用いたりして、運用を上手くやっているというアピールから付き合いを繋げていくこともあるので。

私が今いるお部屋も大変落ち着いた色合いの、侯爵家に相応《ふさわ》しい家具のお部屋です。

その調度品の数々に負けぬ美しさを誇る薔薇が飾られているのが、さすがナシャンダ侯爵さまのお屋敷だなあと思いますが、問題はそこじゃない。

いや、私が使っていい部屋なのかっていう心配はあるけど。

問題は、私の荷物以外にいくつか箱があるってことですよ！　それも綺麗に包装されたやつ‼

明らかに上質なリボンとかが結ばれちゃってる箱がでーんとあるなんて思わないじゃないです

か！

しかも、なんか見覚えがある箱なんですよね……。

以前、私の誕生祝いにくださったプレゼントの箱に刻印されていた店の紋章とよく似ている……いや、似ているっていうか、同じ……。どう見ても同じものです。

（いやいや待って⁉　なんでこの箱があるのかな⁉）

案内する部屋を間違えたとかそんなオチは……あるわけないですよね。

曲がりなりにも侯爵邸で働く侍女たちのレベルの高さは前回の逗留《とうりゅう》でよくわかっています。

彼女たちがそんな初歩的なミスをするとは思えません。

となると、この箱は当然……この部屋に滞在する人物宛《あて》の荷物、ということになるわけで……。

つまり、私ですよね。ひい、なんてことでしょう‼

おそるおそる近寄って、箱に手をかけてみました。

いくつか積み重なっている中で、一番手前にあった箱の蓋《ふた》をそっと開けてみると……そこには綺麗な帽子が入っているではありませんか。サイズ的には大人の女性用です。

どう見ても私宛ですありがとうございました。

（やっぱりぃぃぃー⁉）

同じ刻印があるのですから当然といえば当然ですが、こちらも良い品だということはわかります。

そして帽子があるということは他の箱は服なのかそれとも靴なのか⁉

とにかく、そういった系統のものが入っているに違いありません。

（ええ……？　どうしてこんな素敵なものがあるの……）

特に理由もなく贈り物がされるということに身構えてしまうのは、もう性分です。

とはいえ、私はナシャンダ侯爵さまにとってビジネスパートナーであり、義理とはいえ孫娘であるプリメラさまと親しくしている人間です。

自分で言うとなんだかくすぐったいな！

まあ、それはさておき……そういう関係だからこそ、侯爵さまが気を遣ってくださったのでしょうか。

だからといってこんなに過分な贈り物をしていただくのは申し訳ないというかなんというか……。

（さすがにいただけないと断ったら失礼よね。とりあえず、これ以上は開けないで侯爵さまの真意を確かめてからの方が良いのかしら）

特に意味はなく『ただのプレゼントだよ』とか言いそうで怖いな。

本当に高位貴族の方々って唐突にとんでもないことを言い出しますからね……！

気が向いたから工房を買ってみたけどつまらなかった、とか言い出すご令嬢を王城の庭で見かけた時にはギョッとしたものですよ。まあそんな人ばかりではないでしょうが……。

少なくとも弱小貴族からすると高位貴族の方々って結構こう……なんていうか、金銭感覚にズレがあると思うんですよね。

それも仕方のないことかもしれませんが。持っている領地ですとか、人脈ですとか……とにかく桁《けた》が違いますのでね。

そのおかげで経済も回っているわけですし……。

（侍女が何も言わずに去ったということは、私の判断に委《ゆだ》ねられているってことよね？）

私は少しだけ考え、覚悟を決めてから呼び鈴に手を伸ばしました。

ちりりりん。

軽やかな音色が響けば、すぐにノックの音が聞こえてきました。

おそらく近くに待機していたのでしょう、まあお客さま対応としては基本中の基本でしょう。

「どうぞ」

「失礼いたします、ファンディッド子爵令嬢さま。お呼びでございましょうか」

「ええ。ちょっと尋ねたいのだけれど」

家名で令嬢呼びとか本当に慣れなくて、思わず顔が引き攣《つ》りそう……‼

いいえ、今はそんなことを考えている場合ではありません。

私は精一杯、優雅な笑みを浮かべて侍女に尋ねました。

「こちらの品々は侯爵さまからの贈り物ですか？」

「はい。当家の主《あるじ》がファンディッド子爵令嬢さまにとご用意した品にございます」

「……そうですか、ではお礼を申し上げたいのでお時間をいただきたいとお伝え願えるかしら？」

「かしこまりました。少々お待ちくださいませ」

そうです、わからないなら聞けばいいじゃない！

多分、あちらもそれは織り込み済みだと思いますし……。

客人から時間をくれと言われれば、余程のことがない限りすぐに会うのがマナーというものです。

（これがただのプレゼントなのか、それとも別の思惑があってのことなのか……）

多分、前者でしょうけどね。

とはいえ、まさかここでもそんなことを考えなきゃならないなんて誰が想像してました⁉

そう思うとちょっと胃が痛いです。

しかしながらこのユリア・フォン・ファンディッド。

王女宮の筆頭侍女として、令嬢として、プリメラさまと楽しく薔薇園でお茶会をするためにも憂いを断ってみせようじゃありませんか‼

（……いや、そんな大それたことじゃないんだけど。ただ聞くだけだし）

内心グッと気合いを入れつつ、私は椅子に座って反応を待つことにしました。

侍女がいつ戻ってきてもいいように、表面上は冷静に。ビー・クールですとも。

（わざわざ国王陛下が私に『子爵令嬢として』プリメラさまと一緒にナシャンダ侯爵さまの所へ行けと言ったことは、きっと何かしら関係があると思うのよね……）

でもそうだとすると、その『何かしら』ってのは何がどうなっているのでしょうか？

今一つ、その影響とやらがわからないんですよね。

私が子爵令嬢として行動することが、何の影響を持つというのでしょうか。

なんせファンディッド子爵家はセレッセ伯爵家と縁が持てたとはいえ、まだまだ弱小貴族というところから脱せていないくらい弱小貴族家のはずです。

我が家は領地持ち貴族とはいえ、特別裕福ってわけでもないし、メレクは真面目な好青年ですが特別有能かと聞かれたらごくごく普通だと思いますし……いえ、貶《けな》しているわけではありませんよ？

領地経営において突出した才能は確かに領地を富ませることもあるでしょうが、能力値が平凡でも真面目な努力家っていうのは、つまるところ安定した経営ができるということでもあるのです。

できる人ってのは結果を出すこともありますが、周囲に理解されないことやそのために一人で突っ走って失敗することもあると聞きますから……ただ安定性を求めるなら、その方がいいのではないでしょうか。

幸いなことにメレクはそれができる人間だと私は思いますし、何よりオルタンス嬢が婚約者になったことできっと領地運営はより良くなると私は信じています。

(それを考えると、長女の私が王女専属侍女として高位の方々と縁があるといっても、ねえ)

多少はそれが理由でファンディッド家が注目されるでしょうが、かといってそれを理由に爆発的な躍進を遂げるってわけじゃないし……。

やはり評価されるにはそれなりの成果が必要ですからね‼

領民が心穏やかに、安心して暮らせるってことが大事なのです。もちろんお金も大事だけど。

そういうバランスの取れた領地経営ができるというのは高く評価してもらっていいと思うんだよね。大きな功績だけが目立つ世の中ですけど！

まあそれはどの領主にも言えることだから、うちに限った話ではありません。

(だからファンディッド家がどうのこうのって話じゃないと思うんだよなあ……)

そうだとしても、私に贈り物をしてくださる理由にはなりませんし。

うちの領地は薔薇の栽培には向かないし、ナシャンダ侯爵さまが懇意《こんい》にする必要はこれっぽっちも感じられませんもの。だとすればやはり私個人に関することでしょうか。

令嬢として招くことで、堂々とプリメラさまと私が一緒に過ごせる時間を用意してくれただけでしょうか。いやいや、それだとこの贈り物は何のためにってなるな……。

ナシャンダ侯爵さまはともかく、国王陛下からの下知《げじ》ってのがなぁ！

（わっかんないなぁ……‼）

偉い人の考えは難しく、そして複雑なのでこちらとしてはわからなすぎて困るんですよ。

一周回ってもう好きに振る舞ってしまえばいいんじゃないかってヤケになりつつありますが、さすがにそれではまずいことくらいはわかっているつもりです。

（まあ、ナシャンダ侯爵さまのお答え次第なんだろうけど）

おそらく、決して私にとって悪い話ではないとは思うんだけどね。

あっ、まさかと思うけど別件で何か悪いことがあって、そのお詫びの品という可能性も⁉

（……薔薇ジャムの売り上げがよくないから、ビジネスパートナー解消とか？　……違うよねえ、人気だって話はそこかしこで耳にするし）

聞かなきゃいけない、でも聞くのは怖い。

そんな心境の中、何度目かのため息を吐き出したところで先程の侍女が戻ってきました。

優雅なそのお辞儀は何度見ても見習いたいものです。

「主がお会いするそうですので、ご案内させていただきますが」

「ええ、ありがとう」

「それでは、どうぞこちらへ」

どうしよう。

やはり、緊張してきました！　頑張れ私‼

通されたのは侯爵さまの執務室。

以前にも特産品の件で足を踏み入れたことのある場所ですが、今日の私は子爵令嬢という立場での面会です。そこが前回との違いですね。

とはいえ、ナシャンダ侯爵さまが前回と違って、最初からフレンドリーなことが救いといえば救いなのだと思いますが……はあ、何度お会いしても素敵だなあ。

「やあ、すまないね。座って座って。この書類にサインだけさせてもらえるかな？」

「はい、もちろんでございます」

「すまないね」

私の姿を認めると、侯爵さまは優しい笑みを浮かべてソファを勧めてくださいました。

お仕事中だったのか、そんな真面目なお姿も大変素敵で眼福《がんぷく》です。

「これを頼むよ。それから彼女にお茶を」

「かしこまりました」

傍に控えていた執事さんがサインされた書類を受け取って出て行くのを見送ってから、侯爵さまは私の近くに歩み寄ってこられました。

「お待たせしてすまないね」

「お忙しいのですから仕方ありません」

「いやあ、今年はなかなか積雪がひどくてねえ。ようやく雪融《ど》けと思ったら、雪でいくつかの水路に傷みが発見されたのさ。それに関しては早く対処したくてね」

ウィンクをする侯爵さまは何でもないことのように私にお話しくださいましたが、大きな河川が領内を走るナシャンダ侯爵領としては大事な問題です。

お忙しいのだなあと思うと、なんだか私のことでお時間をいただくのも申し訳ない気持ちになりました。

タイミングが少し悪かったと反省しましたが、侯爵さまは気にしていなさそうです。

そのことに、正直なところ内心ホッとしました！

どうやらビジネスパートナーを外すという雰囲気ではなさそうですしね。

しかし、侯爵さまは侍女に茶を給仕させると、すぐに下がるようにと人払いをなされました。

「さて、君が私の所にやってきたということは、贈り物の件かな？　部屋に置いておいたのは気に入らない？　商人を呼んで選ぶ方が良かったかな」

「いえ、そういうわけではなく」

「ふふ、冗談だよ。だがまあ、あれらは君に似合うだろうと私が見繕《みつくろ》ったものだから受け取ってもらえると嬉しいな。……さて、それじゃあ事情を話すとしよう」

「話してくださるのですか」

思わずそう言ってしまいました。だって、そんなあっさり⁉

もっとこう、いろいろな駆け引き的な何かを経てちょっとだけヒントをくれるとか、そんな感じかと思っていたものですから‼

私の言葉からそれを察したのでしょう、侯爵さまはぽかんとしてからすぐに笑い出しました。

「いやあ、そんなに疑われるとは心外だなあ！　いや、まあ……私もあまり詳細は語れないのだけれどね。だけど、君は私にとって大事なビジネスパートナーだ。その信頼関係にひびを入れるのは、好ましくないと思うんだよね。そうだろう？」

悪戯《いたずら》っ子のような笑みを浮かべた侯爵さまに、私の方が今度は目を丸くしました。

そこまで仰っていただけるだなんて……!!

というか、やはり詳細は話すなという圧がどこからか来ているのですね。

侯爵さまレベルを相手にそれができる人なんて限られておりますけれども。ええ。

「まず、驚くようなことを言うからびっくりしないでおくれ」

「はい」

「上層部の間でユリア・フォン・ファンディッド嬢をこの私、ルイス・アレス・フォン・ナシャンダの養女にしたらいいのではないかという話が出たんだ」

「は……」

驚いて、声を上げることはなかった。

いや、驚いた。驚いたよ⁉

びっくりするなって方が無理でしょこれは。

だって理由が思い当たらないんですもの。なんで突然そんな話が⁉

しかし、私をナシャンダ侯爵家の養女にすることに利点はあります。

そう、それこそ……プリメラさまがお輿入《こしい》れとなった際に、バウム家の女性がお世話係となるならば、生家の身分が高い方がより望ましいはずです。

つまり、私をアルダールに嫁がせるならば、ただの子爵令嬢であるよりも、継承権の発生しない、それでいて身分ある人間の養女だと都合が良いのです。

しかもナシャンダ侯爵さまといえば、プリメラさまの生母であるご側室さまが養女として入った家……つまり、王家とは縁続き。

プリメラさまのことを考えれば、より良い関係になると考えられたのではないでしょうか。

（じゃあ、あのプレゼントは）

父親から、娘へ。

もしかして、そういう扱いなのでしょうか？

娘のように感じているというようなことを手紙に書いておられたのも、この布石だった？

（でも、お父さまからの手紙ではそんなこと、何も……）

そうだ、いくらなんでもそんな……養子縁組なんて大切な話に関して、実家から何一つ連絡がないというのは腑に落ちません。

私が動揺しながらそんな風に考えていると、侯爵さまがカップを置く音が聞こえてハッとしました。

（いけない）

自分の考えに入り込んでいました！

しかし侯爵さまはそれを咎《とが》めることなく、優しい笑みを浮かべておいでです。

「考えはまとまったかい？　先に答えを言うのもなんだから、君の考えを聞かせてほしいな」

「……話が出ただけで、子爵家まで話は通ってはいない。上層部止まりであり、ただの提案。そのように受け取りましたがいかがでしょうか」

「うん、合格だ」

ホッと胸を撫《な》で下ろしたいのを堪えて、私は努《つと》めて表情を変えずに侯爵さまを見ました。

変わらず優し気な表情で、それでいて為政者の顔をして私を見ておられて緊張が走ります。

優しい方で、ビジネスパートナーで、プリメラさまの義理とはいえおじいさま。

それらのことがあるから大丈夫……だなんて甘い考えを持っていたことを後悔しそうなほどに、やはりこの方は貴族なのだなあと改めて思った次第です。

ううう、やはり私はまだまだ未熟ですね。

せめて、表情だけでも繕っておかないと。これ以上の醜態《しゅうたい》は晒《さら》せません。

「そう構えられてしまうと、少し寂しいな。……うん、やはりこれは私個人として話をしようかな。侯爵としてではなく、あくまで私個人としてね」

「……え？」

「そもそもこういった裏でのやり取りというのを私は好かないし、実を言えば君を巻き込むのも嫌なんだよねえ。正直に言えば、ナシャンダ家としてはこの話を受けても断ってもどちらでも問題ない。個人的感情で言えば、ユリア嬢のことはとても好ましく思っているよ」

手放しの好意に思わず目を瞬《またた》かせましたが、だからといって「わぁ嬉しい！」とはなりません。

いえ、私も貴族の一員として家のためにどこかに嫁ぐですとか、養女になるですとか……そういったことがあるのは重々理解しております。

ですがまあ、理解はしていても前世の記憶があるせいで違和感が拭《ぬぐ》えない部分もあってですね……。

こう……感情が、追いつかないのです。

そんなだから一般的な貴族令嬢と違って働きたがるし、プリメラさまが成長あそばした今も、仕事に専念できたらなと思っちゃってるわけですし？

あらまあ、淑女の道のなんて遠いことでしょう！

「まあ、それとは別に君を養女にしないでほしいという願いも出ていてね」

「え？」

「君の恋人は、随分と君に甘いようだ」

「え！」

恋人。

その言葉が示すのは、たった一人しかいません。

（アルダール⁉）

私がナシャンダ侯爵家の養女となる話が出て、でもそれをアルダールがストップをかけて……ということは少なくともこの話に王家は関わっていない？　だって王家がそうしたいと言っているならアルダールの立場では待ったはかけられないはずですし……。

いやいや待って待って、そもそもアルダールが何故？

私の養女案件を知っているのもそうだけど、どうして。

「君は、ファンディッド家の家族を大事にしている。ファンディッド子爵家の娘であることを大切に思っている。……そうだろう？」

「はい……はい。その通りでございます」

そうです。

私は頼りないと思いながらもやはりお父さまの娘で、お義母《かあ》さまも弟も、みんな大切です。

そして、これからもあの家族の一員でありたいとも思っているのです。

ご側室さまは……愛する方のために、ジェンダ夫妻と離れる覚悟をなさったけれど、王城でお見かけした姿はやはり寂しそうでした。

それに、会頭が時折見せる寂しそうな顔も、知っています。

だからというわけではないですが……私がファンディッドという家名ではなく、ナシャンダの人間になるなんて少しも想像ができなかったのです。

「うん、君の恋人もそう言っていたねえ。……まあ、焦《あせ》らず順を追って話そうか。そうそう、この菓子は最近うちの領の名物になったものでね、薔薇ジャムをサンドしたクッキーなんだ。是非食べておくれ」

「……いただきます」

クスクス笑う侯爵さまは、私にお茶菓子を勧めてくださいました。

そして優しい笑顔のまま、紅茶を片手にゆったりと背もたれに体を預けて、私にもそうするよう手で示してくださったのです。

どうやら長い話になるようだと私も覚悟を決めました。

私もソファに改めて深く座りなおして、気分を落ち着けるために紅茶を飲みます。

(あ、これ薔薇の香りがするやつだ)

ほぅっと息を吐き出すと、少し落ち着いた気がしました。

そうです。私は別に、追い込まれているわけではないのです。

ナシャンダ侯爵さまはそのお立場を『個人』とした上で意見を述べられ、詳しく話をするのだと仰ってくださったのだから無駄に身構えていては理解できるものもできなくなってしまうでしょう。

どうやら私は驚きの連続のあまり、まだ混乱していたようです。

「……お聞かせ願えますか」

「うん、良い顔になった。君は守られているばかりの子じゃあない。その表情の方がずっと素敵だ」

楽し気に侯爵さまはそう言われたけれど、果たしてそうでしょうか。

私は守られてばかりなんだけどなあ、とはちょっと今は言える雰囲気ではありません。

「さてと、うーん……まずどこから話そうかなあ」

まるで今日の天気を語るかのような気軽な口調で、侯爵さまは少し考えておられました。

私はその間に勧められたクッキーを一つまみ。

薔薇の香りが口いっぱいに広がって、これは少し好みが分かれそうだな……なんて思いました。

「そもそもの始まりは、例の……名前はなんだったかな？　とにかく、英雄のお嬢さんがあまりに予想不可能な動きを見せたあたりから、彼女への対処をどうするかで悩んでいたことがきっかけかな」

侯爵さまは顎《あご》を緩《ゆる》くさすってから、にっこりと微笑みました。

その微笑みだけだとすごく優しい笑顔なのですが、仰っていることはなんだか不穏ですね⁉

そこに思わず私も顔が引き攣りそうになりましたが、侯爵さまはニコニコしていらして……。

やはりこの方も一筋縄ではいかぬ御方なのだと再確認いたしました。貴族怖い。

「英雄父娘の無礼な振る舞いは、見過ごせるものではないのだけれどね。ただ、陛下が父親を英雄として取り上げた以上、早々に退場させたら国民から反感を買ってしまいかねないだろう？　そこはもうユリア嬢もよくよく承知のことだと思う」

「はい」

まあウィナー父娘の民衆人気は高いですからね。

なにせ冒険者から華々しくモンスター退治の報奨《ほうしょう》としての叙爵《じょしゃく》。これはどうあってもまるで物語の英雄そのものですから……人気者になるべくしてなったと申しましょうか。

もちろん、それを理解しているからこそあえて陛下も『英雄』という言葉を用いて彼らを貴族社会に迎えたのでしょうから、ある程度のトラブルは織り込み済みだったわけで。

しかしその予想を上回る行動力があったのがミュリエッタさんってことですね！

「かといって、バウム伯爵がいつまでも英雄父娘に甘い顔をしてあげる理由もない。そうだろう？」

「……はい」

「バウム伯爵家は建国以来、王家によく尽くし仕える名家中の名家。そして代々当主は宮中伯の一人として、貴族たちを睨《にら》み据《す》える役目を担ってくれている」

改めて言われると、バウム伯爵家は重要な役割を担っておられるのだなあと感じます。

そこにいてくれるだけで周囲の気を引き締めてくれる、そんな存在なのですから。

だからこそ、その王家の信頼に対して他家からやっかみを受けるなど様々なこともあるのでしょう。

プリメラさまとディーンさまがそれをいずれ担っていくのだと思うと……陛下が心配のあまり、今のうちから様々なことを盤石《ばんじゃく》にしておきたいと思ってしまうのも理解ができてしまいますね……。

「それでね、プリメラさまの輿入れの際には、王女宮から侍女がついていくのだろう？　それならやはり君が最有力候補になるよねえ」

「それは……はい、そのように思います」

「ただ、バウム伯爵家の縁戚筋と子爵家の息女である君では、少々軋轢《あつれき》が生まれる可能性だってあったわけだけど……君がバウム家の長子との縁ができたことで、プリメラさまと義理の姉妹になる未来が見えた。いずれにせよ、若人《わこうど》の幸せな姿は明るい話題でいいね」

そう、プリメラさまがお嫁入りをなさる時は、私が侍女としてついていくのが妥当かなと思うんですよ。

やはり専属侍女として長年お仕えしているって点が重要だと思うんですよね。

それに加えて筆頭侍女としてのキャリアがある。

そのことを考えたら妥当な判断でしょう？

しかし、身分差というのはどこにいってもついてまわるものですから、侯爵さまが仰ったように『たかが子爵家の令嬢が伯爵家の縁戚である世話役よりも重用されるのは面白くない』と思う人がいたっておかしくないっていうか、面倒くさい話になるわけで。

そういう点で、ナシャンダ侯爵さまの養女になればその辺りもオールクリアってわけですよね。

いずれアルダールが分家当主となり、その妻の座に私が収まれば、プリメラさまが降嫁なさった際の花嫁の世話役は私に任せることができるわけです。

そうなればプリメラさまは喜ぶでしょうし、私は周囲に妬《ねた》まれて面倒に巻き込まれることもない。

まさしく一石二鳥ってやつですね。

その方向で、話が進んでいれば……ですけど。

「……まあ……そうです、ね……？」

侯爵さまは私たちの交際が順調だと思っているからこそ、朗《ほが》らかにお話しになったのでしょう。

ですが私は侯爵さまの言葉に上手《うま》く返事ができませんでした。

「おや」

私の濁した返事に、侯爵さまは少し意外そうなお顔をなさいました。

いや、うん……まあそうですよね！

アルダールと私があれだけ隠しもせず大っぴらにお付き合いしていますしね！

王城内の庭園をデートしている姿を目撃されることも多いですし、なんなら城内待ち合わせで外にデートにも行きますし！　そんな姿を見ていたら、将来的には結婚とかそういうことになるだろうなって思うのが一般的だとわかっていますよ。私もそういうカップル見たら思うもの。

ほら、特に私たちの年齢的にもね！　貴族的には遅いくらいですから‼

（でも……なんていうか、ね）

人様にオハナシするようなことではないので、濁すしかできないのですが……。

ほら、前にバウム家の町屋敷でアリッサさまが結婚の話題を口にした際、アルダールが意図的に話を逸らしたことがあったじゃないですか。

それを考えると、どうなのかなあって。どうなのかなあって‼

いやうんわかってるよ？　アルダールにもいろいろ考えがあるだろうしね？

ちゃんと私のことを好いてくれているのはもうわかっているつもりだし、私自身も彼のことが好きでお互いに恋愛をして第三者の目から超スローな関係だとわかっちゃいるけど、それでも前に進んでいるのだから、この際それの終着点とか見えなくてもしょうがないんじゃないかなって‼

（……という言い訳が世間に通じるはずがないんですよねー‼）

悲しいかな、それが現実です。

とはいえ、周囲がそういう目で私たちを見ていることも、一応わかってはいるわけで……。

ならお前はどうしたいのかって問いには、正直……即答できそうにありません。

（アルダールと結婚したいかって聞かれたら、どうなんだろ……）

いやってわけじゃないですよ？

ただ、今の段階の、いわゆる……男女交際でいっぱいいっぱいな私が、その先って言われても想像できないなって話なんですよ。

簡単に『そうですねじゃあ結婚します』って朗らかに応《こた》えられるわけないじゃないですか。

だって結婚ですよ？　結婚。

ただオツキアイするだけじゃなくて、家族になるってことなんです。

（でも……そういう未来がきたら、嬉しいなって思うくらいには……）

アルダールの顔を脳裏に浮かべると胸がほわっとするくらい、私としては……まあ、彼のことを想っているわけですけども。

ただそれが結婚に結びつくのかって問われると難しいところです。

だってほら、結婚って一人の気持ちだけで決める問題ではないと思うので！

「まあそこは若人の悩みというところかな。いいねえ、存分に悩むといいよ」

私の様子から何かを察してくださったのでしょう。

ナシャンダ侯爵さまは殊更《ことさら》に朗らかな笑みを浮かべました。気を遣わせてしまったでしょうか。

「ああ、でも年寄りの助言を許してくれるならば、一人で悩んではいけないよ。二人の未来のことならなおさらね。……賢明な君なら言わずともわかっているとは思うけれど」

「は、はい」

微笑む侯爵さまは、少しだけ……何かを懐かしんでいるようでした。

その表情はどこか切なそうにも見えます。

もしかして、侯爵さまにもそういった思い出がおありなのでしょうか？

浮いたお噂など耳にしたことはございませんが、あったとしてもおかしくはないのでしょう。

（なんせ、これだけ素敵な方ですしね……！）

モテにモテまくっているけれど決してどこのご婦人に対しても柔和な態度を崩さず、薔薇にだけ愛を注がれておいでだと今も変わらず男性版〝高嶺《たかね》の花〟として密かに人気の侯爵さまですもの。

まあ、ご本人としては静かに暮らしたいとのことなので、社交界には相変わらず出席しておられないご様子ですが……。

そこがまたミステリアスで素敵だと思われているのでしょうね。

「さて、じゃあまあそこは当人同士で話してもらうとして……話を戻そうか」

「は、はい！　申し訳ありません」

「王女殿下の降嫁に際し、バウム家と王女殿下の関係は良好であるべきだ」

「……そうです、ね？」

「もちろん、ユリア嬢とバウム卿の関係について余人が口出しすることはないし、当人たちが結婚するもただ恋仲であるも構わないと私は思っているけれどね」

にっこり。

そこは私を見てお茶目な笑顔浮かべるところじゃないですよね、楽しんでらっしゃいませんかね。

いえいえ私としてもそう何度も動揺はいたしませんよ？　ちゃんと冷静を装って見せますとも。

内心？　ドッキドキですけど何か？

すでに人からアルダールとの付き合いが……結婚が……なんて、いろいろと言われて動揺しないわけがないじゃないですか!!

とはいえ、問題はそれよりもその先の話です。

そう、その先を！

動揺しているから誤魔化したいとか、そこには触れないでほしいとか、そういう気持ちがないわけではありません。

ですが今そこは重要じゃないので！　重要じゃないのでね!!

「まあ……ね。よその女性が無作法にアプローチをして厄介《やっかい》ごとになっては面倒だし、それに最近では君の親戚筋にあたる若者がちょっかいをかけているんだって？」

「あ、ああー……」

脳裏に浮かぶのはエイリップさまのお姿ですね。

ああうん。まあ親戚筋といえば親戚筋なのですけれども、確かに。

「そちらの話もあってね。いろいろとバランスを考えた結果、ユリア嬢が私の養女になれば、全て丸く解決するんじゃないかってことで話が出たんだよ」

「……え?」

「だってそうだろう?」

丸く収まると言われても、なるほど確かに！　なんて答えられるはずもなく。

困惑する私を前に、ナシャンダ侯爵さまは相変わらず笑みを浮かべたままです。

「君は子爵家とはいえ、歴とした領地持ち貴族の令嬢だ。だからバウム卿に嫁ぐにあたって、身分的に問題はないし、釣り合いが取れているとも言える。跡取りではないからね」

「……」

「でもそれを考慮に入れても、王女殿下の義姉《ぎし》となる人物の身分が、より王家に近ければ近いほど望ましいわけだ。まあ、あくまで望ましいってだけだね」

「……はい」

貴族派、王国派、軍派など細かく分かれる勢力図の中で軍派といえど王国派と距離の近いバウム家にプリメラさまが嫁ぐとなればバランスが崩れる。

けれどそこで、王国派寄りの中立を貫くナシャンダ侯爵家がこの婚姻に賛成であるとすれば……文句を言う人は元々そこまでいないけれど、きっと落ち着くのではないかしら。

中には貴族派からアルダールに妻《めと》を娶らせてバランスをとるべきだという人もいたかもしれないけれど、彼の相手が中立派で外戚にあたるナシャンダ侯爵の養女なら？

（誰も、文句は言えなくなる）

ミュリエッタさんは少々、あの通り常識破りなところがあるから断言はできませんが……少なくともエイリップさまの方は、侯爵令嬢となった私においそれと近づくことができなくなるはずです。

そうなれば私はそのままプリメラさまの専属侍女として、王女宮筆頭として仕事に打ち込んで時期をみて退職してアルダールに嫁ぎ、プリメラさまが降嫁なされた時にはお傍に戻ると……まあ、そういうことですよね？　偉い人たちが思い描いた未来予想図は。

……確かにそれって、一番『望ましい』形ですよね。

（って、そんなに大事《おおごと》だったんだ⁉）

国内は今、とても安定しているとばかり思っていましたが……実は違うとか？

いやいやまさかね。

私は血の気の引く思いでしたが、そんな私の心中を察したのでしょうか。

侯爵さまは柔らかく微笑むと、言葉を続けました。

「とはいえまあ、それはあくまで『予防策』の一つ……にもならない、ただの思いつきのようなものでね。バウム伯爵は息子がやりたいようにやれば良いというし、国王陛下もそうなったらプリメラさまがお喜びになるだろう程度のお考えで、誰も何かをユリア嬢に対して強要するつもりはないのさ」

「は、はい」

「そもそもの話、そこまでしなくても、身分的には問題ないわけだしね。子爵令嬢のままでも一切問題はないんだ。君の働きぶりは有名だから、そちらの名声で十分だと私は思うよ」

有名かどうかは知りませんが、真面目にやらせていただいております‼

なんて胸を張るだけの余裕は今はありません。

ですが、侯爵さまはニコニコ笑って私に告げました。

「ただ、この養子縁組が成立した場合、子爵家にとってはメリット尽くしになるんじゃないかな。デメリットは何もない。次期領主殿はセレッセ伯爵家と縁を結び、ナシャンダ侯爵家の養女となった長女がいれば、子爵家は双方から援助を受けやすくなる」

「……それ、は……」

確かにその通りだと、思う。

私が子爵令嬢でいる必要性は、特にない。

どうしていやなのかと問われれば、私自身があの家族の一員でいたいという、それだけの話。

跡取りはすでにいるのだから、行き遅れの娘が名門の侯爵家へと養女に行くのに何の支障があるでしょうか？

むしろモテない女、可愛げのない鉄壁侍女、そんな風に呼ばれていた私が憧れの的である近衛騎士の恋人になった上、侯爵家の養女にならないかなんて言われているのです。

多くの、内情を知らない人々からすれば、何をしたらそんなシンデレラストーリーのような話が出るのかと思うんじゃないでしょうか？

実際、悪い話ではないのです。ぶっちゃけ本当にメリット尽くしだと私も思います。

しかも養父となる相手がダンディで優しくて、私にとって憧れの女性と義理の義理とはいえ姉妹になれるかもしれなくて、可愛い王女さまとさらに義理とはいえ親戚になれるのです。

どう考えたってメリットしかありません。

（だけど、でも、だからって……）

説明の内容は頭に入っているのです。理解もできています。

政略的な意味合いが強いとはいえ、それは私やアルダールの立場を思ってのものであるし、強要などではありません。

あくまで、提案の一つ。

私が拒否しないのであればどうだろうかっていう程度の話。

冷静に考えればお受けするのが良いのだと、頭ではわかっているのです。

（家族としてやり直せると思った矢先なのに？）

膝の上で、ぎゅっと拳《こぶし》を握る。

頭の冷静な部分はそうした方がいいってわかっている。

だけど、感情が追いつかなくて。

（養女？　誰が？）

私が。

（侯爵家？　今のままでは不足ということ？）

いいえ、それは私を守るためで……しかし今のままではいけないって言われているのと、似ているのではないのかしら。

（落ち着け、落ち着きなさい！　ユリア・フォン・ファンディッド‼）

考えがあまりにもとっちらかりすぎて、まとまりません。

理解はできても理性が追いつかない、そんな状況に頭がパンクしそうです。

そう思った時に、侯爵さまがクスクスと笑った声でハッとしました。

「ユリア嬢といると……あの子を思い出すよ」

「あの子、ですか……？」

私の問いに、侯爵さまは優しく微笑みました。

その顔はとても、とても、優しくてなぜだか私は目が離せませんでした。

「そう、私の義娘《むすめ》――君もよく知る、プリメラさまの母君のことだよ」

侯爵さまの言葉に、私はそれまでぐちゃぐちゃだった頭の中が真っ白になりました。

驚きすぎると人って頭の中が空っぽになるものなんですね！　知ってた‼

しかし驚いて固まる私をよそに、侯爵さまは懐かしむように遠くを見て言葉を続けました。

「プリメラさまの母君はユリア嬢も知っている通り、私にとって義理の娘だ。友人であるロベルトの、たった一人の大切な娘でね。私も幼い頃から知っていたよ」

「……そうだったんですね」

まあそうだろうと思っていました。

いくら名のある商会頭の娘であろうと、いきなり侯爵家に養女になるってなかなかないですよ。

そこはほら、難しい問題がいろいろと存在するのです。

けれど昔からの付き合いがあるから無理が通せた……そう周囲は納得もするでしょうし、なにより陛下からのご要望とあればこそ、実現した養子縁組だったと思います。

ご側室さまは生前『薔薇が繋いだ縁』だと仰っていました。

「……王城での彼女はとても儚《はかな》く笑うようになってしまったけれど、元はね、それはもう元気の良い子だったんだよ。信じられるかい？」

「え……？」

懐かしむように目を細められた侯爵さまの言葉に、私は目を丸くしました。

確かに時折お茶目なところを見せてくれたご側室さまですが、元気の良い……というイメージではありませんでした。

花のように美しくて、儚げで、いつもどこか寂し気で。

私と知り合ってからは毎日が楽しいと言ってくれたあの優しい笑顔は、今も私の憧れです。

「元々は市井《しせい》の出自《しゅつじ》で実家は商店。箱入り娘と呼ぶにはお転婆《てんば》で、私の養女になる前はジェンダ商店の看板娘として、町の人々にも可愛がられていたと聞くよ」

侯爵さまは薔薇の品評会で会頭さんと知り合い、そこで意気投合して友人付き合いが始まったとのことですが……あくまで友人関係だったので、商店まで足を運んだことはないそうです。

会頭を招くか、訪ねて来てもらうか、いずれにせよこの館で友情を深めたのだとか。

まあ、ご身分を考えれば当然と言えば当然のことかもしれません。

「出会った頃のロベルトからは、商店を営んでいるとだけしか聞いていなくてねえ。彼はあまり商売の話はしなかったし、私も貴族社会については触れることもなかった。お互いに、ただ友人として付き合っていたから」

「……素敵な関係だと思います」

「ありがとう。ロベルトからは家族の惚気《のろけ》とかをよく聞かされたものさ！　彼は奥方にも娘さんにもメロメロだったからねえ」

「まあ！」

確かにあのご夫婦は今も仲睦《むつ》まじいですものね。大変微笑ましくて憧れるご夫婦です。

しかしナシャンダ侯爵さまの口からメロメロって言葉が出るの、少し面白いと思ってしまいました。

なんていうんでしょう、ギャップ萌え？

「私も小耳に挟んだ程度ですが……ジェンダ商会は会頭がお若い頃からなかなかに有名な商会だったという話ですが、侯爵さまはご存じなかったのですか？」

「いやあ、当時から私は経営とかそういうことには興味が持てなくてね……恥ずかしながら商人たちとのやり取りは全て家人任せだったし、社交も最低限しかこなさなかったから、彼が何者なのか本気でよくわかっていなかったんだよ！」

照れくさそうに笑うナシャンダ侯爵さま、とても可愛いんですけれども。

でもちょっとそれ、当主としてはどうなのかしら⁉

いやいや、確かに私もタルボット商会の件があって初めて、ジェンダ商会が凄腕金融業を営んでいたっていう事実を知ったクチなので、偉そうなことは言えない立場ですけどね？

侯爵さま、かなりマイペースさんですね……⁉　知ってたけども‼

その後、会頭と薔薇の品評会に二人で参加することが増えた頃には、ナシャンダ侯爵さまとジェンダ一家は家族ぐるみのお付き合いをするようになっていたのだそうです。

ご側室さまに対しては、親しい友人の娘ということで、自分の娘のように可愛がっていらしたそうですが……まさか自分の娘になるとは思っていなかったと苦笑しておられました。

「気さくで明るく、利発でね。今のプリメラさまとよく似ておられるよ……いや、私が初めて会った時には彼女の方がもう少し大きかったかな。それと、より活発だったかもしれないね」

「もしよろしければそのお話を是非、プリメラさまに。……お喜びになるかと」

「そうだね。だけれど、……うん。私の口からで良いのかと思い悩むこともあってね……」

少しだけ困った顔。

それは、おそらく本当の祖父である会頭さんへの遠慮なのでしょう。

プリメラさまとご側室さまがよく似ておられることは、国王陛下もたびたび口にしておられます。

それはご側室さまを知る方々も仰っていますし、日を追うごとに似てこられる……なんて話を宮中ではよく耳にする日々です。

私も、お二人はお姿がよく似ていると思います。

(けど、プリメラさまが聞きたいのは……ただ容姿だけが似ているとかではなくて)

実の母親との、繋がりのようなものを求めていらっしゃるのではないか。

私は、そんなふうに思うのです。

だから何度となく、ご側室さまを知る人々に話を聞きたがっておられるのではないでしょうか？

もちろん、私を『かあさま』と慕ってくださるプリメラさまのお気持ちを疑うわけではありません。

「差し出がましいようですが、どうか……お願いいたします。ナシャンダ侯爵さまから見て、あの方がどれほどに愛されていたのかをプリメラさまにお伝えいただきたいのです」

「……愛されて……か」

私の言葉にフッと侯爵さまが複雑そうな笑みを浮かべ、先程の新作菓子とは別の焼き菓子を手に取り、私に見せるようにしてから口になさいました。

はぐらかされたのだろうかと思いましたが、どうやら違ったようです。

「養女にしてから王城に送り出すまで、当然だけど彼女はこの館で過ごした。淑女教育の合間に、こうやってね、向かい合ってお茶もよくしたものさ。……この焼き菓子は、あの子が好きだったものだ」

「……」

「快活で走り回ることが好きで、楽しいことがあれば声を上げて笑う。あの子はそんなどこにでもいる女の子だった。だが、淑女教育では許されないものばかりだろう？」

笑みは微笑みを湛《たた》えるように、そして絶やさず。

常に誰かに見られていることを意識し、何をするにも静かに、そして優雅に振る舞うこと。

それが淑女教育です。

ただ、王家に嫁ぐ以上それは必須というか、基本というか……でもそれまで市井で自由闊達《かったつ》に過ごしてこられたご側室さまにとって、それはもう窮屈《きゅうくつ》な生活だったに違いありません。

「それでも彼女は……陛下のお傍にあがるため、日々努力を重ねた」

国王陛下とご側室さまの出会いも、薔薇の品評会だったそうです。

お忍びで薔薇の品評会を覗いておられた陛下が、会頭さんと一緒に訪れていたご側室さまと出会い……そして、お二人は愛を育まれたのだとか。

けれど、身分差だけはどうしようもありませんでした。

それでも妻に迎えたいと願う国王陛下と、最愛の娘の願いを叶えるために……侯爵さまと会頭が下した決断の結果が、今なのです。

まるで恋愛小説のような話ですが、当時は苦労も多かったはずです。

でも、そのせいでご側室さまはあの寂し気な笑みを浮かべることになった。

でも、それがなかったらプリメラさまに出会えなかった……。

私としてはとても複雑な思いでその話を聞いていました。

侯爵さまもそうなのでしょう。困ったような笑みを浮かべておいでです。

「望みを叶えてあげたはいいけれど……あの子にとって、孤独との戦いでもあったのかなと思うと複雑だね」

「侯爵さま……」

「私はユリア嬢のことを個人的に気に入っているし、もし私の養女になってくれるならば、あの子にとっても義理の妹だ。そうなればあの子の名前を呼ぶこともきっとできるだろう。それに、義理とはいえプリメラさまにとって叔母という立場にもなれるよ」

「……それ、は……」

そこでまた養女の件を戻されると、私は困っちゃうんだよなあ！

そんな考えが表情に出ていたのでしょうか、ナシャンダ侯爵さまはまたクスクスと笑いました。

「まあ、そんなものがなくても、これからも私とこうやってお茶を飲んで話し相手になってくれたら嬉しいと思っているよ。どうかな？」

「それは……はい、喜んで」

私が養女の件で頷けずにいても、侯爵さまはいやな顔など一つも見せません。

それどころか今のままでもいいと仰っていただけるその優しさが、嬉しい。

姉と慕うご側室さまと、義理とはいえ本当の妹になれるのは嬉しい。

私はきっと、とても恵まれているのです。

だけど、私はまだ自分の家族と向き合ったばかりなのです。

それなのに養女に行くというのは、不義理なのではないか……とも思うのです。

そして、私が〝ファンディッド子爵令嬢〟のままではアルダールに迷惑がかかるのでしょうか。

そんなことを思うと胸のうちがずぅんと重くなってしまいました。

「……養女の件はおそらく、貴族たちの間で噂になっている可能性はあるだろうね。元々、派閥の関連でそういう話があって、乗っかっただけのことだ」

「それは……」

高位貴族との縁が生じたことに対して、それが成立しようがしまいが他の下位貴族たちからは羨《せん》望《ぼう》の眼差しを向けられるということでしょうか。

もちろん、よその家のことなんて……という方々が殆どでしょうが、中にはほら、パーバス伯爵家みたいな方もいらっしゃるという世知辛《せちがら》い現実。

きっと侯爵さまはそのことを仰っておられるのでしょう。私も頷きました。

「だから、どうしたってそれによるやっかみは生じると思っておくれ。その行き先がファンディッド子爵家に向かうこともあるだろう。そういう意味ではユリア嬢の父君は不向きだろうから、まあ……そうだね、ある程度は手を回しておくようにしておくよ」

「……!? あ、ありがとうございます……」

まさか、お父さまの弱腰領主っぷりがナシャンダ侯爵領まで届いていて……!?

なんだろう、それはそれでショックだな!?

いや、私を養女にするってんなら家族関係について調べたりするのは当然だし、もういろいろ筒抜けなのだろうなってわかっちゃいるんだけども。

わかっちゃいるんだけども!!

「……とまあ、ここまではよそでの話に加えて、私の考えを伝えたわけなんだけれど」

「は、はい」

「ここからはあまり話すと彼に申し訳ないんだが……とはいえ、ユリア嬢にとってフェアでもないし、少しだけ話してしまおうかなと思って」

「はい……？」

「ふふ。君の恋人はなかなかに情熱的で、そして本当に不器用だねえ」

この話の流れ的にはアルダールのことだとわかるけれど、何を言っているのかまったくわかりません。

急に話題が飛んだような気がして、私は目を瞬かせることしかできずにいました。

（けど、多分……今回の件と関係があるから、侯爵さまはお話になっているのよね？）

「はぐらかしたような物言いになってしまってすまないね。けどまあ、端的《たんてき》に言うとだね。私とユリア嬢の間で縁を紡ぐことが必要なら、別に養子縁組だけが方法ではない……という話さ」

「えっ？」

「ファンディッド子爵令嬢ユリアは、ナシャンダ侯爵のビジネスパートナー。それを功績として公にしないのはひとえに王女殿下への忠義のためである。それで十分だろうというのが彼の意見だ」

「えっ、えっ……」

「外戚の祖父に対しお心を配る王女殿下の御為《おんため》にきみは尽力《じんりょく》したってことさ」

つまり、私はプリメラさまのために、あるいはプリメラさまの指示によりナシャンダ侯爵さまに協力して特産品の開発に協力した……という内容で、ビジネスパートナーという繋がりを世間に示せばそれだけで十分ってことですかね？

確かに、これまでおおっぴらに公表はしておりませんが……。

いやまあ、実際はジェンダ商会の会頭さんにお願いされたからですし。

この話がもし表に広まったとしても、誰も何も言わずにそれが正しいものになるのでしょう。

わざわざ『その話はうちが持っていったものだ！』なんてみみっちいことをジェンダ商会の会頭は仰らないでしょうし、そもそもナシャンダ侯爵領の特産品販売ルートはジェンダ商会が仕切っているわけですし……そんなことをしても何もメリットはないのですから。

（確かに、家と家の繋がりよりもずっと薄いけれど、これはこれで……。領主たちにとっては取り引きに関係することを担える人材という印象付けはできるから、軽んじられることはない……）

それどころか、そういった方面でいろいろな伝手《つて》を持つということで一目《いちもく》置かれるって寸法ですね！

なにせ今のところナシャンダ侯爵領の特産品である薔薇ジャムは好評ですし、他にも先日もセレッセ領の布地も私が社交界デビューの際に使ったことで売れ行きが好調だと感謝の手紙をいただいたくらいですし……。

その両方に私が関与していると周囲が思ってくれたなら、十分な気がします。

むしろ『高位の貴族令嬢』になるよりもハードルが若干低いような？

そう考えたら、悪くないの、かも……しれない？

（ああ、だめ。いっぺんにそんないろいろなことを言われても！）

頭がパンクしちゃいますからね⁉

しかしアルダールが侯爵さまに進言してくれたというその内容なら、私は〝ファンディッド子爵令嬢〟のままでいられると思います。

事実はどうあれ、私が『経営的な面で』役立つと世間が思ってくれたら、ファンディッド子爵領との取り引きで有利に働くこともあるかもしれないのですから。

事実はどうであれ、ね！

そしてそれはこれから運営していくであろうメレクの手腕にもかかってるんですけど！

（養女のお話を受けても受けなくても、やっかみはどうしたって出てくる。それについてはナシャンダ侯爵さまだけでなく、おそらくキースさまもフォローしてくださるに違いない）

でもやっかみを受けなかったら受けなかったで、そういう目を向けられた娘を持つ領主ってことである意味注目を浴びたお父さまやメレクに、あれこれと声をかけてくる人が現れるのでしょう。

そう、人脈目当てとか、すりよりというか……とにかく、言い方はあれですが胡散臭《うさんくさ》い人たちです。

果たしてお父さまとメレクがそれを見抜けるかですけれども、それについてはどうしましょう！

あっちが良ければこっちが悪い、そんな気がして何が正解かわからなくなってきました‼

「そんなに難しく考えなくても良いと思うけれどねえ」

うんうん悩んでいると、ナシャンダ侯爵さまが呆れたようにそう仰ったので私はハッとしました。

なんてことでしょう！　みっともないところを見られてしまいました‼

「お、お恥ずかしいところを。あの、そんなに、顔に出ておりましたか……？」

「うん。悩ませたかったわけじゃないんだけれどね。まあ仕方ないね、急な話だし君にとっては青天の霹靂《へきれき》だったろうしねえ」

動揺が顔に出るようではいけません。ぐぬぬ、まだまだ未熟で本当に恥ずかしい。

この後プリメラさまの前に戻る前までには、元通り落ち着いておかねば心配をかけてしまいます。

侯爵さまは穏やかに笑ってらっしゃいますが、いやまあ本当に！　どうしてこうなった‼

「一度、君も恋人とこのことについて話し合ってはどうかな。当事者はユリア嬢なのだから、彼が守ろうとするにも君自身がただ守られたいのか……だろう？」


侯爵さまとのお話を終えて、私はぼんやりと……そう、与えられた部屋で贈り物の山をぼんやりと眺めてため息を吐き出しました。

小さな箱から出てきたブローチを手に取って、またため息を一つ。

(これとか高級品だよなあ、どう見ても)

……いやもう……うん。わかってはいるんですよ。

ナシャンダ侯爵からファンディッド子爵令嬢に対して親愛の意味で好意を表明するのに、贈り物というのはとても有益な『目に見える』証拠なのだとわかってはいるんです。

(養女になったなら、贈り物《あれ》はその準備だったと周囲は勝手に考えるだろうし……養女にならなければならなかったで、ビジネスパートナーとしての私に敬意を払っていることになるのでしょうね)

どちらにせよ対外的にはばっちりな対応ってことで、私にお断りする理由が一つも残されていないってことに申し訳なさとか、置いてけぼりな感じですとか……とにかく私は困惑しているのです。

何を選べば良いのかと問われると本当に難しい。

(ご側室さまと義理でも姉妹になれるのだとしたら、それはやっぱり嬉しい)

でも家族のことは?

私が侯爵令嬢になってしまったら、ジェンダ商会の会頭さんたちとも気軽に会えなくなるのでは?

そのまま筆頭侍女を務めることはできるでしょうが、みんなと距離が生まれないでしょうか?

周囲の目が、変わってしまうとか……そんなことはないでしょうか。

そんな埒《らち》の明かないことばかり、頭に浮かんでは消えてを繰り返してしまうのです。

（アルダールは、どうして……何も、言ってくれないのかしら）

ぼんやりと、手元にあるブローチを見つめながら私はそんなことを思いました。

以前、アルダールは言っていました。

『言えないことがある、でもいつかはちゃんと話すから』

（……あれは、このことだったの？）

私は信じて待つと言いました。

実際、彼のことを信じています。だけれど、不安になるのです。

これ以外にも、私が知らないだけで……。

いえ、むしろ知らないことの方が多いということは理解しています。

ですがそれでも、何も知らないままで勝手に自分のことが決められているのではないかと思うと、ひどく不安になってしまうのです。

（いつか話すって、それはいつ？）

でも話してくれると約束してくれたのに、私からせっついていいものなのでしょうか。

そんなことをしたら、私が知らない、私が知らなくて済むように手を回してくれている彼の努力を、無駄にしないでしょうか？

（侯爵さまは、私たちで話し合ったらいいと仰った）

確かに私のことなのに、私が知らないまま……なんとなく、守られているというのはわかります。

だけど、蚊帳の外なのがなんとも落ち着かないではありませんか。

「話し合う、か……」

なんて聞けばいい？

今は話せないってまた言われたら、私はそれで『わかった』と引くべきなのでしょうか。それとも食い下がって自分ではなんとかできなくとも、知っておくべきなのでしょうか。

自分のことなのに、どうしたらいいのか客観的に判断できなくてため息ばかり。

何度目なのか、数えるのに自分でもうんざりするくらいのため息が出ます。

いい加減、なんとかしなくては……そう思ったところでノックが聞こえました。

その音に思わずハッとして、慌てて姿勢を正して平静を装います。

いけないいけない、どれくらいぼうっとしていたのでしょうか。

「……はい、どうぞ」

「ユリアさま、失礼します！」

入ってきたのはメイナでした。

見知ったその姿を見て、不覚にもホッとしてしまいましたね……。

幸いにもメイナはそんな私に気が付いていないようで、ニコニコ笑顔で駆け寄ってきました。

その姿に、私も笑みを浮かべます。

「あの、晩餐のお時間になったのでお迎えに上がりました！」

「ありがとう、メイナ」

「いえ！　えへへ、なんだか不思議ですね。ユリアさまのご令嬢姿はもう何度も目にしているんですけど、わたし、ユリアさまにお仕えしているみたいな気分です！」

「メイナがお仕えしているのはプリメラさまでしょう」

「そうなんですけど。……いつか、ユリアさまがお嫁に行ったりして侍女を募集するなら、わたし、ユリアさまについて行きたいなって思ってます」

「え？」

メイナが、なんとか笑おうとしている雰囲気で顔を真っ赤にしています。

今なんて言われたのか聞こえなかったわけじゃありません。

でも、意外だったっていうか。

「メイナ……？」

「わかってます！　まだなんにもユリアさまは仰ってませんし、この先のことなんて誰にもわかりませんよね。ただわたしが勝手にそう思ってるってだけなんです！」

「……ありがとう」

そうですよね、いずれプリメラさまが降嫁する際に侍女を何人連れて行くかなんて、わからないです。

正直なところ王女宮の侍女を全員連れて行っても問題はないとは思いますけど。人数的に。

それでもバウム家のメンツを立てるのであれば、新婚当初だけ一人でいずれは人を増やすことを前提にお嫁入り……というのが理想ですかね？

その際に選ばれるのだとすれば、貴族令嬢が望ましいでしょうから……私かスカーレットかの二択だと思いますので、そういう意味でメイナはきちんと先を考えているのでしょう。

（私の侍女に……か）

それもいいかもしれません。

もし、アルダールが私のことを妻に迎えても良いと思ってくれるなら。

分家の女主人になるために、私の侍女としてメイナに来てもらう未来なんてものも……あるかもしれませんよね。それなら、私も頑張れるかもしれません。

「……そうね、私もメイナが傍にいてくれたらとても心強いと思うわ」

「は、はい！」

「でも今はプリメラさまに私も含め、まだまだしっかりお仕えする仲間でありたいと思うの。……それではだめかしら？」

「いいえ！　あの、すみません、変なことを突然言っちゃって……」

「いいのよ」

先のことは誰にもわからない。

そう言われて、私もなんだかすとんと腑に落ちた気持ちです。

メイナはわからない未来にも、自分が望む未来をきちんと描いてそれを言葉にしました。

私の返事がどんなものであろうとも、自分の思いを伝えてくれました。

実際、私はメイナの気持ちを聞いても感謝の言葉以外、確かなことは言えないのです。

だって、彼女が言ったように未来はわからないから。

王城の仕事以上のやり甲斐《がい》があるのか、お給料を出せるのか、そもそも雇えるのかどうかすら定かではありません。

けれど、そういうことじゃないですよね。

「ありがとう、メイナ」

「？　はい！」

メイナのおかげで、私は自分のするべきことが少しだけですが見えてきたように思えます。

やはり私はまだまだ未熟ですね！

（そうよ……私は平凡で、努力が取り柄なんだから。できることからやっていこう）

考えたって先を見通せる能力があるわけでなし。

何も考えないよりはマシなんでしょうが、それでも考えすぎてドツボに嵌《は》まっていては本末転倒もいいところではありませんか！

「メイナ、後で手紙を書くから、終えたらすぐに出してもらえるよう手配をお願いできるかしら」

「はい、かしこまりました！」

「それと、元気が良いのはいいけれど。もう少し声の大きさを控えめに。それから走らない」

「……はぁい……。でも、いつものユリアさまだ！」

「まあ！」

私の注意に少しだけしょんぼりして見せるメイナは、それでもニコニコしていました。

そんな彼女に私も笑みを誘われてしまい、ダイニングに着いた時にはプリメラさまに目を丸くされてしまいましたが、まあご愛敬ってやつですよね。

「どうしたの？　二人ともなんだか楽しそう！」

「いいえ、つい私がいつもの癖でメイナを叱ってしまったものですから」

「そうなの？」

「今は私が口出しすべきではありませんでしたのに、つい。ですのでおかしくなってしまって

「……」

「ユリアとメイナは仲良しだものね。ルイスおじいさまも邸内だったら、二人がいつものようにしていても何も仰らないと思うわ！　それにその方が、いつもの王女宮にいるみたいでプリメラも安心できるから……そうしてくれたら嬉しいわ」

「はい、プリメラさま」

実はメイナからこっそり教えてもらったんですけど、いつもお傍に控える私がいないことで、プリメラさまが少しだけ不安そうにしていたらしいんですよ。

その上で『いつもの王女宮にいるみたいで安心できるから』ですって！

そんなこと言われたら、私もメイナも嬉しくたまりません。

だって、王女宮がプリメラさまにとって、安心できて楽しく過ごせる場所だということでしょう？

（なんでこの子はこんなにも可愛いんでしょう！）

はあーーーー、今日もプリメラさまったら尊いです。尊いの極みとはまさにこのこと！

まあプリメラさまだから当然なんですけどね‼

「ユリアと同じテーブルで食事ができて嬉しいわ」

「私もです、プリメラさま」

基本的には私は給仕側ですからね……こうして一緒に食事はレアですよ、レア。

プリメラさまも楽しそうでなによりですが、少し悩んでおられるご様子。

「どうかなさいましたか？」

「んとね、令嬢のユリアだと一緒にいる時間がちょっぴり減るけど、そうやって名前を呼んでもらえるのは嬉しいからどっちが良いのかなあって思ったの」

「そうですね、私もどちらが良いかと問われると難しい気がいたします」

「うふふ、一緒ね！　……それにしてもルイスおじいさま、さっきまでいらっしゃったんだけれど……急なお客さまがいらしたとかで行ってしまわれて、まだ戻ってこないの」

「まあ、さようでしたか」

「どうかしたのかしら。心配だわ」

晩餐だというのに、館の主がいないのは確かに変だなあと思ってはいたんですよ、私も。

プリメラさまが可愛くて失念していたわけじゃないよ‼

「きっと大切なお客さまなのでしょう、私たちはこちらで話をして待っていればようございます」

「そうよね。そういえば明日は庭園でお茶をしたいと思うのだけれど、ユリアも参加してくれる？　ルイスおじいさまからちゃんと許可はいただいているの！」

「はい、では暖かい格好を……」

「もう！　今のユリアは侍女じゃないのよ？」

「これは失礼いたしました」

思わずいつもの調子で準備の予定を頭に浮かべてしまった私に、プリメラさまが笑いました。

あー、うん、身に沁《し》みついている侍女としての習慣なのでお許しいただきたい‼

「……あのね、ナシャンダ侯爵邸にいる間は、ユリアとできなかったことをしてみたいなって」

「できなかったこと……で、ございますか？」

「え、えっとね、一緒に刺繍《ししゅう》とか、お散歩とか……わたしの後ろにいるんじゃなくて、隣にいてもらいたいの！　本当は町にお買い物にも行きたいけれど、それはさすがにダメだってルイスおじいさまが……」

「ではまた商人を呼んでいただくのはいかがでしょうか」

そうなるとジェンダ商会になるんでしょうね。そして会頭さんが呼ばれる気がするけれど。

まあ、そこの辺りは侯爵さまのお考え一つですので、私にはなんとも言えませんが。

でもそうなったら、きっとプリメラさまは喜ぶと思います！

そんな風に話をしていると、侯爵さまが戻ってこられました。

いつものように優しい笑みを浮かべて、プリメラさまに一礼をする姿はやはり優雅そのものです。

「申し訳なかった、レディたちを待たせてしまったね。出入りの商人が予定していたよりも早く到着してしまったものだから、商談を済ませていたのだよ」

「まあ、そうだったのね！」

「後ほどまた寄ってもらう予定だから、プリメラさまにも珍しい品をお目にかけられるかもしれません」

「楽しみだわ！　ありがとう、ルイスおじいさま‼」

ぱあっと華やいだ笑顔を見せるプリメラさまに、侯爵さまも笑みを深められました。

ああー、これですよこれ。

プリメラさまの笑顔一つできっと世界は平和になるんです！　そのくらいの破壊力……‼

この笑顔が見られるならば、私はいつだって頑張れますとも。

だから私の悩みも、メイナとプリメラさまの笑顔のおかげで解決……できたらいいのにな！

幕間　残念だなあと思いながらも

「やあやあロベルト、待たせてすまなかったね！」

楽しい晩餐を終えて二人のレディがそれぞれに就寝する時間。

彼女たちとは別に招いた友人は、そんな私を見て苦笑しながらゆったりとした足取りで近寄ってくる。

そして貴族に対する礼儀に則《のっと》り彼は深くお辞儀をした。

その姿を見下ろして、私は小さく苦笑する。

(かつてお互いがもう少し若かった頃は、違ったような気もするんだけどね)

外であろうと人の目など気にすることもなく、歯に衣着《きぬき》せぬ物言いをしていたような気もする。

だが今思えば、気のせいだったかもしれない。

それもこれも自分たちが年をとったせいだろうかと、口元に苦い笑みが滲《にじ》んだ。

「なあロベルト、良いワインが手に入ったんだ。まずは飲まないかい」

「よろしいので、俺みたいな庶民に振る舞って」

「君と私の仲じゃあないか」

グラスを手に取ってワインを注げば、ちょうどテーブルに飾られていた深紅の薔薇に負けない赤。

それを一つロベルトに手渡せば、彼もまた苦笑しながら受け取った。

（ああ、そうだなあ）

すとんと胸に落ちるのは、自分たちは随分と年をとったものだという事実。

先程まで義理の孫娘と過ごしたし、その前には養子縁組云々《うんぬん》ですっかり頭がこんがらがってしまったユリア嬢とも過ごした。娘や孫がいたっておかしくない年齢だと自覚していたはずだ。

あの二人を見てわかっていたつもりなのに、何故か途端に胸がぎゅぅっと苦しくなったから不思議だ。

（人は齢《よわい》を重ねるもので、それは当たり前のことだ）

それを自分でも理解しているし、その年月の変化についてだって薔薇を育てながら見てきたつもりだ。

友人の娘が年頃のお嬢さんに育って、そして恋をした。

その手助けをして、手が届かない場所で母となったあの子を、見守った。

……もっと手の届かない存在になった時、なんと無力なことかと嘆いたことを思い出す。

「ロベルトに今日来てもらったのはね、我が家に王女殿下とユリア嬢が滞在しているからなんだ」

「そりゃあ華やぎますな」

「明日は君に頼んだ品々をお披露目しようと思っているんだが、どうかな？」

「そういうことでしたら喜んで。俺ぁまた、あんたがユリアの嬢ちゃんに大量の贈り物を買うのかとひやひやしてたもんさ。そろそろ加減しないと嫌われちまうぞってな」

「おやおや、まるで恋に溺《おぼ》れた若造のように見えたかな？」

「それよか、降って湧いた可愛い娘を溺愛するダメ親父ってところですかね」

「辛辣《しんらつ》だなあ！」

二人で向かい合うように座り、ワインを傾ける。

ダメ親父とはいただけないが、独身で子の一人もいない私としてはその表現が妙にくすぐったい。

王家に嫁いだあの子には、あまり贈り物ができなかった。

侯爵家という立場上、国王の寵愛ある娘を通じて王家に媚《こ》びていると勘繰《かんぐ》られないようにするためだった。そうしないと、彼女の立場を危うくすることに繋がると、わかっていたからだ。

(たかが、贈り物くらいと思うのにままならないだなんて)

何もしない。それが……義理の娘に対して私が唯一できた贈り物だっただなんて、皮肉なものだ。

まだ友人の娘として可愛がっていた頃には、たくさんの薔薇を贈ったというのに。

義理の娘になった途端に、贈り物一つするのにも気を配らねばならないだなんて！

それが随分と寂しくて、悲しくて。

友人の娘、可愛らしくてついつい甘やかしてはロベルトに叱られて、そのたびにコロコロ笑う彼女がまた可愛くて。大切に思っていたのにその日々は突然終わりを告げた。

『おじさま、わたしね……品評会で会ったあの人が――』

頰を薔薇色に染めて、あの子が秘めた恋心を私に打ち明けてくれた時、私は上手《じょうず》に笑えていただろうか？

それが誰を示すのか即座に理解できた。

だって、引き合わせてしまったのは他でもない……私だったから。

品評会で友人を紹介する際に、あの方と彼女と出会わせてしまった。

ああ、なんてことだと思ったところでどうしようもない。だって、出会ってしまったのだから。

人が恋に落ちるところを、私は見てしまった。気づいてしまった。

これが同じような身分の二人であれば、手放しで喜べたものを。

しかし、彼女の恋が迎える困難の多さを考えると、素直に応援なんてできるはずもない。

初めは難色を示した。

彼女には私が紹介した相手は貴族の令息だからと諭《さと》して諦めるように言った。

だけれど一度燃え上がった恋の炎は消すことができなかったどころか、まさか陛下も同じ気持ちになっていただなんて誰が想像できただろうか？

あの方の、恋と呼ぶにはあまりにも重いその激情に、私のような凡人が太刀《たち》打ちできるはずもなく。

それならば仕方ないと、私とロベルトは受け入れるしかできなかったのだ。

できる限りの準備をして見送ったあの日のことを、今でも鮮明に思い出す。

果たして私たちの選択は、行動は、正しかったのだろうか。

いいや、今更……そう、今更だ。悔いたところでどうしようもない過去の話だ。

二人の愛の結晶として生まれたプリメラさまは聡明《そうめい》で美しく、愛されるべくして生まれた子供。

それが全てなのだと、思うことにしている。

（けれど、寂しくはなかったかな）

国王が〝唯一〟望んだ側室として後宮入りした彼女の立場は、決して安泰ではなかった。

いくら侯爵家の養女になったところで、市井出身の彼女は貴族の間で腫れ物を扱うようなものだったということくらい、社交界に出ない私の耳にまで届いていた。

（あの時、何か行動をしていれば良かったのだろうか？）

私が庇《かば》えば庇うほどに、彼女を中傷する声が広まることが予想できたから動けなかった。

だけどそれは、言い訳にしかならないかもしれない。

国王陛下が守ると宣言してくれていたことに甘えていたのは事実だ。

そうだ、何もかもが……過去の話なのだ。

「実はユリア嬢を私の養女にして、とっととバウム家の令息と結婚させようって話があってねえ。世間で話題の『勇者の娘』から遠ざけようってことらしいんだが」

「……そりゃあまた、穏やかじゃあねえお話で」

すぅっとロベルトの目が細められる。

私の話に声を荒《あら》らげるわけでもないけれど、窮屈な貴族社会の面倒さを彼は彼なりに知っている。だからこそ内心ではどうだかわからない。

商人らしくというべきか、年の功というべきか、彼は見事なまでにその内心を表情に出さないから、私としては苦笑するばかりだ。

そういうところを、頼りにもしてしまっている自分もいるのだけれど……正直、友人である私にくらいは言葉にして聞かせてくれても良いと思うのだがね。

「巷《ちまた》では『英雄』とその娘についてどのように語られているのかな？　ロベルトは知っているかい？」

「……腕利きの冒険者と、それを支えた健気な娘ってところですかね。最近では娘の方に強い治癒魔法が認められたとかで、庶民からはまるでおとぎ話の再来のようだともっぱら話題ですよ」

「なるほどねえ」

「あれほどに人気があるのだから、国で叙爵を餌に囲い込みをしたのは成功と……おっと、違った。褒賞《ほうしょう》でしたな、失礼」

「国に貢献した人物には違いないからね。本人もなかなか真面目らしいという話は私の所まで届いているよ。とはいえ、私は社交界に出ていないから実際のところはわからないけれどね」

「娘さんの方はなかなか美形で注目の的だと、町じゃあ噂になってましたがね」

その娘が貴族としての教育も受けながら、ちょっとした失態を何度か繰り返しているということまではさすがに民衆には知られていないようだ。

（まあ……そのために多くの人員が動いているのだから、当然といえば当然か）

英雄とその娘がとんでもない失態を犯さない限り、彼らを切るのは得策ではない……というのが上層部の考えなのだろう。

そして私もそれに同意する。

だが、それにユリア嬢を巻き込むのはいただけない。

「養子縁組の件はユリア嬢の意見を尊重するということで落ち着いているよ。彼女には昼間、私の率直な意見を述べさせてもらった」

「さようで」

どこかホッとしたような様子を見せるロベルトに、私はそっと笑った。

彼は自分の娘と親しかったユリア嬢を、彼女がもう少し若い頃から見守ってきた。

重ねるわけではないが、娘のように思っている部分もあるのではないかと思う。

きっと私の言葉を聞いて、可愛い娘がまた貴族たちに翻弄《ほんろう》されるのかと思って気が気じゃなかったんだろう。

そう思うと、本当に我が友人ながらその不器用さが愛《いとお》しくもなる、楽しい男だ。

まあそんなことを口にしたら、しかめっ面《つら》をされるのだろうけどね！

「ロベルトは、どう思う？」

「……さて、俺にはわかりかねますなあ。もう一杯いただいても？」

「ああ、もちろんだとも。このワインは口当たりも香りも素晴らしいねえ」

「今年はバウム領のワインが総じて良いものが多いと、商人たちがこぞって買い付けましたからなあ。もちろんジェンダ商会でも取り扱っておりますよ」

「それじゃあ、今度はロベルトのとっておきを飲ませてもらいたいものだね」

「……近いうちに、お持ちいたしましょう」

フッと笑ったロベルトの顔からは先程までの剣呑《けんのん》さも冷たさもなくなっていて、なんとなくこちらに向けられたものでないとわかっていてもホッとしてしまったのは内緒だ。

私も可能な限り社交界には顔を出さないが、侯爵として相手に悟られないくらいの教育は受けている。

まあ、気づかれていてもロベルトならば構わないのだけれどね。

「今度は是非、奥方も連れておいで」

「その時にはお言葉に甘えまして」

「ユリア嬢は多分この養子縁組を断るだろうねえ、彼女の恋人もあまり良い顔はしなかった。残念だよ」

「さようで」

ロベルトの相槌《あいづち》は同じだけれど、幾分か柔らかい。

ひどいなあ、私の義娘になってくれたなら、今度こそいくらでも甘やかそうというものなのに。

「バウム伯も彼女の養子縁組については概《おおむ》ね賛成の態度を示しておきながら、長子の意見を優先したいとか言うんだよ。それならアルダール君が私の養子になればいいと思わないかい？　そうしたら最終的にユリア嬢だって義娘《むすめ》になるだろうし、彼らを揃って侯爵家の庇護下《ひごか》に置けるというのにさ！」

「さてさて、侯爵さまはそろそろ飲むのを止められた方が良いですな。あんた、酒に弱いってのにペースが早すぎなんだよなあ」

「ひどいなあ、酔っ払い扱いかい？　ロベルト」

手を伸ばしたところでワインボトルが遠ざけられる。

自分では良い案だと思ってアルダール君を養子にという意見も出したのだけれど、それはバウム伯が強固に拒んだからね。

やはりバウム伯爵は、世間で言われているよりも家族に対してとても愛情深いのだろう。

ただまあ、あの空回りっぷりではアルダール君に伝わっていないような気もするけれどね！

……会った時とても良い青年だと思ったから、今でも残念に思っているんだけどなあ。

「上手くいくと良いんだけれどね、何事も」

「そこは否定しませんよ。さあ、十分飲んだでしょう？　そろそろ明日の予定を詰めましょうや」

「はいはい、わかったよ。まったく……働き者だなあ、ロベルトは」

アルダール君がやってきた時は、少しばかり驚いた。だけれど嫌な気分ではなかった。

そして私に語ったユリア嬢への想いや気遣いも、持ってきてくれたこのワインも。

とても真っ直ぐで、年を取って逃げ腰な私にはとても好ましい。

「あーあ。……本当に、残念だ……」

そう言いながら笑う私を、ロベルトがしょうがないやつだと言わんばかりに笑ってボトルをよこす。

そうして私たちは、もう一杯だけワインを飲んだのだった。

第二章　待てど暮らせど、乙女心は複雑で

戻ったらアルダールときちんと話をしよう。

って覚悟を決めて、メイナにも手紙を書く宣言をしたんですが……実はまだ一文字も書けていません。

ちょっとなんだかアレな感じでアレすぎてアレなんですけどね！

何が？　いやよくわかんないけどアレなんだって‼

いやいや、ちゃんと書きますよ？　多分。

ただ内容がまだ決まってないようってなもんでして……寒いなって自分でも思います。

まあアレがアレだから……ってそれが問題ですけど、問題はそこじゃないんですよね。

だからアレってなんだよ。

とりあえず、そこは『戻ったら』の話なので、一旦横に置いておくのです。

まずは会わないと。第一段階はそこです！　そう、会う約束から‼

内容について後回しにするのは現実逃避ってやつではありませんよ？

離れていることで冷静になれる部分もあるのでしょうし、会える時までにいろいろ考えをまとめておかなければいけないでしょう？

ええ、そうですとも。

こういう時こそ冷静になっておかなくっちゃ。

「ユリア、どうかしたの？　薔薇をじっと見つめているけれど……」

「この色合いの薔薇は初めてだったものですから、つい。申し訳ございません」

「ううん、大丈夫よ！　そうよね、ルイスおじいさまのお庭には本当にいろんな薔薇があるものね。見たことがない薔薇がたくさんあって、とても楽しいわ」

「さようにございますね」

そうなのよね、咄嗟《とっさ》に誤魔化したけど本当に見たことない薔薇がいくつもあるってすごいよね‼

いや、私もそんなに植物に詳しいわけではないのですが……薔薇ってみんな似ているのかと思ったら、こうして比べてみるとやはり少しずつ違うんだなってわかるもんですね。

花びらの形が少し違うとか、色とりどりな花の中で同じ色合いなのに雰囲気が違うとか。

こうしてみると、なんと個性的なことでしょうか！　薔薇って奥深い‼

「そろそろルイスおじいさまも来られるかしら？」

ぼんやりと薔薇を眺めている私の横で、プリメラさまがソワソワとした様子でチラチラと館の方に視線を向けておいでです。

その様子がなんとも、んんー、可愛い‼　その一言に尽きますね。

本日はプリメラさまのご希望でもあった、薔薇の中でお茶会を開くことになったのです。

侯爵さまはもちろんそのお願いを快く聞き入れてくださって、侯爵邸の中でも最も薔薇が楽しめるという東屋《あずまや》にお茶の準備を整えてくださったのです。

そして、出入りの商人を呼んだから楽しみにしていてほしいとウィンクをしてですね……。

そうなるとプリメラさまも私も、心当たりのある商人がいるんですよね。

そう！　ジェンダ商会の会頭さんですよ‼

（プリメラさま、会いたかったんだろうなあ）

公には認められていなくとも、実の祖父にあたる方ですものね。

以前にお会いした際はほんの少しだけ言葉を交わし、その後はディーンさまへの贈り物を届けてもらった時に少しだけ……。

それ以外ですと私への誕生日プレゼントを用意してくださった際に頼られたと耳にしていますから、都合三回ですか。

正直なところ、その回数はあまりにも少ないです。

それも、祖父と孫という触れ合いは露ほども許されない……そういうものです。

しかしその僅《わず》かな時間がプリメラさまにとってどれだけ大切なものなのか、私には想像しかできませんが……きっと尊いものなのでしょう。

(会頭さんも同じように思っていてくれると思うし)

そう、プリメラさまを見る眼差しがどこまでも優しいのがその証拠。

そんなお二人のことを、ナシャンダ侯爵さまもよくご存じです。

だからきっと今回も、招いてくれていると信じております！

「あっ、ルイスおじいさま‼」

「やあやあ、レディたちをまたしてしまったね。申し訳ない」

「ううん、いいの。プリメラの我儘《わがまま》を聞き届けてくださって、ありがとう」

「このくらいのことでしたらいつなりと」

ふわりと笑った侯爵さまが、私の方にも視線を向けて優しく微笑んでくださいました。

ああー、その笑顔は尊い……！

プリメラさまの嬉しそうな笑顔と合わせて威力は倍増です‼

ただ、私の胸中は少しだけ複雑なので、侯爵さまに対してなんとも言えない気分がまだあるのですが……なんとか笑顔を返せたような気がします。

(侯爵さまは悪くないし、養女になろうがなるまいが態度を変えるような方ではないとわかっているけれど……。いや、そういうことじゃないんだよなあ……)

まあ、何はともあれその辺りに関してはアルダールとの話し合いですよね。

実家から何も言ってこないということは、おそらくまだあちらに話はいっていないのでしょう。

冷静に考えれば普通は養子縁組なんて、家と家での話し合いですからね。

いろいろな意味で、今回の場合は家と家ではなく家と個人っていうか……まあなんかもう、いろいろと複雑すぎてアレなんですけど。

（いやもう本当に複雑すぎて笑いが出そうな勢いだわ……）

おかげでストレスからか、ちょっと朝方は化粧のノリがね‼

たとえるならば、前世で残業続きの日の朝みたいな……。そう、お疲れ肌でしたね……。

BBクリームとかCCクリームってそういう時は本当に偉大でした……私にとっては救世主。

この世界でも誰か生み出してくれないかなって、心の底から思ってしまう今日この頃です。

できればオールインワンの化粧水もお願いします。

（ミュリエッタさんがチート能力持ちなんだから、そういう開発してくれないかなあ……）

いや彼女は素《す》で美少女だから、そういうのって必要ないのか？

そもそも年齢で考えたらそんな悩みなんてなさそうな……。

ああ、神さまってなんて不公平なのでしょうか‼

いや待てよ？　そもそもミュリエッタさんが原因といえば原因でした。

世の中ってなんて難しいのかしら。

「お待たせしたお詫びといってはなんですが、先日話した商人を招いております。どうぞお好きなものを選んでください。ユリア嬢も遠慮などせずにね」

「ありがとう、ルイスおじいさま！」

「……ありがとうございます、侯爵さま」

にっこりと笑い合うプリメラさまと侯爵さまはとてもとても眼福なのですが、好きなものを買っていいよとか……なんでしょう、あまり縁がなかったセリフが私にまで飛んできたのでなんとか笑顔を浮かべるだけで精一杯ですよ。

(いや、どうしていいかわかんないな……!?)

実家にいた時でもお父さまからそんなセリフを一度も言われたことありませんからね！

むしろあまり高いのを選ばないでほしいな……？　っていう空気があったくらいですよ。

うんうん、わかっていますとも。

決してファンディッド子爵家は裕福とは言えませんからね……。

極端に貧乏ってこともないですが、取り立てて裕福でもないんですよ。

だから出入りの商人が来たからって散財できるわけじゃないんですよね。

領地持ち貴族がみんな裕福じゃないんですよ、逆に領地に縛られない爵位持ち貴族の方が商売などでフットワークも軽く稼いでいる例もありますし！

領地運営だけで潤うんだったらみんな大助かりなんですが……まあ、そうもいかないのが世の中です。

ちなみに私は生粋《きっすい》の貴族令嬢ですが、転生者なおかげで庶民的感覚ばっちりですからね。

買い物に関してはお父さまを困らせるようなことは一度もありませんでしたよ！

(いや、待てよ？　一度くらいは我儘を言っておけばよかったのかな)

聞き分けがよすぎるのも困りものだって前世でなんか見た気がしますね。

そう考えると、私は子供らしくない子供だったに違いありません。

家族関係を慮《おもんぱか》ったからこその行動でもあったんですが、思い返せば子供らしい癇癪《かんしゃく》とか我儘も、少しくらいは言ってもよかったんじゃないかなあ……と最近は思うようになりました。

いやあの頃は前世の記憶の方が勝っていてですね、子供らしく振る舞うのが若干恥ずかしかったっていうか……今になってみれば、変な意地がそこにはあったんだと思います。

じゃあ前世ではどうだったか？　聞くんじゃない。

リア充してたんだったら暖房消した部屋でゲームに興じていたわけがないじゃないですか……！

あっ、なんだかすごく悲しくなってきた。

「それでは商人をここに呼んでもよろしいですかな？　ああ、ああ、先にお茶を用意いたしましょうな」

控えていた家人の方々が侯爵さまの言葉を皮切りにテキパキとお茶の支度をしていきます。

その姿に私は感心しつつ、それを手伝うメイナとスカーレットの姿もしっかりチェックしました。

さすがは私の後輩たちです、熟練の侯爵家侍女たちに負けずとも劣らない動き。

（立派になりましたね……‼）

いやもう前から思っていましたが、どこに出しても恥ずかしくない立派な侍女ですよ。

これならもし王城を辞することがあろうと、どこの高位貴族からも引く手数多《あまた》の有能侍女となることでしょう。私も筆頭侍女として紹介状をいくらでも書いちゃうぞ‼

いえ、今抜けられたら困るので引き抜かれても困りますが。

それに王城での勤務はお給料も福利厚生も条件がとても良いと思うので、このまま王女宮で働き続けてもらいたいと心底願っております。

うちの自慢の！　後輩たちなので‼

「以前にもご紹介させていただきましたが、此度《こたび》もジェンダ商会の会頭を呼んでおりましてな」

「ええ、ルイスおじいさまにご紹介いただいた後、わたしも一度お買い物をしたのよ」

「さようでしたか」

「とても助かったわ！」

「それはよろしゅうございました」

にっこり笑った侯爵さまは、嬉しそうでした。

なんだろう、ここ、天使しかいないのかな？

「ユリア嬢には私からいろいろ贈り物をさせてもらったがどうだろうか、今回はブローチかスカーフ留めのようなものを贈らせてもらえるかな？　それとも他のアクセサリーが良いかなあ」

「え？　いえ、今でも良くしていただいておりますのにこれ以上は……‼」

「君は本当に遠慮深いなあ」

遠慮する私に対して苦笑する侯爵さまの後ろで、やってきたジェンダ商会の会頭さんが呆れたように笑っているのを私は見過ごしませんでしたよ！

笑ってないで侯爵さまを止めてくださいよ‼

「いいじゃないか、少しくらい。恋人と出かける時にでもつけてくれたら、私としては嬉しいんだけどねえ。親戚から貰った贈り物くらいの気持ちで気軽に受け取ってくれて良いんだよ？」

「ユリアは奥ゆかしいの。ですからおじいさま、あまりユリアを困らせないでください！」

「おやおや」

「プリメラさま……‼」

鶴の一声ならぬプリメラさまの一声！

思わず拝みそうになった私に、プリメラさまは輝かんばかりの笑顔を向けてくれました。

「だから、少しずつ贈ってくださいませ。それなら大丈夫よ、ルイスおじいさま！」

「そうかい？　じゃあそうしよう」

笑顔でとんでもない提案をするプリメラさまに、こてんと小首を傾げながら同意する侯爵さま。

あーっ、可愛い！　浄化される！

しかしちょっとずつでもだめです‼　そんなに贈られても対応に困ってしまいます……‼

私は助けを求めるように、会頭さんの方を見ました。

けれど、会頭さんは緩く首を振るばかりで……。

でも！　私はあきらめませんからね！


まあそんなこんなで、お茶会は和やかに終わりました。

寒くなる前に解散ということで、プリメラさまは笑顔でお部屋の方にメイナとスカーレットを伴って戻られ、侯爵さまはお仕事へ向かわれました。

とても残念そうなお顔をなさっておいでてしたね！

そして私は会頭さんと少しお仕事の話がある……ということで、お見送りをかねて出口までご一緒させていただいております。

今回の私はほら、ナシャンダ侯爵家の客人として来ている令嬢という立場なのでね！

見送りをする側には違いないんだけど、なんだか新鮮な気持ちです。

ちなみに、なんだかんだと会頭さんもずっとあの場にいたので、実質お茶会参加者でしたよ‼

さすがに王女殿下と商人を同じテーブルに……というわけにはまいりませんので、少し離れた所にという形にはなっちゃいましたけどね。

それでも、同じ場所でお茶を楽しむことができたプリメラさまはとてもお喜びでした。

（まあ結局、ブローチを買ってもらっちゃったなあ）

結局、贈り物は回避できなかったのかって？　できませんでした！

これでも頑張ったんだよ……‼

あれもこれもいいねえなんて穏やかにとんでもないことを言い出す侯爵さまとプリメラさま相手に、とんでもないお気持ちだけで結構ですって言い続けるにも限界ってものがあってですね……？

最終的には会頭さんがお勧めするブローチを何点かいただくということで落ち着いたんです。

（はあ……この短い時間だけで胃が……）

なるべく値段が高くないものを会頭さんが勧めてくれたことは理解していますが、それでも侯爵家に持ってくるレベルの品物ですものね！

私がおいそれと複数買うような品じゃないんですよ！

もちろん、いただいた物は値段に拘《かか》わらず大切にすると決めていますが……後でこっそり胃薬を飲んでおこうと思いました。

まあそんな私はともかく、プリメラさまにとってはとても楽しい時間だったのだと思います。

プリメラさまは茶会が始まってからも終始ご機嫌でしたし、会頭さんが持ってきてくださった商品を見て、その品物にまつわる話などを聞いては目を輝かせておいででしたから。

「今日は本当にありがとうございました」

「よせやい、俺と嬢ちゃんの仲だろう」

ちなみに見送りは、私だけです。侯爵邸の侍女は遠くに控えておりますが。

会頭さんがお帰りになるのをお見送りするのは本来はこの館の侍女がすべき仕事であって、客人である私がすることではありません。

むしろ私が見送りたいとでしゃばるのは本来、よろしくないことだと思いますが……そこを理解した上で、こうしてお見送りをさせていただいております。

（本当はプリメラさまがお見送りしたかったんですよね！　わかっておりますとも）

主人の意を汲んでこその侍女ですよね！

私が申し出た時、プリメラさまは少しだけ目を丸くして驚いていましたが……『ええ、そうね。お願いね！　会頭によろしく伝えてくれる？』って仰ったもの。

プリメラさまは王女さまですから。

おじいさまを見送りたくても、許されません。

ですから私に託してくださったのです。信頼して。

この健気さ！　伝わりますか‼

ただの見送りなんかじゃない、いろいろな気持ちを込めてお見送りをさせていただきますよ‼

（とはいえ、今は侍女ではないし令嬢だしでいろいろとグレーな行動だとは思いますが……）

この状況、いうなれば侯爵邸の侍女たちのお仕事を奪っているような気がしないでもないっていうか。

いえ、一応離れた所でついてきてくれているので、問題はない、のか……な？

今回は特例ということで侯爵さまもお許しのことでしょうし、私もジェンダ商会とは懇意にしているという理由から今後は気をつけるということで許していただきたい。

「会頭も忙しい合間を縫ってきてくださったのでしょう？　奥さまお一人ではお仕事、大変ではありませんか？」

「そりゃまあ、それなりにな。ありがたいことにそこそこ忙しい。だが、それでも……な」

「……はい」

会頭さんにとっても今回こちらに来ることは、それだけ価値があるということなのでしょう。

確かに一介の商人である会頭さんからすれば、プリメラさまと過ごせる時間がどのくらい持てるのかなんてわかりませんからね。

そういう意味ではこのタイミングを逃すなど、会頭さんにできるはずがありません。

「あいつもそのうち連れてこれる日があるとは思うんだが、商人夫婦が揃って……ってのも、悪目立ちするといけねエ。侯爵さまにご迷惑はかけられないからさ」

「そうですね……」

なかなか、難しいところです。

ジェンダ商会はナシャンダ侯爵さまが懇意にしている商会であるということはすでに周知の事実

とはいえ、知っている人はご側室さまの生家であることも知っているはずです。

となれば、そこに変な勘繰りをする人が現れる可能性もあったりなかったりと、まあ……そうなるとお店の方に影響があるかもしれませんし、それで迷惑を被《こうむ》るのはお客さんです。

そういう意味では難しいですよね、本当に。

「まあ……いつか、な」

「……プリメラさまがバウム伯爵家へ降嫁なさった後は、ご夫妻でいろいろな町を訪ねることもあるかもしれませんよ。お店巡りもなさるかもしれません」

「そうか、そういう未来もあるか。……そりゃあ、長生きしないとなア」

「はい、是非に」

私の言葉に会頭さんが優しい笑みを浮かべてくださいました。

プリメラさまがバウム家の奥方となられたなら、きっとお忙しい日々を過ごされることと思います。

ですが王女である今よりも、もう少しだけ身動きが取れるのではないでしょうか。

そうしたら、ジェンダ商会にだってお一人で……というのはさすがに無理でしょうが、護衛を伴って買い物に行くことだって可能になるかもしれないじゃありませんか。

ナシャンダ侯爵さまの懇意にしている商会だからとか、町中で人気だから視察にとか、名目は何だっていいのです。

そうしたいとプリメラさまが願えば、きっとディーンさまは叶えてくださいます。

(そういう未来が、きっと……)

それは、まだもう少し先の話ですけどね。

でも私は、そんな未来が来ると信じているんです。

「おっと、玄関に着いちまったなあ」

「では残念ですが、ここまでですね」

「ああ。見送り、ありがとうな」

玄関に着いたところで帽子をかぶった会頭さんが、私に向かってなんとも言えない表情を浮かべて一歩だけ距離を縮めました。

会頭さんはまるで内緒話をするように、そっと声を潜《ひそ》めて言ったのです。

「侯爵さまのことも、まあ許してやってくれ。あの人も嬢ちゃんに対していろいろしてやりてぇんだろう。やりすぎないようには一応、こっちからも声をかけておくからさ」

「……そうしてくださると、ありがたいです。本当に」

「あんまり期待されると困っちまうが、まあできる限り、な？」

「侯爵さまにそこまでしていただけるようなことをした覚えはないんですが……」

「まあまあ。侯爵さまのお気持ちってやつだ、あの人にはあの人なりの理由があってのことだろうさ」

「それは、そうかもしれませんけれど……」

「いいじゃねえか。金のねえ爺《じい》さんがやってるならともかく、あの人は曲がりなりにも侯爵なんだから」

「だからこそ問題なんじゃないですか……」

会頭さんにはそう言われましたが、貰《もら》いっぱなしってわけにはいかないんですよ。

目上の方から贈り物を貰いっぱなしなのは礼儀に反するっていうのはもちろんのことですが……

こう、なんか落ち着かないんですよ！

小心者だって？　ええ、ええ、その通りですとも‼

だって私の中身は小市民。貴族の令嬢ったって、貧乏貴族ですからね……。

名門貴族の侯爵家と、可もなく不可もない子爵家ってかなりの格差があるんですよ？

（それに加えて前世だってド庶民だもの。しょうがないじゃない）

良いのです、下手に贅沢《ぜいたく》を知って暴走するよりも、このくらいがちょうどいいってもんですよ。

そりゃまあね？

贅沢な暮らしをしてみたいとか、お姫さまみたいな生活をしてみたいなあ～……なんてことを、
前世でちらっとね⁉　ちらっとですよ⁉　考えたことはありますよ。

ないなんて嘘は言えません。ブラックまではいかないまでも、そこそこサービス残業と休日出勤
とキツい先輩のいる職場だったから夢だって見るってもんです‼

ですが転生した今世においては、現実に貴族社会ってものを目《ま》の当たりにして怖い部分とかも
知っちゃってるわけですよ。

だからね、私としてはとにかく穏やかに過ごせればいいんです！

（いただいた品々は大切に使わせていただきますが、あんまりたくさん貰いすぎてもどうしたらい
いのかわかんないんだ……ってどうやったら理解してもらえるのかしら）

例の養子縁組の件だけではなく、侯爵さまが善意であれこれと贈り物をしてくださっていること

は理解できております。

ただね、物には限度ってモノがあるんですよ。

私は一介《いっかい》の侍女であって、茶会のファッションリーダーを目指しているわけじゃないんです。

ビアンカさまもそうですが、そんなにたくさんのドレスやアクセサリーをいただいても私は仕事が忙しいから着る機会もないので、結局タンスの肥やしにしかですね……。

（いや待てよ？　もしかしなくても今後その機会ってやつが増えちゃうんじゃ⁉）

メレクとオルタンス嬢の結婚式とかでもいろいろと物入りなのは確かだしね？

当然ですが、そういう時は自分でちゃんとドレスを用意するつもりでしたけどね⁉

でもその話し合いなどでドレスを着て行くような事態になったら、よそ行きの服もアクセサリーも必要になるってことで……やっぱり助かります、ありがとうございます‼

そんなことを考えた時に、不意に思い出して私は声を上げました。

「あっ、そういえば」

「どうした？」

「以前お勧めしてもらったハーブティーがそろそろ切れそうなんです。今度お時間がある時で構いませんので、追加で王女宮に送っておいていただけませんか？」

「ああ、あれか。すっかり気に入ってくれたもんだねえ」

「はい、仕事で疲れた日にとても助かっているんです。それに、時々ですがプリメラさまも飲まれているので……お喜びくださることかと」

そうです。だいぶ前のことですが、会頭さんが美味しいカモミールティーを仕入れたからとおすそ分けしてくださったことがあったんです。

それが本当に美味しくてですね、こう、ホッとするっていうか……。

仕事で疲れた日には重宝するんですよね。なので、定期的に購入させていただいています！

なくなると困るんですよ、本当に。日々の癒しですもの。

ちなみにプリメラさまもお好きなようで、メッタボン厳選の蜂蜜と共に飲まれています。

（メイナとスカーレットにも人気なものだから、すぐなくなっちゃうのよね……）

あれっ、そういえばアルダールには淹れてあげたことがなかったような？

今度、ケーキと一緒に出してみることにしましょう。

最近、彼もお疲れですからね！

「ははは、嬉しいことを言ってくれるねエ。戻ったらうちの飴玉《あめだま》と一緒に嬢ちゃん宛に送っておくよ。料金はいつものように後でいいからさ」

「ありがとうございます」

「それじゃあ、また……そのうちに、な」

「はい、会頭さんもお元気で」

爽やかに去って行く会頭さんは、なんだかその帽子とコート姿のせいでしょうか。

商人っていうか、マフィアのボスっぽく見えたのは……内緒です。

いやあ、侯爵さまもナイスミドルですけどやっぱり会頭さんもかっこいいですね……なんでこの世界、イケメンだのイケオジだの美男美女ばっかりなんでしょう。

でも私のお父さまはそういう意味では平凡で、その娘の私といえば……。

あ、ダメだこれは考えてはいけない。

（さて、私も戻って今度こそアルダールに手紙を書きましょうかね！）

考えることは一旦横に置いておいたけど、会う約束だけはちゃんとしておかないといけません。

社会人ですもの、そこのところは計画的に。

いえ、正直な話、普通に約束するよりもいつ大事な話をするのかって覚悟を自分の中に決めたいだけなんですけどね！　会う日が決まればその日までに覚悟を決められるじゃありませんか。

こういう気構えが当日の余裕を生むのです。

（とはいえ……なんて書こうかなあ……）

そんなことを考えながら、私は割り当てられた自分の部屋へと戻るのでした。


あれから。

与えられた部屋の、備え付けられている机に向かって座って早数十分。

カチコチと時計の針が動く音だけが部屋の中に響きます。

私の目の前には、便箋が一枚、真っ白なままそこにあります。

そう……いざ手紙を書こうと決断した割に、一文字も書けておりません‼

（いやだってさ、今更なんだけど本人からじゃなくていろいろ聞いちゃったんだっていうのもきちんと書いておくべきなのかしら。いやいやそうじゃない、それは会えた時に言えばいいだけの話であってだな、要するに私からちょっと真面目なお話をしたいからお時間それなりにいただけますかって書くだけなんだけど、それがまた困難極まりないっていうか、どの辺が？）

という自問自答を繰り返しているというわけです。

いや本当に、もう思っていることをそのまま書けばいいだけなんですけどね。

なんだかいろいろ無駄に考えてしまって、どうしていいのか判断がつかなくなっております。

キースさまに以前、私は考えすぎる傾向にあるって言われたことがありました。

その時は『まさかぁ！』って内心笑っていましたが、あながち間違いじゃないなコレ……。

自分のことになると途端に優柔不断になるんですよね、昔から。

そういうところは大人になるにつれ、上手いことなんとかできていたと思っていたのですが。

(思い返してみるとそうでもないな……？)

特にアルダールと恋愛関係になってからひどいな？

冷静に思い返してみると、私はキースさまの言葉に対してどうしてあんなに無駄な自信を持っていたんでしょうか……？　不思議でなりません。

(と言っても、このままってわけにはいかないのよねえ)

メイナにもすぐに手紙を出せるように指示を出しちゃってますしね。

いつまでも書き上がらない手紙を前にダラダラしていたって終わりが見えません。

アルダールへ、と名前を便箋の始めに記《しる》したところで、何度目かになる深呼吸。

ようやく、意を決してペンを取った私はキッと便箋を見つめました。

こういうのはビシっといくべきです。こんな時こそ、侍女として培《つちか》った経験が物を言う！

必要な情報を最低限記して後は野となれ山となれ！

当たって砕けることも大事……いや砕けたらダメです‼

深呼吸をして冷静になれたと思ったんですが、全然冷静じゃなかったというオチですかね。

そんな自分に呆れつつ、脳内で内容を整理します。

（まずは時候の挨拶を書いて、それからナシャンダ侯爵領での薔薇が綺麗なことを書いて……）

うん、この辺りまで書けば、私が元気にやっていることが伝わることでしょう。

そういうの書いておかないと後々に響くこともありますからね。

アルダールって本当に心配性ですから……あっ、その心配性が高じていろいろ私の知らないところで動いていたのかもしれない。今更だけど、それが濃厚かも。

もちろん、バウム伯爵さまに何か注意されて、そのせいで言葉にすることができなかったのかもしれないですが、どうも複雑な事情がありそうなので聞くに聞けない、かな。

藪《やぶ》をつついて蛇を出す……なんて真似はしない方がいいって古くから言うじゃないですか。

「よし、と。こんなものかしら」

プリメラさまと薔薇園を散策したこと。

ナシャンダ侯爵さまからいろいろと贈り物をいただいて、その際にお話を聞かせてもらったこと。

その上で少し相談も込みで真面目なお話をしたいというお願いを記して、完成です！

書き出してみると案外呆気《あっけ》なくて、きっと彼との話し合いも同じなんだろうなあと思いました。

私のことですから、きっと話をし始めるまでが長かったり、無駄なことを思い悩んだりしちゃうんでしょうね。

今のうちに反省してそんなことがないようにしたいものです。

（……でもアルダールのことだから、私が話せるまでちゃんと待っていてくれるんだろうなあ）

そう思うと胸の奥がほっこりするわけですが、いや、惚気じゃないですよ？

インクが乾いたかどうかを確認した後に、私は呼び鈴を鳴らしました。

すぐにやってきたメイナに手紙を託し、ドアが閉まるのを見送りました。

そして一息ついて私が窓の外に視線を向けると、すっかり外は夕暮れ時になっていて。

（……前にこれと同じような光景を見たのは、夏の終わりだったのよね）

ナシャンダ侯爵さまと、プリメラさまと……それから、ジェンダ商会の会頭さんと。

それがもう去年の夏の出来事だなんて！

あの頃はまだ私とアルダールの関係も、友人関係でした。

それがあれよあれよという間に恋人関係になって、ミュリエッタさんが登場して、家族関係を回復して……本当にいろいろとあったなあ。

そう、しみじみ思いますね。

（養子縁組の件は、お父さまは知っているんだろうか）

知っていても、私が決めるまでは何も口出しするなと言われている……なんて可能性もあるのよね。

でももしそうであっても、私はお父さまがどう思っているのかを聞きたいです。

私は、ファンディッドの娘でありたい。

利害関係や人間関係、派閥の影響力。

そういった多くのことからファンディッド子爵家の繁栄を願い、多くの恩恵を望むなら……私は侯爵家の娘になるべきだと頭では理解できています。

ですが、感情的には……このままが良いのです。

(今のままの、私でありたい)

プリメラさまは私が侯爵家の娘になったら、きっとお喜びになるのでしょうね。

義理とはいえ、縁故《えんこ》となるのですから。

けれど、そうならなくてもプリメラさまと私の関係が変わるとは思えません。

それ一つで変わることなど、私たちの間柄では起こりえません。そう私は信じています。

しかし、実家の……家族の反応はどうでしょうか?

(……喜ばしい、って言われちゃうのかな)

ある意味、栄誉なことには違いありませんからその反応は正しいのでしょう。

上位貴族への養子縁組というのは、将来が約束されたようなものです。

子爵令嬢として、私もそのことは重々承知しております。

その上でお断りしたいと願っているのですから、親不孝になるのだろうかと考えてしまうのです。

(大丈夫。……侯爵さまは、断ってもいいと、そう仰ってくださった)

変わらず、これからもビジネスパートナーとして重んじてくださると約束までしてくださった。

そのお言葉は信頼に足るものです。

(だからこれは、私個人の、感情の問題。そのはずなんだけど)

それなのに私一人の、個人の気持ちの問題で済まないという話だから問題なのですよね。

その辺りのことはお父さまに、そっとお尋ねするのが良いかもしれません。

お手紙がいいのでしょうか、それとも一度顔を出す方がいい?

うん、それがいいかもしれません。

もう少し頻繁に帰省するとお義母さまにもお約束しましたし、不自然ではないはずです。

「アルダールは、……どう思っているのかな」

ぽつりと零《こぼ》した声は、私が自分で思う以上に不安そうなものでした。

思わずハッとして周囲を見渡しましたが、当然ながら室内には誰もいません。

安堵《あんど》で胸を撫で下ろしてから、何をしているんだろうと苦笑が浮かびました。

結局のところ私は、私が知らないところでいろいろな事態が動いていたことに対して、不安を感じているだけなのでしょう。

憤《いきどお》りとか不満とかよりも、不安。これに尽きます。

だからこそ、何もわからなくて震えているのではなく何か行動をしなくては！

（でも、何を聞く？　何を聞いたらいい？）

ぼんやりと、茜《あかね》色に染まる空と薔薇を見ながら、彼のことを思い浮かべます。

アルダールは、私が養女にならなくても良い方法を探してくれていました。

彼はこの話を聞いて、何を思ったんでしょう。

私と、どういう道を歩んでいきたいんでしょう。

（じゃあ、私は？）

私は、どうしたいのでしょうか。

もしアルダールが、結婚はしないけれど寄り添っていきたいと言うならそれでもいい？

それとも、彼が今すぐにでも結婚したいって言ったら『はい喜んでぇー！』って応えられる？

即座に答えが出せない辺りが私の悪いところなのでしょうね！

「……いろいろ覚悟を決めて、話し合いをしなくっちゃなあ……」

別に結婚がいやってわけじゃないんですよ？

むしろ、憧れは人並みに持っておりますとも。

ただ、縁はないだろうなあって……そう思っていたから。……前世も、今世も。

それにこれでも子爵令嬢として、愛のない結婚生活だってあり得ることは頭で理解できてましたから、それはちょっといやだなって。それなら独身ライフもいいんじゃないかって。

寂しいって言うことなかれ！

前世に比べたらこんなにも侍女ライフからのリア充しておりますし⁉

それに、アルダールと付き合い始めてからは……その、少しずつですが『そうなったら嬉しいな』くらいに想像したことくらいありますよ‼

といっても漠然としたビジョンで、それがいつだったらとかどんな暮らしでとか、そう具体的なことは何もないんですけど……いやはや、お恥ずかしい。

なにせ、本当に縁遠いと思ってそういう知識がまるでないものですから！

アルダールが結婚を嫌がっているような素振りも見受けられたから、そういうものなのかな、まだ考えるのには早いのかなーって……。

いやいやそれを理由に私が現実から目を逸らしていただけですねわかっていますよ‼

結局、今までのツケがきたってだけですね。

（いや、でもどんな形に落ち着くにしろ、私たちが次のステップを踏む理由がミュリエッタさんっていうのがなんとも皮肉よね。彼女も知ったら変な顔するでしょうね……)

愛らしい美少女《ヒロイン》の姿が、私の脳裏でなんとも言えない微妙な顔になっていたのは内緒です。


一週間ほどの滞在を経て、今回のナシャンダ侯爵領への旅行が終わりました。

別れを惜しみつつも、プリメラさまも満足そうな表情でしたので私も幸せです！

(それにしても一週間が小旅行かあ)

さすが王族、スケールが違いますよね。

とはいえ王女殿下の滞在が一日、二日といったほんのちょっぴりでは行程に余裕がなさすぎて対外的にもよろしくないと思いますので、このくらいが妥当ではないでしょうか。多分。

残念ながら我がクーラウム王家の方々はなかなか避暑地にもご旅行なさいませんし、公務でお出かけなさることは旅行として参考にはなりませんからね……。

公務ですと分刻みスケジュールで常に人の目を気にして堂々とした振る舞いを求められてしまいますから、それも仕方ない話なのですが。

まあ、そのあたりのことは今回を基準に今後は考えていけばいいでしょう！

プリメラさまの専属侍女として、勉強になったと思います。

そして帰った私たちが真っ先にすべきこと。

それはまずプリメラさまのお荷物を片付けること、そして王女宮の掃除からでした‼

といっても、王城内の使用人たちによって毎日基本的な掃除がされていますし、プリメラさまのベッドメイキングですとかその辺りが中心です。

これには主人の不在時に不審者が細工をしていないのかのチェックも含まれているので、結構重要なお仕事なんですよ。

ちなみに書類もちょぴーっとだけありましたが、急ぎの案件はないようでした。

スカーレットが残念そうにしていましたが、荷物を片付けるのが最優先だからね⁉

私も令嬢として持っていった荷物、それからいただいいた贈り物の数々の片付けがありましたので、申し訳ないのだけれど仕事の分担だけ割り振ってから自分の片付けを優先させてもらいました。

書類はスカーレット、ベッドメイキング等はメイナ、プリメラさまの給仕はセバスチャンさん。

私は後ほど、みんなからの報告を受けて日誌を書くということでお願いして解散です。

みんな有能だとほんと助かりますよね！

(今日はもう私はお休みでいいとプリメラさまも仰ったし、大丈夫そうなら……少しでいいから、アルダールに会えないかな)

もちろん帰る時期は連絡済みですし、彼も私が戻ってきていることは知っているでしょう。

とはいえ、私は近衛隊の勤務時間を把握《はあく》しているわけではありません。

(会いたいと思ったからって、会えるもんではないんだよなあ……)

こうして考えると、アルダールが時間のある時に私の所に足を運んでくれているのが、どれほどありがたいかって話で……。

不規則な勤務体系だから当然だって言ってくれるから、私もついそれに甘えていました。

でもそういえば、私から会いに行くということは数えるくらいしかなかったかもしれません。

いえ、アルダールからはあまり騎士隊の宿舎などに来ないでほしいと言われているんですけど。

（……会えないか、聞くくらいなら……いいよね？）

なにせ私！　アルダールの！　彼女ですからね‼

表向きもこのくらい堂々とできたらいいんでしょうが……まあそこは、次の課題です。

それにしてもこの贈り物の数々、どうしてくれようか。

侯爵さまのお気持ちがこもっていてとても嬉しいし感謝しておりますが、今まで持っていた服となんかこう、クローゼットの中で格差が……ひどい……。

その現実に若干顔が引き攣るのを感じましたが、まあ仕方がないよね。

そこは割り切ってぐいぐい荷物を詰めていきました。

メイナが片付けるのを手伝うと申し出てくれていたのですが、こればっかりは自分でやると言った手前、さくさく終わらせなければ！

「……こんなものかしらね」

普通のご令嬢は自分で荷物なんか片付けないと言われるかもしれません。

ですが、私は令嬢である前に侍女ですからね！

王女宮に戻って来たからには、令嬢である前に筆頭侍女という自覚を持って行動しようと思うのです。

だってそれが、私の原点ですもの。

すっかり片付いた荷物に満足したところで、他のみんなからの報告が来ているだろうか確認すべく執務室に向かったところでタイミング良くノックの音が聞こえて、私はそちらに体を向けその声に答えました。

「はい、どうぞ」

今日は侍女服じゃありませんけれど、このまま居留守を使うのは申し訳ありませんからね。

それにこのタイミングならきっと、王女宮の誰かだと思うじゃないですか。

気が緩んでいるわけじゃありませんよ⁉　そうだろうなっていう、推測です。

ですが控えめに開いたドアからちょこんと顔を覗かせたのは、クリストファだったのです！

うっ、可愛い！　なにそれめちゃくちゃ可愛い‼

いつも可愛いけど、顔だけ覗かせるとか追加で可愛いじゃないですか。

思わず固まる私にクリストファが不思議そうにしているのがこれまた可愛くて……ごほん。

「クリストファ、いらっしゃい。今日はお使いですか？」

「……うん。これ、奥さまから」

私の言葉に控えめにそう答えると、クリストファは執務室の中に入ってきました。

その様子が小動物めいて顔の筋肉が緩んでしまいそうですが、そこは大人としてしっかりしなくては！

「ありがとう。返事は今すぐ必要ですか？」

「お返事はいらない」

ふるふると首を左右に振る姿がまた可愛いんですけれど！

久しぶりに会ったたっていうのもあるのでしょう、なんだかもう微笑ましくてたまりません。

それにしても、プリメラさまもそうですが……この年頃の子ってすごいな。

「背が伸びましたね、クリストファ」

「……？　そう……？」

「ええ。少し会わないうちに、随分と背丈が伸びている気がします」

なんとなく手を伸ばして頭を撫でると、クリストファが少しだけ目を細めました。

それは嫌悪とかそういうのではなく、猫が気持ちよさそうにしているような姿です。

本当にそういうところが可愛いなあって思いますが、やっぱり背が伸びたよね。

前よりも撫でる位置が高くなった気がする！

「そのうちクリストファも私の背を追い越していくんでしょうね。弟もそうでしたから」

「……うん」

メレクもこんな可愛い時期があったんですよ！

今だってもちろん可愛いですけどね！　なんたって自慢の弟ですもの。

でももうお嫁さんも貰っちゃう年齢の弟に、いつまでも可愛いなんて言ってはいけないと思いますので……こっそり心の中でね。

複雑な姉心ってやつですよ。

「ユリアさまも」

「なんですか？」

「綺麗になってる」

私の手から離れたクリストファが、軽くふるふると頭を振ると、私に撫でられて乱れた髪が一瞬で戻りました。なんというキューティクル。羨ましい。

思わずそんなことを思いましたが、なんだか今爆弾発言を耳にした気がします。

「ク、クリストファ？　お世辞を言うようになったのね……？」

「お世辞じゃない。あのね、あの人が嫌になったら、いつでも言って」

「あ、あの人、です、か？」

いかん、思わず動揺してつっかえつっかえになってしまいましたが、あの人って誰のことですか。

私の問いに対してクリストファはいつものように無表情なままコクンと頷いて見せましたがそうじゃないのよ、クリストファ？

「誰のことを言っているのかはわかりませんが、大丈夫ですよ」

「……大丈夫？」

「ええ！　私も大人ですし、頼りになる人たちが大勢いますからね。心配してくれてありがとう」

「なら、いい」

なんだかよくわかりませんがクリストファが納得した様子でまた一つ頷いたかと思うと、失礼しますとお辞儀をしてさっさと出ていってしまいました。

……かなり仲良くなったと思っていましたが、まだまだ彼の考えていることが今一つ読めません。

くう、未熟！

（あの人って、エイリップさまのことかしら。それともミュリエッタさんのことかしら）

もし、クリストファを頼ったらどうするつもりだったんでしょう？

ビアンカさまに伝えるとか……うん、きっとそう。

まあ妥当なところですよね。あの子は公爵家の使用人なのですから。

そうそう、ビアンカさま！　お手紙をいただいたのでした‼

「ええと、なになに……？」

一目でわかる上質な紙に美しい文字が一行。

えっ、これだけ？

しかも内容がこれまた端的で私は目を丸くすることしかできません。

だってよ？


『遊びに行きたいわ、行きましょう』


これだけですよ⁉

しかも拒否権がない感じなんですけど⁉

詳細がないんですけど、返事が要《い》らないってことはあちらで準備だのなんだのをするから身一つでいらっしゃいねってことだなコレは！

この一行でそこまで理解できてしまう自分がすごいと自画自賛しつつ、私は乾いた笑いが自分の口から漏《も》れるのを聞きました。

（……あれかな。ナシャンダ侯爵家へ泊まりがけで行くんだってプリメラさまが話した時、なんだか羨ましそうにしてたよね……）

ビアンカさま、社交界のレディたちからすると〝憧れの貴婦人〟なんだけど、実際は結構こう……お茶目な行動派だから……。

そう思うと何を計画しているのか若干、心配です。

まあビアンカさまは公爵夫人としての立場を忘れないでしょうから、きっと大丈夫。

「プリメラさまもご一緒できることだといいんだけどなあ」

びっくりはしたけど、お誘いは素直に嬉しい。

手紙を封筒に戻して、口元が緩むのも構わずくるりとその場で回ったところでまたノックの音が聞こえ、思わず肩が跳ねました。

今日は来客の多い日ですねえ。

「はい、どうぞ！」

「失礼するよ」

そして再び開いたドアから入ってきたのは、なんとアルダールです。

こちらを見て柔らかく笑って歩み寄ってくるその人の姿に、思わず私は目を瞬かせてしまいました。

「……アルダール」

あらやだ、私から連絡しようと思ったら向こうから来るだなんてこれなんて以心伝心？

嘘です、ついさっきまでビアンカさまと遊びに行くことに思いを馳《は》せておりましたよ！

驚いたままの私の反応に、アルダールは不思議そうにしつつ笑いました。

「そんなに驚かなくてもいいじゃないか。帰ってくると聞いていたから、様子を見に来たんだ。といっても休憩時間だから、すぐに戻らないといけないんだけどね」

「そ、そうだったんですね。私も連絡しようと思って……」

「会いたいと思ってくれた？」

「……手紙を送ったじゃありませんか」

「うん。その内容もちゃんとわかっているよ。それ以外でも会いたいと思ってくれたら嬉しいなって」

にっこりと笑ったアルダールに、私はやっぱり勝てないなあなんて思いましたね。

しかし簡単にそれを認めてみせるのは悔しいので、私もにっこりと笑ってみせました。

「そうですね、アルダールが私に会いたいとこうやって来てくれるのと同じくらいには」

どうですか！　大人の女の返しだと思いません？

いやまあ、この間読んだ推理小説で出てきたキャラクターがこれまたかっこいい女性で、そのキャラクターのセリフを真似《まね》てみただけなんですけどね。

……うん？　なんか、言っていてどんだけ上から目線っていうか、私は貴方《あなた》に愛されてるって自信を持っていますよって自爆しているような気がしないでもないっていうか。

こう、じわじわと頬が熱を帯びてきて……つまり、照れが遅れてやってきてですね……。

私が思い描いたのとはかなりかけ離れてるっていうか、やっぱり慣れないセリフは言うもんじゃない。

目の前でアルダールはきょとんとしてから、私を見てまた笑ってるしね‼

「うん、私も会いたかった。私と同じだと言ってくれて嬉しいよ」

クスクス笑うアルダールに、その余裕っぷりがまたもうね、なんていうんでしょうね？

勝てなくて悔しいっていうかね！　まあいいんですけど⁉

そんな小さなことで不機嫌になるほど私も子供ではありませんから、何事もなかったように振舞うなどお茶の子さいさいですとも。本当だったら！

「それで、手紙で話がしたいってあっただろう？」

「はい」

「……その、王城ではちょっと話しづらい内容だから、後日改めて時間を取ってほしいんだ。私の方でもいろいろとその間に片付いて、きちんとユリアに説明できるところまできていると思う」

「わかりました」

迷うことなく私が返事をすると、アルダールはどこかホッとした様子を見せていました。

今すぐ説明しろ！　って私が詰め寄るとでも思ってたんですかね？

以前、ちゃんと話せるようになったら話すと約束してくれたのですから、待ちますよ。

まったくもって心外です。いや、手紙を送ったから催促《さいそく》したと思われたんでしょうか。

そんな私の心情が伝わったのでしょうか、アルダールは少しだけ気まずげに視線を彷徨《さまよ》わせてから、私を真っ直ぐに見ました。

「信じてくれているとわかっていても、いろいろ話せないことが多くて……待たせて申し訳ないと思っているんだ。正直、自分で思っていたよりも時間がかかってしまって」

「……はい」

「待ってくれてありがとう、ユリア」

「それはきちんと説明していただいた上で私が納得できるかどうかだと思いますが？」

思わずちくりとした物言いになってしまいましたが、そこは譲れません。

そりゃまあいろいろあると思いますよ。

貴族の関係性とか利害とか、体面とかどうやって丸く収めようとするのかとか。

しかし私が関わっているのに、当人である私に知らせない。

それなのに説明は後回し……なんてされたら、誰だってそこは不満に思うものでしょう。

いっそのこと、本当に私が気づくことなく終えてくれたら良かったのに！　なんて思ってしまいます。

まあね、そんなのは無理だってわかっているんですよ。

そもそも知らせないのも『私のため』だと理解していますし、行動を起こしている人たちが私が信頼している人たちだと思えばこそ、こうして信じて待っていられるのです。

「……ちゃんと、話してくれるんでしょう？」

隠さず、今度こそ最初から。

互いに立場があって、それは仕方がないと理解はできていても、どこかに残る『どうして？』がちらりと顔を覗かせてしまいます。

またはぐらかされたらどうしようとか、そんなネガティブな気持ちが滲んでいるのでしょう。

アルダールに向けて発した声が、少しだけ揺れた気がします。

ああ、もう！　しっかりしなくては！

けれどアルダールは、そんな私のことを笑うでも気づかないフリをするでもなく、真面目な顔でじっと見つめて私の手を取りました。

そして、彼は私の指先にキスを落としたのです。

まるで……そう、それは何かを誓うように。

いつもの甘い雰囲気とは何かが異なるそれに、私は思わず息を呑みました。

アルダールがどこか熱っぽい視線を私に向けてきているではありませんか。

「アル、ダー、ル？」

「きちんと、全てを話すよ。そのために、私も尽くしてきたつもりだ」

「え、ええ。信じて、います、よ？」

「だからユリアも、聞いてほしい。最後まで」

「最後まで……？」

「……。さて、私はそろそろ戻らなくては」

「えっ？　あ、ああ！　そうですよね‼」

アルダールが私の手を離して、いつもと同じように優しい笑みを浮かべたことにホッとしたような、これこのままにしていいのかって思うような、そんな気持ちになりました。

けれど休憩時間の合間に来ているということと、なんとなくいつもと違う雰囲気ということに私もまた、何事もなかったかのように振る舞うことにしたのです。

（いや、なんていうか、……怖かった、とは違うんだけど……）

なんだろう、どこかで前にもあったような空気だったんですが。

心臓がバクバクしてうるさくて、頭が回らなくなってしまうのはちょっといただけないのです。

だって、話し合いにならないでしょう？

だから、きっと、これで良かったはず。

私にもクールダウンの時間が必要ですよこれは‼

「わざわざありがとう、アルダール。私の方も予定がわかり次第、連絡しますね」

「いや、私の方が不規則な勤務体系で迷惑をかけているからね。会いに来るのは当然のことだよ」

当然って簡単に言うけど、多分違うよ……？

割とアルダールってマメだと思うんですよ。多分。他を知らないのでなんとも言えませんが。

世の女性のコイバナを耳にした限り、めっちゃ理想的な振る舞いをしてくれていると思いますよ⁉

「あ、ありがとう……」

「私が会いたいと思って通い詰めているだけなんだから、ユリアは気にしないで。むしろ迷惑だと思うことがあったら、言ってほしい」

「迷惑なんて思ってません！　これっぽっちも‼」

「良かった」

「むしろアルダールに負担ばかりかけているから……私にもできることがあったら言ってくださいね？」

「……じゃあ、遠慮なく」

不意に手が伸びてきたかと思うと、アルダールが当たり前のように私を抱きしめてきました。

気がついたら彼の腕の中にいる私は、瞬間的に何が起きたのかわかりませんでしたよね。

（えっ、良い匂いする）

抱きしめられたのだと理解した瞬間に顔が赤くなったと思いますが、アルダールは私に向かってとても良い笑顔を見せてくれました。

「ユリアを補充していかないとって思っていたんだ。ありがとう」

「どっ、ど、どういたしまして……?」

「それじゃあ名残《なごり》惜しいけど……また連絡する」

私の額にキスを落として、アルダールが柔らかく笑いました。

ひらり、と手を振って出ていった彼の姿が見えなくなってから、私は思わずへたり込みそうになりましたがそこは気合いで堪えましたよ。気合いで。

だってほら、今、私は勤務中ではないにしたって……いやほらね、へたり込んだらもう立てない気がしてしまったもので!

くそう、負けた、完敗ですよ!!

(この甘い対応に慣れたと、思ったのにいいいィィ!!)

私もまだまだ恋愛初心者だってことですかね……。

抱きしめられるにも覚悟ってものがいるんですよ!

そう、乙女心は繊細なんです!!

って言えたら楽なのでしょうが、そうなったらそうなったでそのうち『言わなくても察してくれたらいいのに』とか思い始めるのでしょうか。先輩侍女たちが以前、そんなことを言ってたんですけど。

だとしたら贅沢極まりない悩みですね。

（でも）

私を補充していきたい、ですって。

それってつまり、私がいないと困ってしまうってことですよね。

ほんの少し、一週間程度離れていたっていうだけなのに！

アルダールが……あのアルダールがそんな風に言ってくれると、自惚《うぬぼ》れでも何でもなく私って愛されているなって思うわけです。

そう思うと顔がにやけるのが止まらなくて、思わず両手で頬を押さえ込んでしまいました。

きっと今の私は、緩み切った顔をしているに違いありません。

ついでに顔も真っ赤だと思います。

（照れるけど、めっちゃ嬉しい……！）

アルダールは、知らないんだろうなあ。

私がこんなに、好きなの。いやバレているのかな。バレているよね。

できるだけ顔に出さないようにしているつもりだけど、彼と一緒にいるようになってから業務面以外では取り繕えなくなっている気がします。

いえ、普段から取り繕う必要はないのだろうから、これでいいんだと思いますけどね。

だから言わなくてもきっと、私の気持ちは伝わっているのでしょう。

とはいえ、ちゃんと言葉にするべきだってことを今の私は理解しています。

でも私は好きだって言葉にするのが苦手で……いやそんなこと言ってる場合じゃないんですけど。

っていうか、同じ恋愛初心者の人でも積極的だったらもっとこう……ぐいぐいいけたのかなあと思うと、自分の奥手さに呆れるくらいなんですけども！

（大丈夫、アルダールはちゃんと話してくれる。私も、言葉にする。大丈夫いけるいける）

ただその内容がどういうものかっていうのがね、問題なんですけどね！

私にとって納得できるものかどうかは別なんだよ……。

となると、なんにせよ納得できるまで話し合いすればいいんだから、今は考えないことにしましょう！

（それにしても王城では話しづらいというのはどういうことなのかしら？）

誰かに聞かれると困る話なのでしょうか？

それとも王城だとその話をするのに邪魔をしてくる人間がいるかもしれないとか？

（その辺りのことについても、アルダールが説明してくれるのかしら）

とりあえずプリメラさまの今後のご予定と、自分の休みの両方をしっかり確認した上でセバスチャンさんと相談しつつ、いつでも調整できるように整えておくことにいたしましょう。

いろいろ気になることはありますが、お仕事に手を抜くなんてことはありませんからね！

（あ、ビアンカさまのお誘いはいつになるのかしら）

そこも大事なことですよね！

まあビアンカさまのことですから、きっと今回の養子縁組の件も耳にしているはずです。

（アルダールとの話し合いが重なってしまったら、そちらを優先したいけど……）

お出かけの延期なんてできるかなあ。

ビアンカさまもいろいろとお忙しい方ですから難しいかもしれません。

できたら全部の予定が、上手くかみ合いますように！


アルダールと連絡をとったり、城内で待ち合わせしてお互いの予定をすり合わせた結果。

なんとか、来月の休みにちょうど良い日があることがわかりました。

お互いお休みはありますが、ちょうどいいっていうのがなかなか難しいんですよね！

なんだかんだ予定が入ったとしても、来月ならばスケジュールも管理しやすいと思うのでホッとしました。

侍女は基本的に主人の公務が忙しくない限り決まった曜日をお休みさせていただけますが、騎士はそうもいかないことが多いですからね……。

幸いにもプリメラさまのご公務も、当面は遠方への視察、急を要するものなどありませんからそちらも安心していて良いでしょう。

プリメラさまに割り振られる公務で緊急性の高いものは当分の間ないだろうと王太后さまも仰っておられたので、そこは安心して良いはずです。

（最悪の場合は……まあ、私が休みを調整すればいいんだけど）

私事で休むことが最近多いので、筆頭侍女としてちょっと立つ瀬がないっていうか……だから可能な限り既定のお休みで都合をつけることが望ましいのです。

それにちゃんと話してもらえるのだとわかっていれば、私も安心ですしね。

いつになるかわからない、ではなく明確に日を決めようというところまでくれば不安に思うことも少ないでしょう？

こうして明確に日が決まったのであれば、まだもうしばらく時間がかかっても待てそうです。

（それを言ったらアルダールは少し不満そうでしたけどね！）

彼の方は早く話したいっていう雰囲気でしたから……。

直接、文句を言われたりしたわけではないんですけど。なんとなくそんな感じがしたんですよ。

とはいえ、本来そこに不満を持つのは私の立場では？　待たされていたの私だけど？

そんな風に少し思ったのは内緒です。まあいいんですけど……。

結局話し合いの場所は、人払いができて目立ちにくい場所がいいだろうってことになりまして。

いやまあ前提がまず難しいっていうか……そりゃ王城で話ができないんだから、そのくらいの条件は必要なんでしょうけれども。

で、候補に挙がったのが二か所。

ミッチェラン製菓店の二階にあるあの個室と、バウム家の町屋敷です。

以前にも行ったことのあるミッチェラン製菓店の個室はそういう密談とかにも良さげでしたから、ありだと思います。予約が取れるかが問題ですけどね。

あそこならチョコレートも食べられますし。

……って食い意地が張っているわけではありませんからね！

そういう意味ではバウム家の町屋敷も当然、秘密は守られるでしょう。

あの町屋敷での記憶といえばクレドリタス夫人になるからなんだか不穏な気配を察知！　みたい

な感じになっていますが、今回あの人がいることはないので安全です。

（そういえばクレドリタス夫人ってどうなったんだろう）

アリッサさまが『バウム家の家人のことはこちらで処理します』って仰ったのだから、私にはどうなったか知る由《よし》もないんですけどね！

今の今まで思い出しもしなかったんですが、思い出すと気になるのは人の性《さが》というものです。

叱られて反省したならいいのですが、あの時の様子を見た限りでは無理だろうなあ。

そもそもアルダールを追い詰めた人だと思うと、私としてもひと泡吹かせてやりたい気持ちが少しだけあるのです。アリッサさまにしっかりきっちりお灸《きゅう》を据えてもらったらいいんだわ！

とまあ、そんな感じで話し合った結果、ミッチェラン製菓店の二階に落ち着きました。

ただ、あそこはあそこでつい最近デートした記憶がですね……。

思い出すと恥ずかしいので、細かくは思い出しませんが！

大事な話し合いなのだから今度はそんな甘ったるい雰囲気にはならないだろうし。

いや、なったらどうしよう。

あの距離感で？　また抱きしめられちゃったら？

そんなことになったら私、話し合いなんてまるっとできずに茹《ゆ》で蛸《だこ》になって終わるかもしれません！

なんてことかしら……そうならないように今のうちから冷静さを保つ訓練をすべきなのでしょうか。

どう考えても無理だな。

「やあやあこれはユリアさま、ご機嫌麗《うるわ》しゅう！」

「……ニコラス殿。これは珍しいところでお会いしましたね」

そんなことを考えながら廊下を歩いていると、後ろから声をかけられました。

声で誰かはわかっていたので、振り向きたくはなかったのですが……人通りも少ない中での名指しはさすがに聞こえなかったで押し通すには無理があったため、私は仕方なく足を止めそちらを向きました。

最近エイリップさまの姿を見なくなったため王女騎士団に確認してもらったところ、もう城内を私一人で歩いても大丈夫だということになったのです。

エイリップさまについて詳しいことは教えていただけませんでしたが、まあプライバシーの関係もあるのでしょう。いくら遠戚とはいえ、そのあたりを突っ込んで聞いてはおりません。

むしろ、こちらからすれば好都合なのですから！

なにせ私も仕事の都合上、王城内を歩かないわけにはいきません。かといって、王女騎士団に毎回護衛をお願いするのも大変心苦しかったので……これにはとても助かりました！

特にここ最近はメイナとスカーレットの誕生日が近いので、サプライズでお祝いしてあげようとセバスチャンさんと相談していたところだったので……。

やっぱり個人で動けた方が、何かとやりやすいですからね。

ケーキはもちろんメッタボン、お茶はセバスチャンさんで、プリメラさまからはお祝いのお言葉を。

それから綺麗な花であの子たちを祝いたいなと……そう、考えていたところです。

まさかその相談をしに庭師の方のところへ行った帰り道で、ニコラスさんに会ってしまうだなんて！

（なんてこと）

これは想定外でしたね。

この人が現れると、大抵ロクでもないことを言われるような。

というか、そんな気がしてならない……‼

（いや大抵は情報をくれているんだからニコラスさんが悪いわけじゃない。ただ、胡散臭いだけで）

そう、胡散臭いからつい……。

今もその笑顔が胡散臭くてたまりません！

もちろん、顔には出しませんけど。

しかし多分、私がそう思っていることは彼に伝わっているんじゃないかと思います。

（そしてそれを面白がっているんじゃないかしら……）

ええ、そういうわけで大変碌《ろく》でもない人ではないかなって私は心の底から思っていますね！

彼の祖父であるセバスチャンさんからも手厳しく相手してやってくれと言われていますし……あまり仲が良いというわけでもなさそうです。

だから私が彼に気を使う必要はないのです。これっぽっちも。……多分。

「その方角ですと、王女宮にお戻りのところですか？　では僭越《せんえつ》ながらボクがお送りいたしましょう」

「……では、ご厚意に甘えてよろしくお願いいたします」

本音を言えば嫌ですけども、そこは私も大人ですから。

にこりと微笑んで受け入れて差し上げましょう。

なんせ、いやだって言ったところでなんだかんだついてくるってわかっていますからね……。

無駄な労力を払って相手を喜ばせても、私には何の利もないのです。

これまでの彼とのやり取りでちゃんとそれを学びました！　私は学習する女なのです‼

「そういえば、お聞きになりましたか？」

にこーっと笑ったニコラスさんが私の横で話題を振ってくるではありませんか。

それを耳にして、私は内心『ほらきたあー！』と思いましたね。

ええ、やっぱり。来ると思ってたんですよ。

絶対に、毎度のことながら何か厄介な話なんでしょう⁉

「なにがでしょうか」

「ここだけの話ですが、パーバス伯爵さまがもう長くないそうですよ」

「えっ」

驚かされまいと気構えをしつつ話を促《うなが》せば、結局驚かされました。

いや、まさかの話をぶっ込んできましたよこの男……！

「パーバス伯爵家の次期領主といえばご長男だそうですが、かの御方はセレッセ伯爵さまと同じ土俵にようやく立てた、ここから見返してやるのだと息巻いておられるそうで」

「……」

私はニコラスさんの話を聞きながら、呆れて変な声が出そうになりました！

実の父親が危篤という状態なのに、何を息巻いているのかって話ですよ。

（いやでも、そういえば前にちらっとそんな話を聞いたな……）

お義母さまの兄がキースさまのことをライバル視してたって話。

歯牙《しが》にもかけられちゃいない様子でしたけどね……。

（エイリップさまといい、一方的にライバル視してガン無視されているのに執念深いっていうところはさすが親子ってやつ？）

それにしてもあの妖怪爺……おっと失礼、パーバス伯爵が本当に危篤状態なら、お義母さまにも連絡がいっていることでしょう。今頃は帰省の準備をなさっておられるのでしょうか。

この場合、メレクもお父さまの名代《みょうだい》という形で一緒に弔問へ行くかもしれませんね。

なにせあの二人はパーバス伯爵家と血が繋がっているのですし……。

さすがにお父さまが向かわれるとしたら、それはお葬式の席でしょう。

あまり大人数で押しかけるのは失礼に当たりますから、最低人数で向かうべきですし。

（まあ、あんなのでも親戚には違いないからなあ。とはいえ、血の繋がりで考えるなら私が出る幕はないだろうし、連絡があるまで余計なことはしない方がいいかな）

私の横で機嫌良さそうにするニコラスさんは、そのまま何も言わずに歩いています。

（……もしかして、本当に世間話だけ？）

あれっ、私の思い違いだったのでしょうか。

内容は少し驚かされたものの、聞いたところで私が何かしなくちゃいけないとか、トラブルが起きそうだとか、そういうものではなかったし。

ごくごく自然な……私の関係者関連でそういうことがありましたね、みたいな話ですよね？

（え、ほんとにただ偶然に会っただけだった？　私が自意識過剰だった？）

思わずそんな風に悶々《もんもん》としてしまいましたが、かといってそれについて問い質《ただ》すわけにもいかず。

その後も会話は特に弾むこともなく、私の執務室の前まで来たところで私たちは足を止めました。

「もうこちらで結構です。ありがとうございました、ニコラス殿」

「いえいえ、淑女《レディ》に対して当然のことをしたまでですよ」

「それでは……」

「あ、そうそう！」

今まさに思い出しました、みたいな感じでポンッとニコラスさんが手を叩きました。

その姿は実に楽し気です。

（くっ……これまでのはここで驚かすための布石《ふせき》だったのか！）

先程まで疑って申し訳ないなんて反省していた気持ちを返してほしくなりましたね‼

思わず私が眉を顰《ひそ》めたら、それを見たニコラスさんの笑顔が変わったんですよ……。

こう……〝にっこり〟から〝ニタリ〟みたいな変化をですね……。

言葉にするなら『油断しましたね？』って感じで！

気のせいかもしれません。

いや、私の精神衛生上のためにも気のせいであってほしいところです。

「近々、ミュリエッタ・フォン・ウィナー男爵令嬢が何かしら行動を起こすようですよ。ユリアさま、また王城で鉢合わせにならないといいですねえ！」

「……そうですか。彼女も頑張っているらしいですね？　お会いすることがあるならばご挨拶くらいはさせていただきましょう」

「おや、思っていたよりも淡泊なお答えで」

「……どのような答えを望んでいるのかは知りませんが、彼女について私が気にかける必要はないと思っています」

特に侯爵さまのお話を聞いた後ですからね！

まあ私にまるっきり関係がないと言えば嘘になりますが……。

(それでももう、私の手に余る案件になっちゃってるもの。今更ミュリエッタさんが何かをしてきたとしても、私がどうこう……って段階じゃなくなっているんでしょう)

ニコラスさんもそれを理解しているでしょうに、本当に食えない人だ。

私が情に流されると思っているのか、あるいは聞いた話で混乱したり動揺したりする様を眺めて笑いたいのか……本当に、よくわかりません。

たとえばですが。

ミュリエッタさんが王城に来た際に、私を見かけて挨拶……っていう程度の接触だったら、どんとこいって話です。来てほしくはありませんが。

(……いや待てよ。そこでミュリエッタさんが私相手に上の人たちから〝不審〟と判断されるような言動をしたら、また彼女の処遇が悪くなるんじゃない？)

それはそれで私にとっては目覚めの悪い話になるのか。

単なる挨拶くらいだったら……と思ったんですが、これまでもミュリエッタさんの言動には散々驚かされているので、油断しても良いことはなさそうです。

ならば、私が取るべき行動は簡単ですね。

「彼女が王城に来るにしても、王女宮にいる私とは滅多《めった》に会うことはないでしょうから。ニコラス殿は彼女に対し、私が特別な振る舞いをすべきとお考えですか？」

「いいえ、そのようなことはございません」

ニコラスさんの答えに、私はにこりと微笑んでみせました。

そう、答えは単純かつ、そして最大の効果があるもの。

王女宮から出ない。

これに限るでしょう！　いやもうこれ以外の答えはないんじゃないでしょうか。

書類関係はスカーレットとセバスチャンさんを頼りにするとして……荷物の受け取りや確認はメイナにお願いすれば、私が出歩かなくても大丈夫なはずです。

その辺の埋め合わせについてはこれから考えるにしても、当面の間みんなに説明して協力をしてもらえば大丈夫だと思いますし……。

（統括侍女さまや他の部屋に呼ばれた際は、それを理由にすぐ離れることができますしね）

プリメラさまと行動を共にさせていただく際は、むしろミュリエッタさんから声をかけることは〝淑女としてしてはならない行為〟なので、そんな危険なことは彼女もしないはず。

これなら私もわざわざ彼女を相手にする必要はなくなるでしょう。

（面会申し込みなら、適当に理由をつけて断ればいいし……完璧じゃない？）

問題があるとするなら、アルダールと一緒に過ごす休憩時間に鉢合わせたらどうするべきかってところでしょうか。

さすがに毎回私の部屋っていうのも申し訳ないっていうか、良く考えなくても淑女としてはこう、よろしくありませんからね！　外聞的に！

今更かよって言われそうですけども、そこらへんに配慮してできる限り庭園に行きたいわけですよ。

いやね？　ほら、別にそういう目で見られても私は構いませんけど……アルダールの品位とかが疑われるようなことになったらいやですし。万全を期すと申しましょうか。

さすがに自分がアルダールの恋人でいいのかといった劣等感とかは最近ではそこまで感じないし、文句や嫌がらせの投書とかに落ち込むことも減ったので堂々としたものです。

あんだけビビってた過去の自分が嘘のよう。

人間、慣れってすごいですね……!!

「冷静ですねえ」

私の返答にニコラスさんは少しだけ黙ってから、にっこりと笑みを浮かべました。

相変わらず褒めているんだかなんなんだかわからない感じです。

彼は結局、何がしたかったのでしょうか……。

聞いたら聞いたでそれが藪蛇《やぶへび》になりそうでしたので、私はドアノブに手をかけました。

「お話はそれだけですか？　それではお互い職務に励みましょう」

「まあ、いろいろお気をつけください。何かあったら頼ってくださって結構ですから。……ね？」

「……ニコラス殿？」

それは、どういう意味でしょうか。

真意を図りかねて、問いを重ねようと私が振り返った時にはもう、ニコラスさんは私に背を向けて歩き出していました。

そしてその背中は決して振り向くことなく、あっという間に遠ざかってしまって……。

（……やっぱり、胡散臭いやつだ！）

幕間　遊びに行こうと誘いをかける

公爵夫人。貴婦人たちの頂点。社交界の花。

そのように呼ばれるわたくしは、それらに対してどれもが正しいと思っている。

それらの顔を使い分け、正しく貴族の義務を遂行《すいこう》する。

貴族として生まれついた者の在《あ》り方だと、そうわたくしは考えているからよ。

（だけど）

ため息を、そっと漏らす。

わかってはいるのだ。

目の前の情報も、夫から聞き出した話も、何もかもが貴族として正しい。

ただ、正しいからといってわたくし個人の感情がそれを許せるかどうかは別問題なのだ。

（あの子が、囮《おとり》ですって？）

ええ、ええ、それはそうでしょうね。

そうしたら手っ取り早いことくらい、誰だってわかる話だもの！

それを守るためにナシャンダ侯爵さまとの養子縁組をしたらどうだという善意の声に対して、そっとそれを広めて様子を見た人がいても咎めることはないでしょう。

浮き足だって良からぬことを企《たくら》むものがいたならば、それを引っ捕らえてしまえば良いだけの話。

バウム卿の名声を妬むものも片付けられて、いつか王太子殿下の御代《みよ》になった際にはより良い環境を整えられると踏んでのことでしょう。

次代のことを考えるならば、王家と高位貴族の存続こそが前提で、膿《うみ》を出すために多少の犠牲はつきものだという考え方はわたくしだって理解できるもの。

為政者は、ただ優しく情に厚いだけでは務まらない。

時には他者に知られてはならぬような人道にもとる行為を、表情を変えずに受け入れて行わなければならないことだってあるのだから。そのことを、わたくしはきちんと理解しているわ。

太陽は美しいけれど、そこには必ず影が生まれるものなのだ。

貴族は民よりも美しく装い、贅を為《な》し、民が誇れる偶像であると同時に、彼らを守るためにその財を、美を、知恵を使うのだ。

それに見合っただけの行為をせよと。

少なくともわたくしはそう育てられた。

おそらく夫も同じように言われて育ったに違いない。

そして夫はわたくしよりもより具体的に、国を支える大貴族たる公爵として、そして国を運営し守っていく宰相として、常に最善を考えているはずだ。

民に余計な混乱を招かないために、そのために彼女もまた貴族なのだから理解して然《しか》るべきだという人々に、わたくしも『そうだ』と頷くことしかできない。

だってわたくしは、高位貴族なのだ。

そして彼女も――ユリアもまた、下位とはいえ貴族の一人であり、そして王城の勤め人なのだから。

ただ、囮といっても危険はないものだということはわかっている。

けれど、万が一ということは何につけてもあるだろう。

(それに心の傷はどうしろというのかしら?)

貴人としてのわたくしと、友人としてのわたくし。

どちらも同じ〝わたくし〟だけれど、その考え方がまるで違って腹が立つ。

できるのは、夫に対して『彼女に対してできる限りの便宜《べんぎ》を払って』ほしいと願うだけ。

何があっても、どんなことをしてでも社交界側や、彼女個人を守るための準備はこちらが担うと訴えた。

夫は少しだけ呆れた様子だったけれど、構うものですか。

「……あの娘は、そこまで弱々しくはあるまい? お前がそこまでしてやる必要があるのか?」

「あら、わたくしが友人のことを思いやって何が悪いんですの?」

「重ねて言うが、危険はない」

「そうですわね、わざわざ近衛騎士を配置してくださったようで。あんな目立つ連中をつけて、より目立たせようという魂胆が丸見えだわ！　あれで引っかかるような間抜けどもなんて、彼女を囮に使わなくたってどうにかできたのではなくて？」

「それはその通りだが、それ以外が釣れたら儲《もう》けものという考えなのだろう」

夫の言いたいことはよくわかる。

だけれどこの身に燻《くすぶ》る不満はどうしようもないものだ。

大切な人を守るために、大切なものを守るために多少の我慢を強《し》いられようと、それが自分のことならばいくらでも淑女の仮面を被ってやりすごせるけれど。

「……これが済めば、彼女はしばらく穏やかでいられるのよね？」

「一応な。陛下がよからぬことを企んでいなければ、だが」

「あなた、さすがに不敬よ」

一国の王に対して企むだなんて物言いをするのはよくないだろう。

とはいえ、あの方もプリメラさまに喜んでもらえるならば周囲の苦労なんて何も考えないだろうから、その辺りは夫に同情する。

大抵苦労するのはバウム伯爵とうちの夫ですものね！

「……わかっているとは思うが」

「わかっているわ、今は何も言わないわよ」

念のためなのだろうけれど、釘を刺してくる夫にも苛立ってわたくしは扇子《せんす》を広げ、顔を隠してやった。夫はわたくしにこうされるのが嫌いなのだ。

「おい」

「あら、何かしら？」

「……なんでもない」

腹芸なんてお手の物でしょうに！

扇子一つで表情をコロリと変える貴婦人たちの方が余程恐ろしいだなんて普段からわたくしに言ってくる夫だけに、わたくしのこの対応には思うところがあるのでしょう。

「ねえ、あなた？」

「なんだ」

「この件が終わったら、わたくし、ユリアたちと遊びに行きたいと思うの。良いわよね？」

「……良いだろう、取り計らっておく」

「あら嬉しいわ！　さすがね、言いたいことが伝わるってとても助かるわねえ」

「陛下も王女殿下がお喜びになることだと申し上げれば許可をくださる」

「うふふ。頼もしい夫を持ってわたくし、幸せよ？」

今はまだ、詳しいことを一つだって彼女に話せない。話さない。

それは貴婦人としての、わたくしの矜持《きょうじ》だ。

「……詳細でなければ、少しくらいは構わない」

「あら」

「あの娘は、余計なことはしないだろう」

「……なんだかんだ、あなたもユリアのことを信頼しているのねえ」

「当然だ」

きっぱりとそう口にして再び書類に目を落とす夫は、もうこれ以上わたくしの愚痴を聞いてはくれないのだろう。

そう判断してわたくしもお辞儀《カーテシー》をして夫の執務室を後にする。

わたくしが今すべきことは、社交界の掌握《しょうあく》と小さな種を蒔《ま》くことだ。

その小さな種が芽吹いて、噂が花を咲かせたら……そうしたら、きっとこの貴族社会も少しは綺麗になるに違いない。

「そのためにも頑張らなくてはねえ」

かつては王太后さまがそれら全てを担っておられたというから、わたくしのような若輩者《じゃくはいもの》にはまだまだ重い責任だとため息が漏れそうになるのをグッと堪える。

今代の王妃陛下は大変外交に優れていらっしゃるし、自他共に厳しい方だから社交界の花という責任はまた別の誰かが担わなければならなかった。

そしてその誰かこそが、筆頭公爵家の女主人であるわたくしだったただけの話。

(……わたくしの次は、誰が担うのかしらね?)

王太后さまはわたくしにそれらの役目を引き継いだ時、同じように思ったと笑っていらした。

苦労をかけると優しくわたくしを労《ねぎら》い、常々困ったことがあれば相談しにいらっしゃいと笑ってくださった王太后さまのように、わたくしもなれるだろうか。

なれたらいいのに。ならなければ、いけない。

だけれど同時にそんな面倒な役割を担う貴婦人はいないに越したことはないとも思うのだ。

（まあそれができたら、こそこそ行動する必要はないわよねえ）

いずれの時代にも必要なことなのだろう。

わたくしも貴族の一員として責任を果たすことは当然だと思っているから、それは構わない。

（でも、できれば、次代よりももっと先）

次に苦労する貴婦人が、遅ければ遅いほど良いのになと思うのだ。

こんな厄介なことなど知らずに、内助の功に努めて華やかな世界だけを、まるで夢を見せるように憧れだけを民に見せられたら、どれだけ良いのだろう。

そんなことに思いを馳せながらわたくしはユリアに向けて手紙を書く。

「なんて書こうかしら」

本当は会いに行きたいけれど、スケジュールは分刻み。

少しだけ考えて、わたくしはペンを取る。

「これでよしっと。……クリストファ、いるのでしょう。これをユリアに届けてちょうだい」

「……はい」

手紙を託してわたくしは微笑む。

きっとあの手紙を読んで『拒否権は⁉』なんて思っているんだと思うと、それだけで笑みが零れてこのあとの仕事も頑張れるって思ったの。

これでそのうち、会いに行く口実もできたし……ね？

うふふ、本当に楽しみだわ！

第三章　腹が立つことくらいある

ニコラスさんが不穏な雰囲気を醸《かも》し出して去って行った後ですが、特に何もありませんでした。

気を張っていたのが馬鹿みたいに、本っ当……に！　何もありません。

紛らわしいな、まったくもう‼

（なにが『何かあったら』だよ、不穏なこと言いやがってええええ）

こちらの反応を楽しんだだけだったんでしょうね、きっと。

まあ、注意しておくに越したことはないのでいいんですけどね、ええ。

若干、遊ばれた感じがしてそこが不満と言えば不満ですが……何もないことはいいことですからね！

そう、何もないおかげで平和な日々が送れているのです。

アルダールとは話し合う……というか、話を聞かせてもらう約束の日取りも決まったことで、休憩時間には穏やかな気持ちで逢瀬《おうせ》を重ねていますし。

（……結局ミュリエッタさんが王城に来ているかどうかとか、その辺も聞こえてこないしなあ）

町中での話題はさすがに王女宮まで届きにくいですが、王城内で何かあればどこからか聞こえてくるものです。とはいえ、全てではないですが……ただ、今もまだ〝英雄父娘〟の話題は人の口に上《のぼ》りやすいので、彼女が来ていれば聞こえてきそうなものです。

それがないのですから、もしかするとそもそも王城には来ていないのでしょうか？

いいえ、マナーレッスンの成果を見せるために来ているはずなので、きちんとやることをやって帰宅しているのでしょう。そのため、話題に上がらないだけなのかもしれません。

（マナーレッスンの成果が上々で治癒魔法の使い手としても評価されたなら、きっとあの美貌《びぼう》も相《あい》俟《ま》って、さぞかし引く手数多《あまた》になるんだろうなあ）

今はまだ愛らしい美少女ですが、成長を重ねたら大輪の花のようになると思うんですよね。

そうなったら忙しい生活になるでしょうし、この調子で頑張ってもらいたいものです。

ただまあ、あそこまでアルダールに拘《こだわ》っていた彼女なので、何を目指しているのかがわからないってのも少しだけ怖いのですが……。

今のところニコラスさんの情報や、彼女の言動から察するに……治癒魔法の使い手として名を馳せようとしているとか、そんな感じなのかしら？

そうだとして、私に対してニコラスさんが警告めいたことをしてくる理由ってなんでしょう。

（うーん……わからないなあ）

たとえば、ニコラスさんが言うように〝何か〟があるとして。

やはり私とミュリエッタさんが顔を合わせる確率って相当低いのでは？

だって私に面会を申し込んでくるとかしてこない限り、王城ですれ違うこともほぼないと思うんですよ。

それにミュリエッタさんが王城に来たとしても、それは何かしらの理由があってのこと。

私は王宮側にいるし、彼女はこちらに入ってこられる立場にはありませんから。

偶然会うことはない……わけでもないので、可能性としては低くてもありますが……。

たとえそうであっても、彼女だってそういう理由でのんびり立ち話なんてしている暇もないでしょうし、そう考えるとあの警告はおかしな話です。

やっぱりただ面白がってのことなのでしょうか？

（……ミュリエッタさんが、まだアルダールに気持ちがあると仮定して）

いやまあ、十中八九あるんだろうけど。

そんな簡単に諦められるんだったら、もうとっくに諦めていると思うんですよね。

でも、どうにもこうにも彼女は諦める様子が見受けられないわけで……。

ってことはよっぽど彼のことが好きなんだろうなあ……そう思うと、とても複雑な気持ちです。

（恋した相手にあれだけ冷たくされたらポキッと心が折れると思うんだよね……）

少なくとも私だったら折れていると思います。ある意味、あの強メンタルは羨ましい。

まあそれはともかく！

今までの彼女は、正規ヒロインという立場でごり押ししようとして失敗した感があります。

おそらくそのままではどうにもならないことを痛感しているはずです。

（だから予定を変更してストーリーよりも前に治癒魔法という切り札を出してきた、と仮定して）

私がプレイしていなかった隠しストーリーも、おそらく彼女は知っているのでしょう。

もしかしたらクリア済みなのかもしれません。

思うに、ミュリエッタさんもここが【ゲーム】と似て非なる世界だという現実を理解し始めているんじゃないでしょうか。だからこその路線変更というか。

だとしても今の段階でかなり人生ハードモードなんですけどね！

まあ軌道修正は可能だと思います。だって、彼女には若さも才能もあるんだからね！

地道に頑張ってくれれば、いくらでも未来は切り拓けるはずです。

（……もし私が彼女の立場だったら、どうするかな）

まあ私が……なんて仮定だと、とっくに心折れて諦めてる姿しか見えないな！

仮定とするベースがそもそも間違っているだなんて、なんてことでしょうか。

やっぱりヒロインになるべき人間は、ポジティブさとか諦めない強い心が必要だった……？

それはともかく。

（治癒魔法を使って知名度をより上げて、淑女としても礼儀作法をマスターすれば確かに多くの貴族から重宝されるとは思うのよね。だけど、バウム家や一部の高位貴族たちは彼女の失態を忘れないだろうから、そこに関してはすぐには挽回できないだろうし……やっぱり厳しいだろうなあ）

アルダールも貴族として、彼女の行動には眉を顰めていたしね。

その上で私という恋人がいて、それもお付き合いが順調だというこの状況をどう攻略する？

突撃は下策《げさく》だってのはさすがにミュリエッタさんだってわかっているはず。

なら、何かしら搦《からめ》め手で来るとは思うんだけど……そこが問題か。

（まあ妥当な線としては、噂を使うことかしら）

それなら元手も要らないし、彼女の……〝英雄の娘〟の言葉に耳を傾ける人や、私に対して妬みや嫉《そね》みを抱く人たちからの共感を得やすいわけですし。

境遇に関する愚痴を言う形から入って、私を下げる噂を流す。そしてアルダールとの仲に僅かな隙間ができれば上々、そしてそこに付け入る……ってところですかね。

（でもこれはかなり難易度も、そしてリスクも高い話だし、さすがにやらないか）

だって私は王女宮筆頭として品行方正で通っていますからね！

なんたって報・連・相を普段からきっちり行っておりますし、彼女とは王城内での信頼度が違います。

エイリップさまとの一件だって、誰からも痴話喧嘩《ちわげんか》だなんて誤解されることありませんでした！

絶対にあの男とそんな関係だと私自身が欠片《かけら》でも思われたくなかったので、そこは周囲の理解が得られて大変ありがたかったです。

本当に普段の行いって大事。

（そう考えれば、治癒魔法の関係者や令嬢としてお茶会に顔を出すことで、同じ下位貴族たちからミュリエッタさんのことを〝とても良い子〟だと思わせて地道に好感度を上げていくっていうのもありか）

でもそれだとものすごく地道で効果が目に見えないから大変そうだ。

下位貴族たちの中には当然ながら上位貴族と繋がりのある人たちもいるので、人づてに『ウィナー嬢は大変勤勉で、頑張っている』と伝えてもらえれば長期的には効果があると思うんだよね。

とはいえそれが実を結ぶまでがなかなかに時間がかかりそうなので、そんな長期戦をミュリエッタさんが挑んでくるだろうか？

世間一般の考え方でいけば私とアルダールがいつ婚約してもおかしくないって思われている中で、事情を知らない彼女は焦っているはずだし……。

むしろ『そんな良い子なら是非！』って目当ての人物以外からのアプローチが増えそうだし、その方が本命《アルダール》からの好感度は下がりそう。

いや好感度も何も興味も持ってなさそうだな……。そうなんだって一言で終わるな。

そういう意味でアルダールって結構ドライだから。

（……そう考えるとやっぱり何も起きないいんじゃないかなあ）

つまり私はいつも通りに過ごしていればいいってことですね！

はい、シミュレーション終了‼

とりあえず私の胃に直接ダメージ的なイベントは起きない。そう判断します！

あとはプリメラさまに迷惑がかからなければいい。そこ大事。

普通に考えれば私と話したいからって王族と共にいる時に突撃するなんてできないでしょうし、そのタイミングだってまずないでしょう。

彼女もそこは難しいと知っている……はずだと思いますので、私は王女宮にいれば基本的に安心安全ってもんですよ！

（アルダールに突撃するとか、プレゼント攻撃なんてものはあるのかもしれないけど）

でも大丈夫。うん……大丈夫ですね。

自分でも驚きましたが、その様子を想像してみても動揺することはありませんでした。

むしろアルダールがまた怖い表情をしているところが見えた。そっちの方が恐ろしい。

（うん？　あれ？　そう考えたら養子縁組でより関係を盤石に……とか、そんなこと考えなくても良かったんじゃないって思うんだけど）

まあミュリエッタさんに関しては、やらかし具合がやらかし具合だけにってことなのでしょう。

決して処罰云々ってほどではないけど厳重注意レベルですもんね。

（はー、結局……何もわからないや……）

いろいろぼんやり考えながらも仕事はしているわけですが、一通り片付けたところで私個人に届いていた手紙にようやく目を通すことができました。

リジル商会からの新作紅茶の、ミッチェラン製菓店からの新作チョコレートの案内が来ています。

他にも城下のレース、織物などの他、文房具関係、セレッセ伯爵領の布地工房からもお得意さま限定と銘打った招待状など……まあ半分は個人宛と言っても、私の役職に関連したものですね。

その中に、気になるものが三つありました。

一つ目はジェンダ商会の会頭さん。

どうやらこれはジェンダ商会のご案内ではなく、個人的なお手紙のようです。

二つ目はタルボット商会。

これは新作ジュエリーのご案内ですね。本当に送ってきやがりました。

そして三つ目は、お義母さまからでした。お父さまとの連名ではありません。

内容的には多分パーバス伯爵さまの件についてだと思いますが、お父さまと連名ではないということは……私に個人的に知らせるような何かがあったのでしょうか？

（どれから読むかな）

少しだけ考えてから、私はまずタルボット商会の案内状を取りました。

特に目立つメッセージカードなどは入っておらず、シャグラン産出の良質な宝石を用いたハイジュエリーのご案内でした。新作ですってよ。

ほうほう、今回はスタールビーを中心に赤い宝石祭りですか……。

うーん、今のところプリメラさまも新しい宝飾品を必要としておられないし、私も赤い宝石はそこまで好みじゃないんですよねえ。今回はパスで！

下の方に小さく、特別価格でご案内をいたしますのでこのカードをお持ちくださいって書かれているところにちょっと心惹《ひ》かれましたが、行きませんよ！

アクセサリーは幸い（？）にも侯爵さまから先日たくさんいただいていますから十分です。

あと、変にミュリエッタさん絡みのことを告げられても困っちゃいますしね‼

あれだけ悩んでいた割に、割り切ってしまえばこんなもんですよね。

いやでも、私が彼女の後見人ってわけではありませんし、タルボット商会がその役目を担うと決まっているのですから、そちらにお任せするのが当然といえば当然のことなのです。

若干、あそこの商会はヤバイのではと思う部分もありますが、国が認めているのだし……って考える自分は薄情なのかなと少しだけ思ったりなんかもしますが、こんなものでしょう。

年下であるミュリエッタさんを手助けしてあげなければと思っていました。

なんていうか……幼い子を見捨てるとまでは申しませんが、とにかく自己嫌悪というか、申し訳ない気持ちがあって思い悩むこともありました。

しかし最近では、それも薄らいできたような気がします。

きっと私は彼女を気にしすぎるあまり、彼女の言動にハラハラして……手助けしてあげるのが大人として正しい行動じゃないのかと、その考えに囚われていたのでしょう。

まあ、もし目の前で泣かれたりしたら今でもきっと動揺してしまうのだと思いますが……。

（あれっ？　そういえばそういうところは見たことないな？）

むしろ思い返せば思い返すほど、彼女の強《したた》かな面ばかり見ているような……。

とりあえずこのタルボット商会からの手紙は折りたたんで終了です。

一応目は通しましたし、十分義理は果たしました！

そういうことで良いでしょう。

（次はどっちにするかだけど……）

少しだけ悩んで、会頭さんからの手紙の封を切りました。

そこには侯爵さまからの贈り物の件がいくつか書かれていて、まだ贈り物をする気みたいだから一応こちらでも諫《いさ》めてみるけど上手くいかなかったらごめんねという内容でした。

（いやいやそこは頑張って⁉）

なんでしょう、侯爵さまったら誰かに贈り物をする楽しみに目覚めてしまったのでしょうか。

どうせだったら私じゃなくてプリメラさまに贈って……いや私に贈るんだったらプリメラさまにも贈ってるな、その辺抜かりはない人だと思います。逃げ道がないな！

あまりにも高価なものだったりすると本当に、本当に困ってしまうので！

会頭さんには是非とも頑張っていただきたいところです……。

そして今回の大本命（？）！

お義母さまからのお手紙です……‼

良からぬ気配がすると言っては申し訳ないですが、あまり良いことが書いてあるとは思えません。

おそらく、タイミングのせいですね。

妖怪爺……じゃなかった、パーバス伯爵の件ですとか、あちらの次期当主が金の無心をしてきたとか、その息子はどこで何をしているのかとか……。多分そのあたりの話でしょう？

大変申し訳ありませんが、とりあえず私はノータッチでいきたい気持ちなんです。

（まあ、だからってノータッチを貫けるってわけでもないことはわかっちゃいるけどね！）

お義母さまにとっては実家なのだから仕方ない。

そしてお義母さまが私のお義母さまだから仕方ない。

私を関わらせないように、前回だって気を付けてって教えてくれたくらいなのですし、きっと、今のお義母さまからの手紙ならば変な内容ではないはずです。

「あら……？」

しかし手紙の内容に、私は首を傾げました。

お義母さまからの手紙は、時候の挨拶に始まって近況と続き、こちらで何か異変はなかったかと問い合わせるような内容だったのです。

なんというか、あちらが困惑しているというか。

よくわからないことを実家から問われて困っている、という感じでお義母さまも訳がわからないといった様子でした。

それもそのはず。

『パーバス伯爵家と懇意にしていたはずのタルボット商会が、当主危篤の噂を聞きつけてお見舞いに来たらしいの。その際に、これを機に今後の付き合いは控えると言われたと兄から連絡がきたわ』

だそうです‼

出入りの商人と貴族の関係っていうのは、まあぶっちゃけると利用する価値ある品を持ってくる商人か、どれだけ太っ腹に支払いをしてくれる客かっていうビジネスな関係ですからね。

もちろん、ナシャンダ侯爵さまとジェンダ商会の会頭さんのように友情関係などを築かれることもありますので、ただドライなビジネスってだけではないと思いますが……パーバス家とタルボット商会はドライもドライって予感がします。

(要するに次期当主は儲けにも人脈にもならないって見限ったのか)

なかなか大胆なことをする人だなと私はタルボット商会の会頭を思い浮かべました。

人の良い笑みを浮かべたあの恰幅《かっぷく》の良い姿の裏には、やはり商売人として冷徹に判断をする面もあるのだと思います。冷静な判断はやはり、時に必要なことですからね！

しかしまさかお見舞いの席でそんな宣言をするなんて、予想外でしたね……角が立ちそうなやり方ではないですか。それとも、そこに踏み込むだけの会話が次期当主との間にあったのか。

(まあ、さすがに当事者じゃないからそこはわからないけど)

で、それがお義母さまと何の関係があるのか。

当然、ファンディッド家に嫁いできたお義母さまがパーバス伯爵家に何かできるわけもなければ、タルボット商会と縁があるわけでもありません。

ファンディッド子爵家の出入りの商人は、地元の小さな、大変良心的なお店ですよ！

それなのに何故かお義母さまに対して、パーバス伯爵家から問い合わせの手紙が来たんだそうです。

お前の義娘《むすめ》がタルボット商会に圧力をかけたんじゃないのか……ってね！

（なんでそこで私が絡んでるって思うのかなあ‼）

思わず手紙を強く握ってしまいましたね！　くっしゃくしゃになったわ。

なんだそれ、そんな権限が何故侍女にあると思ってんだあの人⁉

どうやら私がエイリップさまとの件で腹に据えかねて（？）、報復として（？）タルボット商会に縁を切るように裏で手を回したのではないかというものすごく具体的な苦情が届いたんだそうです。


はあ〜〜〜？　無理があるでしょう、無理が‼

お義母さまもさすがにそんな馬鹿なことがあるかと思ったそうですが、念のため確認をしておこうと思って手紙を寄越《よこ》したと。そりゃ困惑もするよね。

まさか私も『貴女、そんな怖い権力とか持ってないわよね……？』なんて確認をされるとは思いませんでしたよ！　そんな権力あるわけないじゃないですかー‼

こちとらボーナスを毎回気にするしがない中間管理職ですよ。

なんだその商人に手を回して貴族家と縁を切れって迫ることができるとか、何をどんだけ掴んでたらできるんですかね、ちょっとサスペンス小説の読みすぎじゃないですかね⁉

しかし、まあ。

「……タルボット商会、ねえ……」

ちょいちょい最近になって再び名前を聞くようになった相手ですが、単純に損得だけで行動したと考えるのは早計《そうけい》でしょうか。

普通ならこの場合、パーバス伯爵家を見限ったとみるのが妥当でしょう。

先程もわざわざダイレクトメールを寄越してきたくらいですからね。

(今度は私に……王女宮筆頭に鞍替《くらが》えしたいとか？)

以前も懇意になりたいと言っていましたし、それはあり得ます。

少なくとも、王女宮からの依頼がほしいといった下心は十分考えられるでしょう。

私を通じてプリメラさま、そしてゆくゆくは王家御用達の座を狙っているのかもしれません。

ただ私はそういうのを否定しません。

そこは商人ですから、そういう意欲があるのは結構。

方法が真っ当で、扱う商品の質が良ければ、おのずとそれなりの評価を受けることはできるはずです。

そこから先に進むのは、より高みを目指す意欲だと私は思いますので……。

その機会を掴むために営業努力をする、そこは認めるべきだと思っております。

(ただ、それが行き過ぎると危険なわけだけど……)

ミュリエッタさんの後見を務めるのが前回のシャグランとの問題での挽回だけとは思えません。

であるなら、彼女を使ってタルボット商会も何かを狙っている可能性だってあるでしょう。

それだけならば放置ですが、パーバス伯爵家経由で実家《うち》にも影響が出るなら別です。

(タルボットさんがどんな人物なのか、知っておく必要があるのかしら？)

万が一……タルボットさんがミュリエッタさんを利用して、何かをしようとしていたとして。

それが回りまわってプリメラさまにご迷惑がかかる可能性……なんてことはないと思いますけど。

いいえ、何があるかわからないなら、主人のためにあらゆる備えをするのも侍女の役目ですからね。

今のところ、一番影響を受けているのはファンディッド家ですし！

「うーん……。聞くだけなら、嫌がらずに教えてくれるかしらね……？」

呼び鈴に手を伸ばして鳴らし人を呼べば、すぐにノックの音がして、セバスチャンさんが来てくれました。現れたのがメイナやスカーレットでなかったことに少し驚いていると、セバスチャンさんは悪戯が成功したかのような笑みを浮かべています。

そしてしなやかな動きで私の前までやってきて、優雅にお辞儀を一つ。

本当にこの人は！　相変わらずお茶目さんなんだから。

「どうかしましたかな？」

「いいえ、メッタボンを呼んでもらおうと思いまして」

「メッタボンですか。また新作メニューでも思いつかれましたかな？」

「そういうわけでは……ああでも、お菓子を作りたいのでキッチンを借りたかったのもあります」

「おやそれはそれは！　その際には味見役として呼んでいただきたいものですなあ」

「そうはいっても珍しいものを作るわけじゃありませんからね？」

「はいはい、期待しておりますよ。それでは彼を呼んでまいりましょう。今頃の時間ですと、ちょうど暇をしている頃合いでしょうからな」

最近ごたごたしてお菓子作りとかをやっていませんでしたからね！

まあマシュマロとかは作りましたけど……スイートポテトとか食べたいんだよなあ。

ああ、サツマイモ繋がりで芋羊羹《ようかん》とかも良いかもしれない。

（寒天があるんだから作れるじゃない！）

うっかり盲点でした。

芋羊羹ならサツマイモと砂糖で作れますし、セバスチャンさんもきっとお茶菓子として喜んでくださるでしょう。

（それでもってセバスチャンさんとメッタボンに高評価を貰えたら、プリメラさまにお出しすることもできるでしょうし……）

いや、芋羊羹を王女さまにって絵面的《えづらてき》にちょっとどうなんだろう。

特に飾り切りをすることもなくお出ししたら、地味ですかね……？

（でもたまにはそういうシンプルなのもいいと思うんだ！）

だって羊羹だもの。いや、羊羹でも二色にしたりとか色々工夫ができるな。

ううーん、悩ましいところです！

「ユリアさん、連れてきましたぞ」

「お呼びと伺《うかが》いましたが」

そんなことを考えている間にセバスチャンさんがメッタボンを連れてきてくれました。

メッタボンが少し怪訝《けげん》そうな顔をしているのがなんだか微笑ましいですね！

セバスチャンさん、なんて言って呼んできたのやら。

「忙しいところごめんなさいね。座ってちょうだい、今お茶を淹れるから。セバスチャンさんも同席してくださいますか」

「おや、私もよろしいのですか？」

「セバスチャンさんの意見も伺いたいですから」

「オレが呼ばれるってなぁどういう話題ですかねえ。あんま、いいモンじゃなさそーだけどな」

「メッタボンに話は二つだけですよ」

「二つぅ？」

怪訝な顔をしながらカップに口をつけるメッタボンに、私は苦笑しました。

なんでしょう、野性の勘ですかね……？

「一つは近いうちに調理場を貸してほしいこと、材料は甘芋《あまいも》と砂糖と寒天です」

この世界ではサツマイモのことを『甘芋』と呼んでいて、子供のおやつとしても庶民の間で人気です。

前世では甘芋はサツマイモとは別のお芋のことだったから、私としては違和感がありますが……まあ世界が違えばそういうこともあるのでしょう。

貴族社会では割とポタージュにして食べるのがメインなので、お菓子の材料にするというのは珍しがるかと思ったんですが……意外にもメッタボンはあっさりと頷きました。

「甘芋と砂糖と寒天ね。了解だ。そんで？」

「もう一つは、タルボット商会の会頭について、貴方の目から見た感じを教えてほしいんです。人となりとか、そういった点を」

「……あぁ、なんかやらかしたのか？　ヤるか？」

「ちょっといきなり物騒なこと言い出すのはよしてもらえます⁉」

なんか物騒なんですけど。

絶対今のヤるは変換しちゃいけない言葉でしたよね⁉

「悪い悪い、冗談だよ。ただ、前にも言ったけど実家とは縁を切ってるからよ、最近の話とかはさっぱりだぜ？　それでもいいか？」

「ええ、それなのに聞いて申し訳ないなとは思うのだけど……」

「だけど、なんでまた？」

「……確か、かの英雄のご令嬢の後見をなさっておいででしたな。それと関係が？」

セバスチャンさんの補足に、メッタボンもなるほどと頷いてくれました。

ですが私としてはそれを肯定して良いのかどうか。

「いえ、あるようなないような……ですかね」

「なんでえ、変な言い方して」

「それを判断したくてメッタボンの話を聞こうと思ったのよ」

私は苦笑して、二人にパーバス伯爵家から苦情が来たということをかいつまんで説明しました。

二人は相槌を打ちつつ聞いてくれて、私が話し終わるとセバスチャンさんは優雅にお茶を飲み、メッタボンは腕を組んで少し考えているようでした。

「まあタルボット商会がパーバス伯爵家と距離を置こうとしてるのは、ユリアさまに恩を売るとかそういうのは一切ねえと思う。そんなことしたって利はねえからな」

「そうですね、私もそう思います」

「問題は、パーバス伯爵家側がそのように思っておられない、ということでしょうな。あることないこと吹聴《ふいちょう》されても困りますし、そちらは手を打った方がよろしいかと」

「まあ誤解されるような言い回しをしてるってところで、あのオッサンはユリアさまが話をしに来てくれるのを期待してるのかもしれねえ」

「……ですよねえ。まあ、実家には私が関与していない旨《むね》をきちんと伝えますが」

きっと今のお義母さまなら、やっぱりそうだよねって納得してくれると思うんだ！

ただ問題は、パーバス伯爵家側で発言したものが勝手に独り歩きしてしまった時なんだよね。

さすがにそんな、根拠もない理由でいやがらせされた！　とか子供みたいな話をしないとは思いますが……というか、思いたい。だけどあのエイリップさまが育った家だからなあ！

すでにお義母さまには根拠のないことで苦情を言ってきているので、よそでやらかさないとは言い切れないこのなんとも言えない気持ち、伝わりますでしょうか。

とにかく不安なので、対処はすべきということで満場一致ですね。

じゃあどうするのが穏便《おんびん》なのかなって話ですが、できればパーバス伯爵家と私は直接的な対話をしない方がいいと思うんですよ。

悪い噂をすでに流されていたとしたら、ここで堂々とやりあってしまうと逆に余計な邪推《じゃすい》をする人がどこからともなく現れて、より面倒ごとになる気もしますので。

同様に、タルボット商会とも関わらない方がいいでしょう。

こちらも噂がすでに外に出ている場合、やはり繋がりがあった……なんて思われたらたまりませんからね。

（やはり、ここは商人には商人を……かしらね）

これは今回、私が懇意にしているのはジェンダ商会とリジル商会だと示すため、お買い物にでも行きましょうか！

大手を振ってお買い物の、チャンス到来です‼

さて、二人との会話はさくっとまとまりました。

おかげで時間も無駄にならず、私は作業に戻れたわけですが……。

メッタボンに言わせれば、タルボットさんはパーバス伯爵家を見限ったのはもちろん、商会として旨味《うまみ》がなくなったと考えているからだろうとのことでした。

ただ、それだけではないそうです。

私に対しての『誠意』を見せることでこれから利用してもらえたらいいなといった下心もあるはずだ、とのことでした。そして私からの接触があったらいいな程度に考えているだろう、とも。

（本当に面倒くさいなあ。私は忙しいんだからそういうのは止めてほしい……）

パーバス伯爵家の内情については、セバスチャンさんがそういった噂話があるか探ってくれると言ってくれたので、そこに期待しております。

（いやー、セバスチャンさんのことだから、噂って言いつつとんでもない話とか聞き出してきそうだよね……あの人の人脈、よくわからないし）

でもおかげでいろいろと情報が整理できた気がします‼

とりあえずお義母さまにお手紙を送る際には、折角《せっかく》ですからミッチェラン製菓店のチョコレートを……と思ったんですが、それだけでは芸がないですよね。毎回チョコレートってのもね！

というわけで、他にもジェンダ商会のグミとキャンディのセット、リジル商会で茶葉なども買って送ると良いかなと思いました。

ほら、お義母さまとメレクがパーバス伯爵家に行くならば、手土産も必要でしょうし。

(何持って行っても難癖をつけられるだろうから、どうせなら文句のつけようがないものを持っていくことでお義母さまたちの負担が減らせないかなあ……)

いや、ほらね？　ミッチェラン製菓店のチョコレートといえばこの王都にしかないものです。だから地方の人からすると一種のステータスみたいなお菓子ではありますし、とても美味しいのでどこに持って行っても喜ばれること間違いなしのお土産です。

だからそれを手土産にしてもらえば、パーバス伯爵家側もそう文句は言わないでしょう。

しかしそれだと家族への贈り物にはならないので、グミやその他も贈るわけです。こう言っちゃ何ですが、私がチョコレートを定期的に送っているので実家のみんなは珍しくもありがたくもないでしょうし。

(グミとキャンディはきっとファンディッド家の使用人たちに喜ばれるでしょうし、リジル商会で買った茶葉ならお義母さまも使いやすいだろうし。私もちょうどどちらも在庫が少なくなってきたところですし……ほら、買い出しのついでっていうか)

ちょうどね！　お買い物に行かなくっちゃならないからね!!

誰にともなく言い訳をしつつ、何を買おうかなあなんて考えながら便箋を机から取り出して、私はハッと思いました。

(便箋が殆ど残っていないだなんて、不覚……!!)

王女宮の印が刻まれた便箋セットならありますが、私用で使うには憚《はばか》られます。

今回はなんとかなりそうですが、普段はなるべく切らさないようにしていたというのに！

（お買い物のついでに買い足しておこう……）

以前はアルダールとよく手紙のやり取りをしていましたから、切らさないように気を付けていたのですが……最近は直接会っていたからつい失念しておりました。

「……買い出しに行きたいって言ったら、一緒に行ってくれるかしら」

ふとそんなことを思いましたが、自分しかいないこの執務室で返事なんてあるわけもなく。

考えていることをそのまま口にしてしまうなんて少々子供じみたことをしてしまったと一人で照れくさくなってしまいました。

内容も内容ですしね！　やだ恥ずかしい。

（とはいえ、買い物に行くとなると護衛が必要なのは事実よね……）

アルダールと一緒に出られたら、デートもできて一石二鳥なんですけどね！

さすがに彼が休みでもない日に護衛をお願いする気はありません。公私混同は良くない。

（ほんの数年前まではお忍びと称してこっそり一人で買い物などにも出ていたんだけどなあ）

ちょっとくらいなら……とも思いましたが、ここのところちょいちょい事件がありましたし、プリメラさま関連で私も注目されることが増えましたのでやはり護衛はつけた方が無難でしょう
（……それに一人で行こうとしたなんてアルダールに知られると、またお説教されそうですしね……）

笑顔のイケメンからかけられる圧、怖い。

私は学習できる女ですので、ちゃんと護衛を連れて行きますよ！

（やはりここはレジーナさんですかね）

なんたって彼女は頼りになりますからね‼

レジーナさんでしたらここ最近の私の事情もよく知っていますし、万が一エイリップさまが私を探しているとしても問題なく対処してくれると思います。

むしろ顔を知っているから護衛してもらいやすいってもんです。

後でプリメラさまにも許可をいただいて、お願いしてみましょう。

（あとはジェンダ商会に行くってこともプリメラさまにちゃんと言っておかなきゃ）

言っておいたからって何があるわけじゃないんですけどね！

こっそり伝言を承《うけたまわ》るとかそんなことがあるかもしれないでしょう？

そうだったらいいなっていう私の勝手な考えです‼

そんなことを考えながら、今日の業務を終えた私が向かうのは調理場です。

そう！　お菓子作りですよ‼

お願いしておいたお芋も寒天も、準備ができたとメッタボンから連絡が来たのです。夕飯以降ならいつでもキッチンを使って大丈夫なようにしておくってね。

目指せ、滑《なめ》らか芋羊羹！

ミキサーがない以上、手作業は覚悟の上ですが……メッタボンが手伝ってくれるなら余裕でしょ‼

「お、ユリアさま。やっと来たな？　待ってたぜ」

「こらメッタボン！　言葉遣いに気をつけなさいよ！」

「お待たせメッタボン。レジーナさんも来てくださったんですね」

キッチンについて早々元気の良いメッタボンの声にかぶせるような感じでレジーナさんの叱責《しっせき》が飛びます。まあいつもの光景なんですけど微笑ましいですね！

この時間に珍しいなと私が問うと、彼女は少し視線を彷徨わせて照れたように口を開きました。

「はい。あ、ええと……お邪魔でなかったら、なんですが」

「もちろん、歓迎しますよ」

「ユリアさまが、新しいお菓子を作られると聞いて、その……」

「まあ！　是非《ぜひ》味見をして意見を出してくださいな」

「よ、よろしいのですか！」

「ええ。いろんな意見がほしいところだったから嬉しいわ」

私の言葉に満面の笑みを浮かべるレジーナさん、可愛いなあ。

私服姿のレジーナさんがお菓子を楽しみにする姿とかレアですよ！

どうやら彼女は勤務明けらしく、メッタボンのところに遊びに来てみたらこれからお菓子を作るということで、急遽《きゅうきょ》参加を決めたようです。

メッタボンと私が二人きりになるから、関係を疑って……なんてことは欠片も思っていない、この両方に向けた信頼。

嬉しいじゃないですか……！

その上、新しいお菓子にも興味を示してくれる。作り甲斐がありますね！

「さて、今日作るのは芋羊羹です！」

「いもようかん？」

「甘芋を使ったデザートよ。素朴な味わいでお茶請けにちょうど良いと思うの」

「へえ、こいつがデザートにねえ」

半信半疑というよりはこちらも興味が勝《まさ》った、というところでしょうか？

メッタボンはサツマイモを片手にしげしげと眺めています。

（本来の芋羊羹は寒天を使わないらしいけど……）

残念ながら私の知識にあるのは寒天使用のレシピのみ！

しかし美味しければ良いと思うので、気にしない。

「まずは甘芋の皮を少し厚めに剥《む》きます。そうしないと皮の色が混じってしまうのと、口当たりが悪くなりますからね」

「こうか？」

お芋を片手に説明した私を横目に、メッタボンが別のお芋をぽんと宙に投げたかと思うと、シュシュッとナイフを振って……振って⁉

あら不思議、そこには皮を剥かれたお芋の姿が……。

何が起きたのかわからないけどすごい。でもちょっとびっくりしました。

「……普通に剥いてくれた方が、心臓に良いんですが……」

「あン？」

「すみません、メッタボンが……」

悪気はないんだよね！　わかってる‼

レジーナさんが謝ることでもないので、私たちは顔を見合わせて笑ってしまいました。

当のメッタボンはワクワクした顔で次の工程を待っています。

くっ、いかつい顔して可愛いかよ……。

「それで、次にお芋を水から茹でます」

これぱかりは魔法に頼れないので地味な作業ですが、仕方ありません。

レジーナさんが興味深そうに鍋を覗き込んで、私の方をちらりと見上げました。

「どうして水からなんですか？」

「根菜の類《たぐ》いは火が通るまでに時間がかかるので、お湯から煮てしまうと外側が煮崩れて美味しくなくなってしまうんですよ」

「そうなんですね……初めて知りました……」

「レジーナは料理しなさすぎなんだろうよ……いってぇ！」

感動するレジーナさんにメッタボンがそう言えば、勢いよく足を踏んづけられたようです。

相変わらず仲が良いことで。

（しかし、夜にこんな甘いお菓子を作って試食しようだなんて罪深い……）

いいえ、これはお芋です。お芋なのだから野菜、しかもできあがった芋羊羹はセバスチャンさんの分も残して四等分、つまりこれはカロリーゼロに等しいのでは！

なんて内心で言い訳もばっちりできましたので、待っている間にレジーナさんに買い物の護衛についてお願いすることにしました。

「そうそうレジーナさん、今度ジェンダ商会とリジル商会に買い物に行きたいのですけれど、ご一緒していただけませんか？　王女殿下には後ほど、私からお話しいたしますので」

「かしこまりました、日時が決まりましたら教えていただけますか？　隊長にはアタシから伝えておきますからご安心くださいー！」

「ありがとうございます」

よし、これで解決。即決してくれるレジーナさんに感謝。

買う物も決まっていますし、できたらその後はのんびり女同士でお茶でも飲んで帰れたら最高なのですけれどね……。寄り道最高。

（どこのお店がいいのか今から考えておかなくっちゃ）

そういえばここのところ忙しくて、城下のお店チェックとかまったくできていないのです。

以前はこっそり一人で歩き回って美味しいカフェとかを探したものなのですが……まあ、今は状況が状況ですから仕方ありませんよね。

（むむむ……レジーナさんと一緒なら、どこでも入れそうなもんだけど）

カップル向けのお店とかも、できたらチェックしたいなあ。

今後のデートの参考までにね。それなら彼女にとってもいい話ですし。

それにどうせだったらレジーナさんの惚気話も聞いてみたい。是非聞いてみたいのです！

「お、芋に火が通ったみたいだぜ」

「そうしたら水気を切って潰し、一つまみのお塩と、それから砂糖を加えて根気よく練ってください」

「おう！　力仕事は任せとけ‼」

わあーいメッタボン、助かりますよーう。

この工程は特に大事ですからね。滑らかさに関わる重要な工程です！

本当は白砂糖だけではなくて黒糖を加えるとコクも出て美味しいって前世では聞いたんだけどね。

この世界にも黒糖は存在するみたいだけれど、あまり流通はしていないようです。

南方で作られている庶民向けの砂糖という扱いのようですね。

そもそもが貴族が集《つど》うこの王城にはなかったっていうオチでした……。

しかしこの芋羊羹が好評なら、より美味しくなるかもしれないと理由をつけて経費で購入できるかもしれません！　最終的にビアンカさまを巻き込めばワンチャン‼

そんなことを考えている間にメッタボンが見事なペースト状にしてくれたので、後は待っている間に溶かしておいた寒天を加えて、さらに練ってもらいました。

最後は小さめのパウンドケーキ型に入れて私が魔法で冷やせば完成です！

ほぼ私は何もしていませんが、美味しくできりゃ結果オーライってもんですよね‼

「さて、これを四等分にしてと……今回はお試しですから、各人二口ずつくらいですけど……味見としては十分よね？」

「そうだなあ」

「はい、十分かと」

めいめい小皿を持ったところで、私たちはできたばかりの芋羊羹を口に運びました。

広がるのは、サツマイモ特有の甘みと、そして滑らかな食感。

メッタボンの頑張りのおかげで最高ですね。うーん、お茶がほしい！

さすがに緑茶に関しては今のところ情報を得られていませんが、これはほしくなるなあ。

それにしても美味しい。初めて作ったにしては、かなりの完成度じゃないですか？　これ。

（はー、夜中の甘味《かんみ》は至福の味……‼）

夜中の芋羊羹会はみんな大満足だったということをここに報告いたします。

いえ、そんな会は存在しないんですけどね。

「おやおや、みなさん先にお召し上がりでしたか」

「セバスチャンさん」

「おお、セバスチャンさんも早く食ってみてくれよ。こいつぁいいぞ、茶請けに最高だな。ただ、かなり茶葉を選びそうではあるんだが……アンタならいいのを見繕えるんじゃねえか？」

「ほう……では失礼して」

とまあ、こんな感じで大絶賛……とまではいかずとも高評価は貰いました。

やはり見た目が地味なこと、保存方法などが問題点ですね。

私が作った方法はいわゆる〝練り羊羹〟の方法です。とはいえ、水羊羹に近い食感ではあるので、いずれにせよ早めに食べてしまった方がいいでしょう。

なんといっても前世の知識頼みな素人料理ですから！

それにラップとかがあるわけではないし、冷やして出すとかアレンジは二の次ですよ。

そして私がコクを増したいから黒糖も少し加えたらどうだろうと言ったところ、メッタボンがそれならジェンダ商会が取り扱っていると教えてくれました。

あとはわかるね？

そう、私の買い物と称した商会巡りの理由が図《はか》らずともここにできたのです！

セバスチャンさんから預かった紅茶のリストをリジル商会。

そして羊羹を改良するための黒糖をジェンダ商会で。

それぞれに注文するという名目ができたのです‼

まあ当初はそれぞれ御用聞きとして呼びつけて注文したらいいと言われたのですが、私も個人的に買い物をする用事があって行くつもりだからそのついでにしておくことにしました。

というか、押し通したというか……。

いや、うん。

私としては堂々と買い物に行ける名目がほしかったので、全力で乗っかったわけです。

ええ全力で！　乗っかりますとも‼

何かを察したのか、セバスチャンさんとメッタボンが苦笑していましたけど……気にしてはいけません。そしてレジーナさんは微笑ましそうに見ていました。

いいんです！

お買い物に行ければそれで‼


楽しいお買い物。

ええ、それは楽しいお買い物です。

(……そのはず、だったんだけどな……？)

王城からリジル商会へ行き、そしてジェンダ商会へ。

暗くなる前に王城へ戻るということで、レジーナさんと打ち合わせもしました。

私たちの計画はどこも抜かりはない。そのはずでした。

なのに、今、私と一緒に馬車に乗っているのは護衛のレジーナさん……ではなく。

何故か、ハンスさんだったりするのです。

(どうして、こうなった……!?)

思えばハンスさんといえばあまりいいイメージがないというか、ドジっ子というか。

アルダールと私がお付き合いを決めた時に現れたり、キスしようとしたら現れたりと……まあ、なにかとタイミングが悪い男性というイメージがあります。

近衛騎士というだけあって実力者には違いないのでしょうが……。

とはいえミュリエッタさんにメロメロだとか、スカーレットに軽薄だと叱られていた……といった話を聞いているせいで、あまり良い印象がないっていうか……。

うん、黙っていればこの方も結構なイケメンだと思いますけども。

(なんだろう、ハンスさんといえば……)

私の中でアルダールにアイアンクローを食らっている姿が印象深すぎて……。

そのことは口に出さないでおきましょうね。大人の気遣いです。

「いやあ、そんなに見つめられると困っちゃうな！」

あははと朗らかに笑っていますけど、そういうことじゃないんですよ⁉

レジーナさんとの待ち合わせの場所に行くと、現れたのは難しい顔をしたレジーナさんと何故かハンスさんだったっていうね。

なんとそこでレジーナさんに用事ができたから、リジル商会で買い物を終えるまでは自分が代わりを務める……なんてハンスさんが言ってきたんです。

いやもう、どっからどう見たって怪しい。というか怪しさしかない。

明らかに何か裏がありますよ！　っていうのが見え見えすぎて、いっそ潔いですよね。

だというのに、話しかけても来ないハンスさんに私はなんとも生温い気持ちになります。

（なんというか申し訳なさが滲んでいるというか、躊躇《ためら》いが見えるというか……）

いや、これが演技かもしれない可能性はあるんですけどね？

そうやって考えるとニコラスさんって胡散臭いけど、そういう点ではやはり誠実なのかしら。

うん？　胡散臭さと誠実って相反している気がするな。

（胡散臭いし怪しいって思わせるけど、ちゃんと意味があったり私へのヒントだったりするものね。

まあ、ハンスさんもわざと怪しいと思わせているだけ……という可能性もあるけれど）

ニコニコ笑っているハンスさんに、私はそっとため息を吐き出しました。

ご丁寧に『リジル商会で買い物を終えるまで』だなんて、その間に何があるというのでしょう。

大した用事があるわけじゃありませんし、もしかして私の監視でしょうか？

「……ハンス・エドワルド・フォン・レムレッドさま」

「お、おお？　フルネーム呼びとはこれまた仰々しいなあ。ほら、オレってばアルダールの同僚だ

し、初めて会うわけじゃないんだからもうちょっとこう、気軽にというかフレンドリーな対応でも
……」

「事前に気をつける点を言っておいていただければ、こちらでもできる範囲で対応いたしましょう。一体、私に何をお求めなのですか」

「……」

何も聞かないで知らないフリをして買い物をし、ジェンダ商会に向かってはいさようなら。

それが多分スマートなのでしょうね。

だけど、なんとなくそれは癪《しゃく》だったというか、また自分が知らないところで勝手に話が進んでいたりするんじゃないかと思うとね。

(こう……腹が立つじゃない？)

それが上の方々からの指示がゆえに説明できないならば、それはそれで仕方ありません。

ですが、そうじゃないなら言っておいてくれよと思ったりもするのです。

まあ、言われたからってそれに大人しく従う義理もないんですけどね！

だって私も一人の人間ですもの‼

そんな気持ちを込めてあえて貴族にとって正式な問いをする作法である、フルネーム呼びまでしてみました。だからでしょうか、彼はとても驚いています。

やりすぎたかと少しだけ後悔した私に、ハンスさんは悪戯っ子のような笑みを浮かべました。

「まさか正面切ってそんなこと言ってくるとは思わなかったなあ」

「お答えできないのであれば、それはそれで構いません」

どうやら、私の問いかけに応じてくれるようです。

そう、答えられないならそれはそれでいいんです。それが答えですからね。

そこんとこをきっぱりはっきり態度で示していただきましょうか。

そもそもの話、筆頭侍女とはいえ侍女の護衛に近衛騎士がつくってのはおかしな話なのです。

担当の護衛騎士に用事ができたなら、他の護衛騎士がつけばいいだけの話ですしね。

近衛騎士隊は国王陛下の直属。護衛騎士とはまた指揮系統が違うのです。

ですからツッコミどころしかないこの交代劇は、私が疑問に思うこと自体、想定されていたはず。

ちなみにアルダールとお出かけの際に護衛がつかないのは、単純にアルダールの強さが折り紙付きであることと、プライベートだからと気を遣ってくれた護衛騎士の方々の好意によるものです。

うん、恥ずかしさはかなりありますがその好意に日々感謝してますよ‼

（もしこれで私がプリメラさま関係で命を狙われている……とかだったら、たとえデートであろうと護衛がつくことは理解しますけどね。でも今回のこれは絶対違うでしょ！）

そんな話だったらそもそも外出を禁じられるか、出かけるよりも前に説明があるはずです。もしくは護衛態勢についての変更連絡が来るはずなんですよ。

なんたって、私は王女宮の責任者ですもの。

それがないということは、決してそういう……暗殺ですとか、危険な内容ではないはずです。

ならば、何故？

そう疑問を持つのは当然の話でしょう。

それらの気持ちを込めて、私は真っ直ぐにハンスさんを見ました。

王女宮筆頭としてならイケメンと真っ向から視線を合わせても大丈夫！　ちょっとなら‼

しばらくそうしていると、彼はクスクスと笑いました。

そして真面目な顔をし、姿勢を正したのです。

（そうやって真面目な顔をしていると、モテるだろうに）

確か、アルダールとは年齢的に近いとか言ってましたっけ。

いつも『モテたい』と口にしては不謹慎だとスカーレットが愚痴を零していたことしか思い出せません。

「まあ、いろいろあるんだけどね。いくつか理由を挙げるとするなら、まず、ファンディッド子爵令嬢がナシャンダ侯爵家の養子になるかどうかの問題で、かな」

「……やはりその件は多くの貴族に知られているのですね」

「まあ、さすがにナシャンダ侯爵家ともなればね……。それに、うちも同じ侯爵家だからさ」

私の記憶が確かなら、レムレッド侯爵家は中立派寄りの軍閥だったはず。

そうなると、軍閥のバウム伯爵さまと貴族派……この場合は国王派寄りの中立であるナシャンダ侯爵さまが、どこの派閥と手を組むことになるのかを気にしてのことかなと考えました。

しかし、私がもし侯爵さまの養女になったからといって、そう簡単に派閥のパワーバランスが崩れるとは思わないですけどね！

「ミュリエッタちゃんには悪いけど入り込む余地はないとオレは思ってるし、二人のことは応援してるよ」

「え？」

「アルダールのヤツがあそこまで一途になっている姿を近くで見てきた身としてはねえ！」

クスクス笑うハンスさんは、とても楽しそうでした。

しかしそれは、からかうようなものではなくて……本当に、楽しそうな笑い方です。

「個人的にキミと話をしたことはなかったけど、オレはアルダールってやつのことをよく知ってるよ。あいつがそう簡単に女性に騙《だま》されたり、手のひらで転がされるような可愛い野郎じゃないってことをね！」

「……それ、は、どうも……？」

それって褒めているのか？

ハンスさんの言葉になんと返せばいいのかわからず、とりあえず曖昧《あいまい》にそう言うしかできません。

そしてハンスさんはそんな私を見て、またおかしそうに笑いました。

その笑顔は無邪気なのですが……彼の言葉に、私は疑問を覚えました。

（え、あれ？　ハンスさんはミュリエッタさんのことを好いていたのでは）

ミュリエッタちゃんミュリエッタちゃんと激甘なくらいラブコールしていたのでは。

そのせいでスカーレットがあんなにブチ切れていたわけですし……。

（ああ、でもそうか。アルダールと私がきちんと結ばれた方が、彼にとっては都合がいいのか）

ミュリエッタさんが諦めることができたら、その時こそ彼にとってチャンス。

誰もがわかる、構図です。

（……だけど、それだけ？）

なんでしょう。それが妥当な線なのに、何かが違う気がするのです。

いえ、ただの私の直感にすぎませんが。

「その目はまだ納得してないってとこかな？　残念だけど、教えてあげられるのは……そうだなあ、もう一つくらいかな」

「他にもあると？」

「うん、そう。とりあえず言えるのは、キミの存在は〝近衛騎士が派遣されるほど〟重要視されているってこと。そしてそれを周囲に見せつけるのが今回の目的なんだ」

「……だから、リジル商会について行くと」

なにせ貴族を含め国内外の誰もが知って、利用する大商会です。

そこで話題に上ったならば、翌日には国中に話が巡る……なんて噂もあるくらいの大商会。

見せつけることが目的ならば、確かにそれが手っ取り早いことでしょうね。

「そ。理解が早くて助かるなあ！　俺もこの後に別の任務が入ってるからリジル商会までなんだけど、本当はジェンダ商会までついて行きたかったんだよねー！　ほら、ミュリエッタちゃんにプレゼントも選びたかったしさ」

へらへらと笑って言うその内容に、私は若干の気持ち悪さを覚えました。

ミュリエッタさんにプレゼントを選ぶ云々のところじゃないよ！

（……私が近衛騎士に守られている、つまり大事にされている……って見せつけるのは一体、どこの誰相手になのかしら、ね……）

近衛騎士は国王陛下の私兵という立ち位置。

彼らに守られているということは、国王陛下の庇護の下《もと》にあると同義です。

たかが侍女相手にそうする理由は？　そしてそれを見せつけるというのはどういうことなのか？

余計に謎が深まったというか、どこかで厄介な話が動いているのかもしれないと思うと、嫌な感じが拭えません。かといって私に何かを求められている風でもありませんし……。

（多分、もう何も教えてもらえないんだろうなあ）

ハンスさんが世間話に切り替えてしまったのですから、私も『言えないならばそれでいい』なんて宣言した手前、聞くことができません。

そんな私のことに気づいているのでしょう、ハンスさんがフッと笑いました。

先程まで見せていたへらりとした笑みとはまた違う笑みを浮かべて、私を見たのです。

一瞬背筋がぞくってしましたけど、でも目の前にいるハンスさんの笑みは優し気なものでした。

「大丈夫だよ。それよりもユリアちゃんはアルダールのこと、よろしくね！」

（……気の、せい？）

「えっ？」

「あ、ほらリジル商会が見えてきたよ」

にっこり笑ったハンスさんに、私はただ頷き返すことしかできませんでした。

近衛騎士、やっぱり一筋縄ではいきません……侮《あまど》れない‼

ほどなくして、馬車は無事リジル商会の前に着きました。

そしてハンスさんにエスコートされる形で店内に入ってすぐに会頭が直接出迎えてくださったのです。

「ようこそ、お待ち申し上げておりました」

「……会頭もお元気そうで、お会いできて嬉しいですわ」

「本日は当商会をご利用になるとのことで、是非、私自らご案内させていただこうと思いまして」

「それはご丁寧に、ありがとうございます」

私が行くということは事前に連絡済みです。買い物をスムーズに終わらせるためですよ！

決してＶＩＰ待遇を希望しているわけではありません。

だからそんな派手にお迎えしてくださらなくていいんですよ……。

なんか無駄に目立っておりますからね。そりゃまあそうでしょうけど！

天下のリジル商会、その会頭が御自ら挨拶と案内をするような相手が来たってなれば、注目の一つや二つ仕方ないとわかっちゃいるんですよ、頭では。

でも、私は目立ちたくないんですよ！

おわかりいただけるでしょうか、この微妙な気持ちを‼

（……懇意にしているのはリジル商会とジェンダ商会、それをタルボット商会に見せつけるためにも買い物をするだけではなく手紙を出すなどの特別感を演出したのが余計だったのかなあ）

結果としてみれば、これは大成功だと思うんですけどね……。

なんせ会頭自ら案内してくれるくらいの上客、世間はそう見ることでしょう。

そういう意味では大変ありがたいことなのです。

ありがたいけれど、いいですか？　ここ重要です。

私は！　目立ちたくないんですよ‼

（なんでこうなった……）

いや、物は考えようです。

リジル商会の会頭と懇意にしているのは『王女宮筆頭』である侍女、つまり公僕としての身分とあちらは懇意にしているのです。

そう、私個人ではありません！

王女宮としては王室御用達のリジル商会と懇意で何がおかしいことがありましょう。

そうでしょ？　ね？

誰かそうだと肯定してくれないかなあ‼

「して、本日はどのような品をご要望ですかな？」

「そうですね、普段使いのレターセット類と茶葉類を。茶葉に関しては私個人が使うものと、贈答用のものの二種類を拝見したいですわ」

「かしこまりました。目利きでもあられるファンディッド子爵令嬢さまが当商会を信用し利用してくださること、大変嬉しく思います」

（……ん？）

「ささ、商談用の部屋も準備できております。足元にお気を付けて……」

ニコニコと応じるタヌキ……じゃなかった、会頭を前に私は違和感を覚えました。

今、私のこと、このおっさんなんと呼びやがりましたかね。

私の聞き間違いでなければ『ファンディッド子爵令嬢さま』とか言いましたね。

や、絶対に聞き間違いではないです。

むしろ合っています正しいです。

確かに私はファンディッド家の令嬢で間違いありませんから。

だけど、いやいや、ちょっと待とうか？

（なんであえてこの場で、そうやって、呼んだ？）

そこで私はふと、思い当たることがありました。

私がリジル商会を利用しようと思ったように、このタイミングを利用することでメリットのある人がここにいるじゃありませんか。

（まさか⁉）

エスコートのために私の手を取ったままのハンスさんを見上げれば、彼は私の視線に気づいてにっこりと邪気のない笑みを浮かべたではありませんか。

しかしその笑顔こそが答えだなと私は直感的に理解しました！　なんてことでしょう‼

（……なるほど、かなり大掛かりになってもいいから、そうまでしても『王女宮筆頭であるファンディッド子爵令嬢がいかに大事にされているか』を知らしめたいわけですね）

確かに良いパフォーマンスでしょうね、これは。

ただ、誰に対してのアピールかこちとらさっぱりわからないままなんですけどね⁉

ニコニコと笑うハンスさんの様子からは教えてもらえる感じがまるでしませんし、アルダールに今度聞いたら教えてもらえるのでしょうか、これ……。

（私に関することで蚊帳の外はいやだって思った傍からこれか！　どうなってんだ、まったくもう‼）

「それではこちらでお待ちください。ただいま、品物を持って参りますので」

「恐れ入ります」

「わたくしめは少々席を外しますが、すぐに戻りますので。ファンディッド子爵令嬢さまも、近衛騎士さまも、どうぞお寛ぎください」

「ありがとうございます。お忙しい中お邪魔したのですもの、気を遣わせて申し訳ないですわ」

「ははは、やはり筆頭侍女さまは寛容ですな！　それではすぐに戻ってまいりますので……」

会頭がお辞儀をして去って行くのを確認してから、私は室内をぐるりと見回しました。

案内されたのは、割と小さい商談部屋です。

といっても、小さめな応接室のようなものなので十分な広さはありますが……。

以前ディーンさまと共に行ったＶＩＰ専用の高級品商談部屋と比べると、広さも調度品もややランクが下がったような感じですが、それでもどれも十分立派なものです。

私が座ったソファのふっかふか具合とか、これ、人をダメにするタイプのやつですよ。

これ、ちょっと個人的にほしいな……。

「あ、ところで今少し時間を貰ってもいいかな、ファンディッド嬢」

思わずソファの魅力に負けそうになった私ですが、ハンスさんが声を発したことで思い止まることができました。ありがとうハンスさん！　さすがにここでお礼は言わないけど！

「……なんでしょうか」

「今更なんだけど、自己紹介してなかったなって思ってさ！」

「え？」

今？　このタイミングでそれ言うの？

思わず眼鏡がずり落ちそうになりましたね。

ハンスさん、あなたって人は……そんなだから空気が読めないって叱られるんですよ！

呆れる私をよそに、ハンスさんはにっこり笑いました。やだ、マイペース……。

「改めてハンス・エドワルド・フォン・レムレッドと申します。レムレッド侯爵家の三男で近衛騎士隊に所属、アルダールとは同室で実は後輩でっす！　年齢はあいつより上だけどね」

「そうだったんですか⁉」

新事実をここでぶち込んできただと……‼

ハンスさんがまさか後輩だったなんて。

そういえばアルダールはハンスさんのことを『同僚』『同室』とだけ説明していましたね……？

(ああ、でもそうか)

アルダールは最年少で近衛騎士になったっていう話だから、大抵の人は後輩にあたるのでは？

しかし年功序列的なあれそれから今も近衛騎士の中では一般兵という扱いなのでしょう。

その辺りはとても難しい問題ですね！

実力があればいいってものではないですから、近衛騎士は。

「って言ってもそこまで年齢も違わないんだけどね。近衛騎士隊は欠員が出たらすぐ補充されることもあるし、入隊時期は必ず決まっているわけじゃないんだ」

「……そうなんですね」

「今回のことは任務だけど、アルダールとオレは友人だし、スカーレットとは幼馴染《おさななじみ》だし、是非ファンディッド嬢とも親しくなりたいなーって思ってるんだよこれでも」

「……はあ」

「どうせだったらユリアちゃんとか呼んでもいいかなって思ってるんだけど？」

「ご遠慮申し上げます」

かっる！　いやこれはスカーレットがもっと慎《つつし》みを持てって散々文句を言うわけですよ。

これが素かどうかまでは私に判断できるだけの材料がないから、なんとも言えませんが……。

しかしとりあえず、アルダールの同僚ということでそこは信頼しても良いのかなと思います。

だけどユリアちゃんはダメでしょ、かなり無理がありますから！　年齢的にも‼

こちらが恥ずかしくなるから却下《きゃっか》ですよ、却下。

「ちなみにですけれど今日のことは当然、アルダールも知っているんですよね？」

「あー、うん。一応説明はあったと思うよ。多分、今されてるんじゃないかなー」

「今……って」

「さすがに任務だしあいつもごねないとは思うけど、念のためね。アルダールが護衛でついてきたんじゃいつものデートの延長としか見えないでしょ？」

「まあ、それは……わかりますが」

アルダールが知っているなら、いいんですけど……後で私が問い詰められるとかじゃないわけだし。全ての説明はハンスさんにお願いしますで通せるし。

というか近衛騎士隊でのアルダールってどういう目で見られているのでしょうか？

「あー、誤解のないように言っておくけど、あいつは近衛騎士隊の中でも真面目って評判だよ。仕事熱心ってわけじゃないけど、やらせたことは殆ど完璧にこなすし、隊長からの信頼も厚い」

「……そうですか」

「そういうやつだから、頑張ってるってのを近衛騎士隊でも応援してるわけ」

「え？」

「まあ、そこは勝手にオレらがしゃべっちゃうとマナー違反だと思うからここまでね！　とりあえず心配しなくていいよ、ユリアちゃん！」

「その呼び方を許可した覚えがありませんが」

「手厳しい！」

ほんとハンスさん、マジハンスさん。距離感どうなってんだこの人……。

だけど決して踏み込んでくるってわけでもないから侮れないっていうか、ちゃん付けは止めようね！

「それでユリアちゃんさあ」

「ですからその呼び方は許可しておりません」

「まあそれは置いといて……これは情報の出所とかナイショなんだけど」

ハンスさんが少しだけ身を乗り出すようにして、ウィンクを一つ。

なんでしょう、様になっているのがなんだか腹が立つなこの人。

思わず普段以上に真顔になった私は悪くありません。

「パーバス伯爵んとこって今大変でしょ。だからユリアちゃん経由でいろんな商会とツナギを取りたいみたい。そんで夫人と弟さんが見舞いか弔問かよくわかんないので呼び出されてると思うけど、行ったら人質になりかねないから、行かせない方がいいよ」

「は、はあ……⁉」

唐突なるハンスさんの真面目な声音《こわね》と内容の両方があまりにもなものだったので、思わずびっくりして間抜けな声が出てしまいました。

そんな私の様子に満足したかのように満面の笑みを浮かべたハンスさんは、それ以上を語ることもなくさっさと壁際で護衛するかのように……って一応彼が今回の護衛でした。

（くう、面白がってるな……⁉）

アルダールに対して好意的で、その恋人である私に対しても悪い感情は抱いていないということはわかりましたが……というか、面白がっているというところでしょうか。

でもだからって！　そういう情報を！

いきなりぶち込まないでいただけますかね‼

（……まあ、予想の範疇《はんちゅう》でしたけど……）

そう、私だって〝人質〟に関しては予想は一応していたんですよ。一応ね。

しかし仮にも親戚ですし、お義母さまからしたらご実家で、ご兄弟ですもの。

そんな、ねえ？

貴族としてどころか人としてどうかなっていうことをお義母さまの家族が画策しているとか、考えたくもないじゃないですか。

（でも、パーバス伯爵家はそういうことを`しそうに`見えるってことなんだよね）

だろうなとは思っていましたけど、知りたくなかった事実です……。

いや、ハンスさんは善意で教えてくれたのであろうことは理解しております。

なぜならお義母さまたちが囚われの身にならぬよう、忠告してくれているのですから。

しかしハンスさんがそんなことを言うから、気になって気になって……私は買い物に身が入らなくなりました。何を買うか事前に決めてあったから、まだマシですが……。

（なんでこのタイミングで言うのかなあ）

せめて別れ際とか他にもあったでしょうに！

でも、護衛対象である私が今後、余計な行動をしないように牽制《けんせい》している……という可能性もあるのでしょうか。危険を事前に知らせておけば、確かに慎重に行動をするようになりますから。

むしろそちらの方が意味合い強い……？

（確かに、お義母さまたちがあちらの家で具合が悪くなったとか言われて迎えの馬車が来たら、罠だと思っても気持ちが揺らいじゃうかも）

まあ、その場合は何かあっても手を貸してくれそうな方を連れて行きますけど。

やはりそう考えるとメッタボンですかね……？

さすがに王女騎士団や、アルダールを頼るのはこの場合あまり良くないことですから。

まあ王城に馬車が迎えに来たらその段階で怪しさしかないですけどね。

普通に考えればお義母さまたちの具合がよくないなら、ファンディッド子爵家の方に連絡がいくものですし。

かといって、ここで対応を一つ間違えるだけで、パーバス伯爵家とファンディッド子爵家は貴族社会の笑い者になりかねないのです。

派手に立ち回って危機回避したところで、それはあくまで最悪の一歩手前。

貴族にとって良い立ち回りというのは、いかに他家にそれを悟られず、より自分たちに利をもたらす結果を出すか、ですから。

たとえミイラ取りがミイラにならずに済んだとしても、貴族家同士の諍《いさか》いを秘密裏に片付けられない段階で恥を晒しているってことになりますからね！

しかしパーバス伯爵家はかなり追い詰められているのでしょうか？

切羽詰《せっぱつ》まっているからこそ、そんな疑惑を持たれる行動をしているのだろうとは思いますが……。

「まあそこまで深く考えなくていいんじゃない？」

「それを貴方が仰いますか……」

けろっとした感じで言うことじゃないよね、ハンスさん！　まったくもう……。

そんなこんなで頭を悩ませるはめになったところで、リジル商会の会頭が戻ってきました。

私は思考を切り替え、できるだけ冷静に今日の目的を品定めして……。

もちろん、お義母さまたちのことは気にはなります。

ですが想定の範囲内である以上、事前に実は手を打ってあるのです。

前回の帰省で仲良くなった館の侍女たちに、もしお義母さまがパーバス伯爵家に戻らねばならなくなったら準備をできる限り時間をかけるようお父さま許可の元、指示してあるのです。

そして、私に即連絡を寄越してほしいとも。

知らないままなにがあったのかわからず行動するのと、知っていて対策を考えながら行動するのではまるで異なりますからね！

とはいえ、準備を遅らせるのにも限度はありますし……もしも妖怪爺もといパーバス伯爵の、不幸の知らせであるなら……やはり、お義母さまだってすぐに帰りたいと思うのです。

だからお義母さまはこのことを知りません。私とお父さまだけで決めたことです。

自分を信用していないのかと嘆かれるかもしれませんが、やはり家族の情に訴えられたら弱いということと、パーバス伯爵家が信用できないということは事実なのです。

メレクは……こう言っては何だけれど、お義母さまに強く出られないところがあるので。

いいえ、それはお父さまもですけどね！　だから私が動くというわけです。

（結局のところ、お義母さまは優しいから……）

自分のことを軽んじていた父親と兄でも、困っていると言われれば手を差し伸べたくなってしまうのは仕方ないと思うんですよ。

しかしその優しさを一方的に利用しようとするのは、腹が立つじゃないですか！

お義母さまは『あの人たちはああいう人だから』で諦めていらっしゃるかもしれませんが、私にとっては大切な家族がそのように扱われることは業腹《ごうはら》以外の何物でもありません。

とはいえ、父親の危篤と聞けば当然そちらへ行きたいという気持ちは理解できますので、できれば人質なんて恐ろしい話はただの噂であると、警戒は無駄であってほしいと願うばかりです。

ですから今のうちに情報を集めて安心できる要素を見つけた上で、帰省させるにもお土産を持たせたかったのですけれど……。

（全っっっ然、安心できる要素が見つかりゃしませんね‼）

しかしハンスさんからの情報で、お義母さまへの手紙に書く内容が決まりました。

パーバス家とタルボット商会の関係悪化に関して私は何も関与していないことを中心に、何があってもあちらへ戻ることはもう少しだけ待ってほしいと記しておきましょう。

以前のお義母さまならば何を言っているのかと一笑《いっしょう》に付したことでしょうが、今ならばちゃんとどういうことか考えてくださると思います。

私にどういうことかと問い合わせるだけでも時間が稼げると思いますし。

（……でも、親族でありながら行かないというのも失礼だものね）

どう対処するかが問題ですかね、やっぱり。

選択肢を間違えるとそれはそれで面倒が起きる気がしますので、やはりここはセバスチャンさんが噂を仕入れてきてくれることに期待するしかありません！

セバスチャンさんと言えば、いくつか紅茶を頼まれているんでした。芋羊羹に合う紅茶が見つかれば良いのですが……衝撃的な話が多すぎて忘れそうになったのは内緒ですよ！

「……そちらは随分と香りが強いですね。できればもう少し、穏やかなものが好ましいのですけれど。それとは別に香りも味わいもすっきりとしたものはありますか？」

「そうですねえ、ではこちらなどいかがでしょうか」

「……ああ、良いですね。では、そちらを……」

それにしても自分で言うのもなんですが、紅茶の品定めをしながらこうやって並行思考ができるって結構すごくないですか？

自画自賛だって？　良いじゃないですか、私だって褒められたいんですよ!!

仕事をしている上で必要なスキルだったから侍女になって鍛えられたと言わざるを得ないスキル

ですが、今ものすごく活躍している気がします……。

使いどころがなんか間違っている気がしないでもない‼

本来は仕事をしている間に次の仕事の下準備をしておくとかそういうものなんですけどね。

しかしおかげで芋羊羹に合う紅茶が手に入りましたから、これで戻ったらセバスチャンさんとお茶会ができます！

きっと今頃、情報を整理して待っていてくださることでしょう。

一通りの商談を終えてホッと一息吐き出し、私たちはリジル商会を後にすることにしました。

お見送りで一緒に歩いていた会頭さんが「そういえば」と声を上げたので、私が足を止めると会頭さんは申し訳なさそうな顔をしつつ笑みを浮かべているではありませんか。

「ファンディッド子爵令嬢さまに申し上げたいことがございました」

「……どうかいたしましたか？」

「最近、同業者がご迷惑をおかけしたようで」

「えっ」

「いつなりと、お待ちしておりますよ」

「えっ」

何それコワイ。どういうこと？

にこーっと人畜無害っぽい笑顔を浮かべた会頭が私に向かって手を振る中、どういうことかと問うわけにもいかず……。いや、聞くのも怖いなって。

最終的にハンスさんに手を取られて馬車までエスコートされた私は、頭を悩ませるしかありません。

そんな私を見てハンスさんが笑っているわけですが、彼はどこまで……そして何を知っているのでしょうか。というか、私が知らないところで何が起こっているのやら。

まったくもって恐ろしい！

「ねえ、ユリアちゃん。窓の外、気づいてる？」

「……なんですか」

もうその呼び方に注意をするのも疲れてしまって思わずぞんざいな返事をしてしまいましたが、ハンスさんに気にする様子はありませんでした。

それどころか少し私と距離を詰めて、内緒話をするように囁《ささや》いたのです。

「あそこにミュリエッタちゃんがいる。今、会頭にお見送りされてたユリアちゃんを見てたよ」

「レムレッドさま……⁉」

「しっ。そっち見ちゃだめ。……気づかれちゃうだろう？」

ならなんでそんなことを言ったんだと問い詰めたいような、ミュリエッタさんがなんでとか、もう情緒がぐっちゃぐちゃになりそうです。

けれどそんな私からパッと身を離したハンスさんはにっこり、いつものように朗らかな笑みを向けて馬車のドアを開けました。

「オレの護衛はここまで！　ほら、レジーナ殿が来てくれたんでもう交代しなきゃいけないからさ。また今度ゆっくり話そうね？」

「……貴方さまの任務は完了、ということですか」

「まあ、ね」

「それはつまり、彼女に見せることだったんですか」

「さあ、それはどうだろう」

クスクス笑ったハンスさんがひらりと手を振って身を翻《ひるがえ》す姿を、私は視線で追いました。

視線の先には去って行く薄紅色の髪を持つ少女の後ろ姿。

そしてそれを追いかけていくハンスさんの姿。

彼は親しげにミュリエッタさんに声をかけて、ごく自然に隣を歩いて行くのです。

先程までの、やり取りのせいでそれは……なんだか、作られたもののようで、少し怖い。

(どういうことになってんの……⁉)

楽しい買い物、そういう一日になるはずだったのに。

ミュリエッタさんに見せつけて何がどうなるっていうんでしょうか。

近衛騎士に、大商人に、私が大事に扱われていると知らしめて、どうなるというのでしょう。

それを目の当たりにして彼女が何を思うのかとか、どう行動するのか、それが何に繋がるというのでしょうか。私は思わず口元に手を当てました。

(なんだかあの子を虐《いじ》めているみたいで、気分が悪い)

ムカムカとする、胸の内。

だけど、私はその表面しか知らない。

何が起こっているのか、まるでわからないのです。それが余計に苦しくてたまりません。

「ユリアさま?」

ハンスさんと入れ替わるようにして馬車に入って来たレジーナさんが、私の様子を訝《いぶか》しんで声をかけてくれました。けれど、気分が優れなくなってしまった私はすぐに答えられません。

「ユリアさま、具合がよろしくないようでしたらこのまま王城に戻りますか」

「……いえ、大丈夫……レジーナさん、戸を閉めてください。出発はせず、少しだけこのままで」

「はい、ユリアさま」

気を遣ってくれるレジーナさんには大変、大変！　申し訳！　ないのですが‼

私は馬車のドアを閉めたレジーナさんの腕をがしっと掴みました。

ギョッとする彼女に、私は身を寄せて挑むように見上げながら、声を潜めて問いました。

「レジーナさん、知っていることを洗いざらい吐いていただきましょうか」

「えっ、いえ、あの、ユリアさま……？　その、申し訳ありませんが、アタシも詳しくは」

「知っている限りで結構です。教えていただけますね？」

「ユ、ユリアさま？」

「教えて、ください、ます、ね？」

ひくりと笑顔を強張《こわば》らせたレジーナさんには本当に、申し訳ないと思っています。

自分でも随分と目が据わっていたんじゃないかなって思うんですよ。

でもね。

やり方とかいろいろ事情があると思うし、私にも彼女にも、ハンスさんにもミュリエッタさんにも、それぞれ立場とかあるってのも理解した上で私は思ったのです。

ああ、腹が立つ！　……とね。

第四章　啖呵を切るにも準備が必要

「……アタシが知る範囲で、のみの説明となりますけど……。それでよろしいですか」

「ええ、もちろん」

ないものを出せなんて無茶は言いません。

といっても今の段階で相当無茶なことを言っているという自覚はありますしね。

レジーナさんは深くため息を吐き出してから、彼女が知っていることを私に教えてくれました。

今日の買い物で見せつけるのには、いくつかの思惑がやはり動いていたようです。

私が近衛騎士に護衛されるほど王家から大切にされているということ。

同時にこれはタルボット商会の独断によって商人界隈《かいわい》の評判を落とされてはたまらないというリジル商会からの申し出でもあったのだそうです。

ほら、パーバス伯爵家と縁切りするのに私が巻き込まれている件で。

(両方かよ‼)

まあ見せつける相手は、ミュリエッタさんだったわけではないということに、少し安心しました。

ってことはあれはハンスさんの独断ということなのでしょうか？

ただの偶然だったってことでいいとは思うんですが。

(まあ、そもそもミュリエッタさんだけに狙いを定めてやるには、大掛かりすぎるか……)

彼女単体で狙いを定めてどうこう……なんてさすがに意地の悪いことを上の人たちがするとは私

も思っておりませんが、ミュリエッタさんが先程この場にいたのは本当に偶然でしょう。

周囲が包囲網を作ってあの少女を追い込んでいるように勘違いしてしまったのは私の早計だったようで……そこは反省しなければ。

いや、大体ハンスさんが悪いんですけどね？

だってあの言い様じゃ勘違いだってするでしょ⁉

（しかし、変なことさえしなければそこまで咎めるつもりはないとは言っていたとはいえ……）

実は軍部の方ではミュリエッタさんに対してだけでなく、英雄であるウィナー男爵への期待も実はそこまでしていないらしいのです。

もちろん巨大モンスターの討伐や、これまで冒険者として暮らしていたという、実力そのものを疑っているわけではありません。

軍として、軍人として判断するならばその判断基準が変わるという話ですから。

冒険者と軍人じゃやはり当然ですが、いろいろと異なりますからね。

そこの辺りは『今後に期待』ってだけで、最初から即戦力として換算するというよりも民衆人気ゲットだぜ！　ってな感じらしく、それを隠しもしていないのだとか。

うん、ある意味潔い。いいんだ、それで。

まあウィナー男爵も別に気にしていないらしいので、誰も気にしていないのだとか。

そういうもんだって割り切っておられるのですかね？

それとも、元々が大らかな性格なのかしら？

私にはよくわかりませんが、本人がいいならそれでいいのでしょう。

「まあ、今回の件はその……言い方は悪いですが、世間知らずを担ぎ上げようとしている連中に目星を付けるためでもある、ということです」

「レジーナさん、もういろいろ柔らかく言うのを止めましたね……」

「この際はっきりした方がすっきりするでしょう？　それにユリアさまがそこまでご不快に思われるんでしたらアタシとしても隠しておく必要はありませんし、なにより隠せとも言われてませんし。それに、ここでの話は内密ですしね？」

人差し指を唇に当ててウィンクを一つしてくるレジーナさんの可愛らしさったら！

私が男性だったら惚れてしまいそうですよ‼　美人のウィンク、ご馳走さまです。

しかし、レジーナさんの話を聞いて本当にホッとしました。

腹が立ってこのような振る舞いをしてしまったのが正直恥ずかしくもありますが、それでもやっぱりまだむかついた部分は燻るような感じで残っております。

（だって結局、私にしろミュリエッタさんにしろ、良いように利用されてるってことだしね）

せめて了承《りょうしょう》があったなら……。納得できたかどうかはわかりませんけど。

いいえ、私の場合は過保護にされているだけだから、文句を言える立場でないことは理解していま す。

そういう意味では私も世間知らずなので、上の人たちからすればどこの誰にいいように利用されてしまわないかハラハラしているんじゃないかなと……。

（うん、しっかりしなくては）

ミュリエッタさんに関しては……彼女を利用することで、逆にお灸を据えているとも取れます。

本人が気づく気づかないを別問題にしているようでは、意味を成していないような気もしますけどね。

いずれ誰かが種明かしするんだとしても、それはそれで悪趣味だと私は思います。

（……文句の一つも誰かに言ってやりたいところだけど、私が何かを言ったところでどうにかなる段階ではないんでしょうね、きっと）

ミュリエッタさんにお灸を据えるだけが目的なら、良心的な誰かが『やりすぎだ』と言ってくれたかもしれません。そしてやり方を考え直そうと思い直してもらえたことでしょう。

けれど、ウィナー父娘を旗印に何かを仕出かそうとしている人たちをどうにかすることが目的なら、そうはいかない話になるわけで……。

冷静になればなるほど、理解はできる。できるんです。

私もそういう意味では、時には冷徹に判断しろと言われている立場の人間ですから。

ハンスさんの行動の意味は……ちょっとわからないですけどね。

思わずため息を漏らす私に、レジーナさんも苦笑しながら同調してくれました。

「まあ確かに、やり方が陰険《いんけん》ですよね」

「……そうね」

「ユリアさまがお怒りになってくださって、アタシは嬉しいです」

「え？」

「このように申し上げたら失礼ですが」

レジーナさんはひそりと声を潜めて私に笑みを向ける。

悪戯を思いついた少女みたいな笑顔でした。

ビアンカさまも時々そういった笑みをしますが、レジーナさんがやるとなんだかとても可愛らしい。

「アタシも、レムレッドさまの足を踏んでやろうかと思ったくらいですからね！　やっぱりちょっとやり方が陰険っていうか、陰湿っていうか、もっとこう……ストレートにできないのかって！」

「まあ！」

「内緒ですよ？」

「わかったわ。……ふふ、レジーナさんが思いっきり踏んでたら大変だったわね」

「そうですねえ、このブーツ、しっかりしておりますからねえ」

まあハンスさんも近衛騎士隊の人だからきっと余裕でするっと避けちゃうかもしれませんけどね。

多分、彼の馬車内での行動は……近衛騎士として国の意向に従うと同時に、なにかしらレムレッド家の意向があったのだと思うのだけれど違うでしょうか。

（さすがに、邪推がすぎるかな……）

私はレムレッド侯爵さまと面識はまるでないため、どのような方かは存じません。遠目にちらっと見たことはありますが……それだけでどのようなお考えの方かを測ることはできないでしょう。

ただ、今回の貴族たちの動きに何かしら思うところがあるのではないでしょうか。

（いい迷惑だなあ）

ため息を、また一つ。

まだ少しばかりまとまっていないけれど、情報はちらほらと集まっている気がします。

牽制が主目的であること。

その点だけで考えれば、ウィナー父娘は今後妙な行動さえしなければ、最初から保証されている範囲内の生活が送れるはず。なら、私が罪悪感を覚える必要はない……ですね。

教育を施し、社交場への道を示し、職も、一応ですが拒否権を与えた上で用意されているのです。

その上で彼らがどう振る舞うかは、彼らが学んだことから選ぶ。そういうことなのでしょう。

(だからこそ、多少の失敗は当たり前で……大きすぎればしっぺ返しがあって)

利用しようとする人を見定められなければ、自身と身内に災禍《さいか》が訪れる。

そうなる前に自身で気づかなければならない。

他人事ながら、ぞっとしますね！　これが教訓だっていうなら厳しすぎない？

「大丈夫ですよ」

「え」

「みんなあんまり英雄父娘にいい感情は持っちゃいませんけど、セレッセ伯爵さまも近衛騎士隊長さまや王弟殿下も、あの二人が食い物にされるのをほっとくほど冷血漢じゃありません」

「レジーナさん……」

「だから、ただの予防策ですよ」

うん、と真面目な顔で頷いたレジーナさんに私は苦笑しました。

私はそんなに嫌そうな顔をしていたんでしょうか。

私も貴族の一員ですが、時々どうしても……こうした人間関係が怖くてたまらないのです。

貴族の権利や名誉の奪い合い、それこそが宮廷だろうと言われてしまえば、そういう一面があることは否めません。

綺麗ごとだけで世の中が成り立つなんて言うほど、私も子供ではありませんから。

これでも、理解はしているつもりなんです。貴族令嬢としても、侍女としても。

でも……できたら、遠くの世界の出来事であってほしいんですよね。

王女専属侍女って段階で何言ってんだって話ですが……こういう時、前世の記憶に引きずられているなと思うことがあります。

「まあ……非情じゃないってだけで優しくはないですけどね、あの人たち。言うなれば、あの人たちからしたら情けをかける理由もない相手だけど大人として一応気に掛けておくかなって話ですし」

「レジーナさん、言い方」

私が思わず吹き出してしまうようなことを言うレジーナさんは、しれっとしたものです。

しかしそれは私を元気づけようとしての発言だとわかっています。

そのおかげで、むかついていた胸の内が、すっとした気がしました。

(ああ、でもそうかも)

私がやきもきしているだけだったのかもしれません。

ウィナー父娘がきちんと与えられているものを大切にさえしていれば、もっと多くの物を手にしていたかもしれないのに……なんて考えるから、歯がゆく思ってしまうのでしょう。

(でも、それは本人たちが考えるべきことなのよね)

私は王城暮らしが長いから、そして当事者ではないから。

一歩引いたところにいるからこそ、見えていただけなのです。

きっと、彼らの周りはそれを教えていたに違いありません。

決して最初から、突き放した態度だったわけではないはずです。

「正直な話をすると、アタシが耳にする限り、あの英雄のご息女の態度は気に入りません。だからといって子供がわけもわからず担ぎ上げられるのは、確かにいい気分じゃないですよね」

「……ええ」

「だから、ユリアさまのお気持ちは間違っていないと思います。それをこのレジーナだからぶつけてくれたのだと思えば、むしろ誇らしいですね！」

にこっと笑ったこのレジーナさんのかっこ良さったら！

メッタボンは本当にいい彼女を持って幸せ者ですよね。

「レジーナさんは私に甘くないかしら」

「……良いじゃありませんか、このくらいお安いご用ですよ」

「話を聞かせてくれてありがとう、レジーナさん。おかげで落ち着くことができました。今この場では何もできることがないことはよくわかったから、そろそろジェンダ商会に行きましょうか」

「かしこまりました」

レジーナさんが内側から御者台に向けてノックを二回鳴らせば、ゆっくりと馬車が動き出しました。まだ考えはまとまらないけれど……それでも私は少し周りについて考えた方がいいのかもしれません。

だって、こういうので摘発される人はまあ、十中八九自分が原因だろうからいいですけど。

でも私は良いようにこう、囮にされたと思う人は思うでしょう。

ってことはですね。

（流れ弾とか八つ当たりとかそういうのが来るかもしれないってことでしょ？　だから近衛騎士隊が守ってるって大々的にやってるんだろうけど！　やってるんだろうけど‼）

でもこれって、私だけの問題じゃないですからね⁉　王女宮のみんな、ひいてはプリメラさまにもご迷惑がかかるかもしれないんですからね⁉　なにやってくれてんだって話ですよ、本当に‼

まあ、プリメラさまのことを考えて陛下も近衛騎士をお貸しくださったのだと思えば、大事にされていると思わなくも……思わなくも、思ったところで面倒ごとに巻き込まれたことには変わりません。

（誰が『守られてるならいいかあ☆』なんて頷けるもんですか！　こんちくしょう‼）

この苦情、一体誰に言えばいいのでしょう。

やはり王弟殿下か、キースさまあたりですかね……。それともニコラスさんでしょうか。

（あぁー！　とにかく、プリメラさまや王女宮のみんなに迷惑がかからないようにしなければ……！）

お願いだから、平穏に過ごさせてくれないかなあ。

レジーナさんにこれ以上心配かけないように、私はそっとため息をつくのでした……。

気持ちの切り替えが済んだところで向かったジェンダ商会は、私の荒《すさ》んだ心に癒しをくれました。

いつもと同じ様子で穏やかな空間と、笑顔で出迎えてくれる店員さん。

その光景にこう、心底ホッとしたというか。

ご近所のおばあちゃんが日用品を買いに来ていて店員さんとおしゃべりしているとか、お会計の所で脇に置いてあるお菓子を小さな子がお母さんにおねだりしているそんなありきたりな光景。

そうそうこれですよ‼

「ままー、いちごの！　いちごのグミほしい‼」

「ぼくねえ、ぼくねえ、オレンジがいい！」

どうやらグミキャンディは子供たちの間で好評のようです。その気持ち、わかるわー。

キャッキャッと笑い合う微笑ましい家族の姿を見送って、こちらも温かな気持ちになりました。

うん……心が浄化されますね……。

ほっこりしていたら、会頭さんが奥からやってきて笑顔を見せてくれました。

「おう、嬢ちゃんよく来たなあ！　そっちは護衛の騎士さんか、ご苦労さまです」

「いえ」

「うちのやつが菓子を作って待ってたんだよ、話もしたいし中に入ってくれないかい。騎士さんも、もちろんご一緒にどうぞ」

「ありがとうございます」

これこれ、これですよ！

リジル商会でお得意さまみたいな扱いされたアレとは雲泥《うんでい》の差のあったかさ‼

いろんな意味で疲弊《ひへい》した気持ちがこう、癒されますよね……。

こういう歓迎のされ方だったら私だって喜んで！　ってなりますとも。

(まあ貴族的なものとしては、だめなんでしょうけど……ほら、私も庶民みたいなものですし)

いえ、貴族令嬢ですけどね！　それはそれ、これはこれです。

奥の応接室に通されて出してもらったのはあの美味しいカモミールティーと、まぁるいドーナツみたいなお菓子でした。焼き菓子の一種で、半分に切ったら中を少しだけくり抜いて、くり抜いたものをすりつぶした後ジャムと混ぜて塗ってくっつけたものだそうです。

まるで杏《あんず》というか、小さな桃みたいでコロっとして可愛い形をしています。

食べちゃうのがもったいないくらい可愛い！

手に取って眺めていると、ジェンダ夫人が笑って教えてくださいました。

「そのお菓子はね、娘が大好きだったの」

「……そうなんですね」

「庶民のお菓子だから、ユリアさんにはちょっと素朴すぎるかもしれないけど……。でも美味しいから、良かったら食べてくださいね。騎士さまもどうぞお召し上がりくださいな」

「いえ、アタシは護衛で……」

「いただきます。ね、レジーナさん！」

本来、護衛の騎士は一緒に食事なんかしないとわかっています。

わかっていますが、ここには会頭夫妻と私しかいないし、是非！

そういう気持ちを込めて強く名前を呼べば、彼女は諦めたように苦笑を浮かべて私に『隊長には内緒にしてくださいよ』と小声で言ってくれたのです。

持つべき者は、友……‼

万が一バレた際には全力で庇いますし、なんだったら一緒に怒られると心に決めました。

ごめんねレジーナさん。だけど、とっても嬉しいです。

「……実をいうと、懐かしくてアタシも食べたかったんです。幼い頃、よく食べましたからね。ジャムをたくさん食べたくて中身を多めにくり抜いて、ジャム塗《まみ》れにしちゃった思い出があります」

「まあ！」

ジェンダ夫人が懐かしそうに語る『娘』。

それはもちろん、ご側室さまのことですが……それを明確にすることは許されません。

ジェンダ夫妻からすれば娘ですが、同時に貴族の養女となったことでご側室さまとは縁が切れたものと公式ではされているのです。

それを思うとなんとなくしんみりしてしまいますが……でもそのお菓子を食す夫人の顔はとても穏やかで、それ以上何かを言うことはありませんでした。

しかしそういうことでしたら、是非プリメラさまにもこれを召し上がっていただきたい。

(これ、王女宮でも作れないかしら)

庶民のお菓子ってことだから、材料が手に入れにくいってことはないでしょう。

レジーナさんも子供の頃に食べたってことは、きっと家庭でよく作るおやつだと思うんです。

ぱくりと口に含めば、ふんわりした生地にジャムの甘酸っぱさがたまりません。

ジャム付近のしっとりしたところが私は好きですね‼

(うん、美味しい。優しい味がするなあ)

これって他のジャムでもいろいろ試せるんじゃないでしょうか?

絶対に、プリメラさまも喜んでくださると思うのよね。

「あの……これの作り方を教えていただいてもよろしいですか?」

「ええ、もちろん構いませんよ。でもいいのかしら、うちの作り方で……」

「是非お願いします!」

メッタボンならきっと、知っていることでしょう。

しかし、それでも夫人からレシピを教えてもらいたいと私は思いました。

どうせなら、ご側室さまが好きだったという味を再現したいのです。

私の気持ちが伝わったのでしょう、レジーナさんもにっこり笑ってくれました。

しかも小さなガッツポーズ付きです。……これはあれですね、おそらく『アタシもお手伝いしますからね! 味見役として』ってことですね?

「杏ジャムの作り方も一緒に、いいでしょうか?」

「ええ、ええ、それじゃあお帰りになるまでにまとめておきますね」

「ありがとうございます‼」

定番は苺《いちご》や杏でしょうか? ご側室さまがお好きなのは杏とのことでしたから、これは欠かせません。他にはナシャンダの薔薇ジャムもやはり用意するべきでしょうね。

あとブルーベリーやマーマレードなども試してみたいところです。

「それで、今回はどんな品をお求めで？」

「グミキャンディと、それ以外に普通のキャンディ類、それから蜂蜜を。それから便箋セットと、ポプリもお願いしたいのですけれど」

世間話とレシピの話を夫人としたところで会頭さんに聞かれて、私は求めるものを告げます。

蜂蜜はいろいろ使えますからね、ジェンダ商会が取り扱う蜂蜜はとても美味しいんですよ！

しかも安くて量がある、まさしく庶民の味方……。

「おう、わかった。いくつかサンプルを持ってくるから、選んでおくれ」

「ありがとうございます！」

それを聞いて会頭さんが頷いて立ち上がったところで、ふと思い出したようにテーブルの上にあるカップを指さしました。

「そういや、そのハーブティーはどうする？　前回送ったからまだ足りてるとは思うが……」

「ああ、そうですね。もし在庫があるようでしたらそちらもお願いします。それを飲むと夜はよく眠れるんですよね、助かってます」

「そりゃぁよかった。こいつはなかなか人気があるからな、良ければ今後は定期的に送ろうか？」

「まあ！　よろしいんですか？」

「なぁに、嬢ちゃんと俺の仲だろう。なにより大事なお得意さまだしなぁ」

からからと笑った会頭さんが姿を消すと、夫人が楽しそうに微笑みました。

レジーナさんも美味しそうにカモミールティーを飲んでいて、この空気、すごくほっこりします。

「ありがとうねえ、ユリアさんが来てくれるとうちの人も喜ぶから。本当ならうちの方から出向かなきゃいけないような立場の方なのにねえ……」

「私が好きで来ているんですから、お気になさらず。このお店の雰囲気が、すごく好きなんです」

「ありがとうねえ。そう言ってもらえると、本当に嬉しいわ」

ほどなくして戻って来た会頭さんからサンプルを見せてもらって、その中から選んで荷物のリストを受け取り確認してサインをし、終了です。

荷物はまとめて王城に送ってもらえますから、受け取りの際にお支払いするのがいつものスタイルです。

だからもうここですることはこれ以上ありません。あとはお茶を楽しむだけです！

この最後にお茶を楽しむってのがリジル商会とかだと、なかなかね……気持ち的に難しい。

昔から来ているジェンダ商会だからこその楽しみってやつですよ。

そんな中でふと思い出したように会頭さんが私に視線を向けました。

「そういやあ、また妙なことに巻き込まれてるんだって？」

「……そうなんですよねえ」

もう誤魔化すのも疲れるので苦笑して返せば、会頭さんは気遣わし気に私のことを見て一緒にため息を吐き出してくれました。

「タルボット商会はやり方を間違えちまったんだなあ。まあ一般的には代替わりする時に、挨拶と一緒に関係をどうするか、お互い話し合うもんなんだが……。ただパーバス伯爵家はかなり一方的なところがあるからよ、タルボットだけを咎めるのも同じ商人としちゃあ、ちっとばかり思うところもある」

「ああ、それはなんとなくわかります。おそらくパーバス伯爵家の対応の方が問題だったのではないかと思います。ただ……ほら、いろいろありますから」

「そうだねえ、なんかあればいつでも言っとくれ。うちで力になれることは手伝うからさ」

「ありがとうございます」

優しい……！　優しい世界がここにある……!!

いや、でもここで変に甘えてしまうと、以前のようによくわからない慰謝料とかが突然私の手元に転がり込んできてびっくりしてしまうので、まずは私自身がしっかり考えて行動してから、ですね！

頼るのは最終手段ということで、切り札的にとっておこうと思います。

しかしこうやって私のことを温かく支えてくれる人もいる。

それはとても、とても心強くて、励まされます。へこたれている場合ではありません。

よくわからない巻き込まれ方をしていますが、だからって流されっぱなしも悔しいじゃありませんか。

（私を簡単に利用できると思うなよ！）

誰にもの申せばいいのかはわかりませんが、俄然、やる気が出てきました。

まあ啖呵を切ったところで貴族としても侍女としても、中間管理職にすぎないんですけどね！

だからってまあ、好き勝手にされっぱなしで終わるタイプでもありません。

となると、なにより情報が大事だと思うのです。情報収集は基本中の基本！

その中で特にやらなければならないのは、やはりお義母さまたちの安否《あんぴ》確認ですかね。

タルボット商会よりも私が懇意にしている商会があるということは、今回のことで上手く示せたでしょうし……それを逆に利用された辺りで自分の立ち位置も改めてなんとなくわかりましたし。

（王女宮筆頭という立場が、プリメラさまの迷惑に繋がるとは思いたくないけど）

どこの貴族が今後、私に関わってくるのでしょうか。

知らないままに終わっている……なんて可能性もありますが、その余波で必要のない恨みまで買って周囲に迷惑がかかることだけは避けたいところです。

私だけならまだしも、プリメラさまへのご迷惑はダメ！　絶対‼

とはいえ人間が行うことですから〝絶対〟なんてことはあり得ません。

であるならば、私にできるのは『どうなったか』という変移を知るよりも『誰が』行動を起こすのか、その流れを知るべきなのでしょう。

（どうなったか、どうするのか……これに関しては、私の意見なんてこれっぽっちも通らないでしょうからね！　ならば、それよりも前に対策を講じれば良いのです‼）

まあね？　そんな上手くいくとは私だって思っちゃいません。

ただ私も黙って利用されないってところだけは示しておくべきだと思います。

だとするならば、そういうところを評価するのは誰か？

そういう意味ではやはり宰相閣下でしょうが、あの方が私から面会を申し込んでお話を聞いてくださるとは思えません。いや、聞きはするけど……ってところですかね。

王弟殿下とセレッセ伯爵さまも合理的ではありますが、情に厚い部分がありますから……そういう意味で逆に話を聞かせてくださるかどうかというと、微妙なところ。

全てが終わってからでないと、なんて言い出す可能性の方が高そうです。

（だとしたら、セバスチャンさんを頼るか……でもそれは筋違いな気がするし）

ならやっぱり。私はため息を吐きました。

会いたくもないですが、そういう点でだけは信頼のおける人に、心当たりがあるからです。

そう、こういう時こそニコラスさんが頼りなんでしょうね……！


ジェンダ商会で買い物をしてからすぐに実家に……というか家族それぞれにお手紙を書きました。

それから数日が経過したところでなんと、今回はお義母さまが王城まで面会に来てくださいました！

今まで一度も来ていただいたことがないので、驚きです。

（というか、そういえばお義母さまって……城下まで来たことがないんじゃないかしら）

一応町屋敷という名前の小さな一軒家をファンディッド家でも所持していましたが、あまり王城に呼ばれることもないためお義母さまもメレクも、利用したことがないんじゃないでしょうか。

その上、お父さまが借金問題を起こした時に売却しちゃったんですよね。節約として。

まあ貴族のステータスとしては減点ですが、無駄な出費は抑えていつかまた買い直そうと家族で話し合った結果です。王城に招かれるイベントなんてそう数あるわけでもないので、その際はどこかの宿屋さんを利用すれば良いだけの話ですから。

ちょっと、まあ……町屋敷持ちの方々の手前、肩身が狭いですが……仕方ありません。

ファンディッド夫妻が揃って王城に招かれるような大々的なこともそうないでしょうから！

一年に一回、二回利用する程度なら我慢するしかないよねってことで！

（ああ、いや待てよ）

生誕祭や新年祭の行事で招かれることはあるにはあったけど、メレクがお父さまの代理で参加した上に日帰りするという強行軍だったんだ、そういえば。

借金問題で悪目立ちしてしまったということで、お父さまは大人しく半隠居したことになっていますからね。少なくとも、世間にはそう周知してもらっています。

実際のところ、領地経営に関しては元々お義母さまとメレクの方がよく動いていたとのことでしたし。ちなみにお父さまは基本、顔を出すだけだったとか。

あまり大きな声で語れない話ですね……どんだけ苦手だったのでしょうか……。

（そういう意味ではお義母さまはあまり大々的な社交は経験なさっておられないのだなあ）

縁の下の力持ちを地で行く人で、内助の功ここに極まれりといったところでしょうか？

社交界に参加してみたいと思うこともあったのでは……お義母さまのこれまでの境遇を考えると、少し胸が痛くなります。

おっと、そんなことを考えている場合ではありませんでした。

知らせを受けて大急ぎで面会室に向かいましたとも！

もちろん、プリメラさまの許可はいただいておりますよ‼

「お義母さま、遠いところをわざわざありがとうございます。……何かありましたか？」

「ええ、相談したいことが……あの、ごめんなさいね。ちょっとあの人とメレクには聞かせにくくて、それで悪いけれどユリアを頼れないかと思って……」

「お父さまたちに話しづらい、ですか？」

「あ、大丈夫よ！　あの人にはユリアに会いに行くってちゃんと伝えてあるから。……今まで私が個人的に出かけたいって言ったことがなかったから、とても驚いていたけれど、それを喜んでくれたわ」

「お義母さま……それはようございました」

私は笑顔でそう答えましたが、内心ではものすごく動揺しております。

なんていうことでしょう。なんていうことでしょうか！

個人的にどこへ行きたいってそういうのも我慢して良い母で良い妻をしていたってことですよね。

なんていうことでしょうか……‼

思わず三回も驚いてしまいましたが、お義母さまを思うとあまりにも衝撃的だったのです。

（ああ……でもそうよね、再婚してから少なくとも、私が家にいる間はずっと子爵家の女主人として采配《さいはい》を振るっておられたし、私が王城に勤め始めてからもお義母さまがご友人と遊びに行ったなんて話をメレクからもお父さまからも聞いたことがなかった……。失念していたわ……‼）

けれど、心境の変化があったからでしょうか？

お一人で王都まで来られたということに、私は感動を覚えてしまいました。

そりゃお父さまもさぞお喜びのことでしょう。

妻が、自分のしたいことを言ってくれたのですから。

しかし今回はただ物見遊山《ものみゆさん》的に城下町に来たついでに娘に会いに来たというわけではなさそうなので、そういう意味ではまだ完全に自由を謳歌《おうか》しているというわけではなさそうですが……。

「そ、それでどうなさったんですか？」

「そうね、本題に入りましょう。ユリアから手紙を受け取って、私も思い当たるところがあったの」

お義母さまが真剣な顔になって三通の手紙を取り出し、私に渡しました。

そのうちの一通は私のもの。

そしてもう一通はパーバス伯爵家の押印《おういん》があるもの。

最後のもう一通は、特に印のない封蝋《ふうろう》がされたものでした。

「貴女と、兄と、そしてこれはね。……結婚して以来連絡を取っていなかった、姉からのものなの」

「お義母さまの、お姉さま……ですか」

「ええ。今回のことで私も思うところがいろいろあって、姉に連絡を取ってみようと思って」

お義母さまによると、お義母さまの姉……私にとっては伯母と呼んでいいのかは微妙ですが、とにかくその方は、とある辺境地の騎士の元へ嫁がれたそうです。

なんでも、その辺境地を治める辺境伯の腹心の部下……とのことらしいです。

元々はそのお姉さまを、権力者である辺境伯に嫁がせたかったらしいのですが……まあ、いろいろな要因で婚姻を結ぶに至らなかったようです。それならばということでその側近に嫁がせパーバス伯爵家……というか伯爵本人に、便宜が図れるよう狙った婚姻だったとのこと。

相変わらずえげつないですね妖怪爺‼

辺境伯という地位は確かに国境を守る要《かなめ》なので、とても重要な地位にあります。場合によっては国王陛下に直接意見もできる、それほどのお立場です。

ただ辺境という地ゆえの誤解からか、侮る方々も多いのですが……その分、上手にやれば王都に送る税金よりも多くの利益を生み出すことができる地でもあるとメッタボンが言っていました。

(あの妖怪爺、自分のこと限定ですごいアンテナの持ち主だったんだろうなあ)

嗅覚《きゅうかく》に優れているとでもいうのでしょうか、自分の役に立つ人間が誰かわかる人って時折いますよね。

結局、その計画が成功したのかまでは私にはわかりませんが。

「まあ、それもお姉さまと私の推測でしかないのだけれどね。父の思惑なんて……わからないから」

お義母さまたちも説明を受けたわけではないので、あくまであの妖怪爺の性格から推測しただけだという話ですが、信憑性《しんぴょうせい》は高いと私は思っております。

やはり長年あの妖怪爺に振り回されてきた分、行動がわかるのだと思うんですよね！

「それでね、今回……ほら、私たちは家族なのに随分と言葉が足りなかったと反省したでしょう？それで、よくよく考えたら私は実家にいた時も兄や姉と会話らしい会話をしていなかったのではないかと思って……その、今更だとは、思ったのだけれどね」

「お義母さま」

「虫の良い話だと自分でも思ったわ。それこそ、私の書いた手紙なんて見たくもないと読まずに捨てられてしまう覚悟だったのだけれど……姉は、喜んでくれたのよ。驚いたわ」

お義母さまはなんとも言えない困ったような表情をしつつ、頬を染めて笑っていました。

やはり〝家族〟というものは、なんとも難しいものですね。

だからこそ、できる限り大切にしたいと私も思いました。

「それでね、姉から来た手紙の内容をかいつまんで話すけれど、姉も当時は自分を守ることで精一杯で私に対して罪悪感があったそうなの。嫁ぎ先では幸せに暮らしているそうよ」

「それは大変ようございました！」

「ええ、本当に。だけど、それで余計に罪悪感が募《つの》って連絡ができなかったそうよ」

「そうなのですね……」

ううん、複雑です。お義母様のお姉さんはパーバス伯爵家での暮らしが世間とは違うのだと、結婚生活の中で早々に気づいてしまったのかもしれません。

これまでの価値観が世間とは違う、それを受け入れるだけでもきっと大変だったはずです。

そんな中で幸せで、その幸せを感じれば感じるほど、怖くなることってあるよね。

「姉の夫は誠実な人で、何度か家族のことで悩む姉に対して『妹を引き取ってもいい』とまで仰ったそうなの。でもお父さまとお兄さまが怖くて、踏み出せなかったと書いてあったわ」

「……そう、ですか……」

遠くに嫁いでなお、そんなに恐怖を覚えるってどんな生活だったんでしょうか。

私には、全く想像できません。

ですがお義母さまは気にしていないどころかどこか嬉しそうなので、私も何も言いませんでした。

「姉妹の関係は私自身の問題だけれど、姉とちゃんと話ができるのも……今の家族がいてくれてこそだわ。だから大丈夫よ。心配してくれてありがとう、ユリア」

私を宥《なだ》めるように手を伸ばして頭を撫でてきたお義母さまがあんまり優しく笑うので、なんとなくくすぐったくなりました。もう私も良い大人ですからね、かなり恥ずかしいんですが……。

それでもここは面会用の個室ですから、素直に甘えておくことにしました！

私は、お義母さまの娘ですもの！　少しくらい甘えたって、許されるのです。

「問題は、私たち姉妹の話じゃなくてね。もちろん、近況も知りたかったのは本当よ？　それとは別にもしお父さまが本当に危篤状態だとするならば、姉にも連絡がいっているかと思って聞いてみたの」

「……なるほど、言われてみれば確かに……！」

危ないという話は確かに以前もお義母さま宛に届いておりました。

私はこの王城にあってその話が本当らしいという情報をセバスチャンさんが仕入れてきてくださったのでおそらく事実には違いないのでしょう。どの程度危ないのかまではわかりませんが……。

……いや、情報源がどこかってのもわからないんですけどね？

でも正しい情報だと思うんですよ。だってセバスチャンさんが聞いてきたわけですし……。

それ以外にもハンスさんからも似たような話が出ていたのですから、まず確実です。

あちらはお義母さまたちを捕まえて私を呼び出す算段だっていう忠告でしたけどね！

（いや、あの妖怪爺……パーバス伯爵さまが健在なら、そんな死を装うような危険を冒させるはずがないと思うんですよね……あの人は良くも悪くも、危ないことはしないタチだと思うので）

それに、タルボット商会が離れたという話も気になります。

で、あるならば、疑う余地はないはず。

「おそらくお父さまが危ないということは本当だと思うの。兄が手紙という証拠が残るものを寄越すのに、そんなことを書くなんて……お父さまがご健在ならあり得ないわ」

お義母さまはきっぱりと言い切りましたが、それはそれでどうなんでしょう⁉

パーバス伯爵家の闇が深すぎる気がしてなりません。

突っ込んではいけない、そう私は思いましたね！

「それでね、姉にも連絡はいっていたようなのだけれど、葬儀には来るなと書いてあったそうなの。姉の嫁ぎ先だって親戚には違いないというのに……失礼な話だと思わない？」

「はい、お義母さま。……少し、私の方からもいくつかお話があるのですが」

「何かしら？　……雰囲気的に、あまり良くない話のようだけれど」

「はい。実は……」

今のお義母さまには話しても大丈夫そうな気がしたので、私が持つ情報をお話ししました。

実家の人間を前にしなければお義母さまは冷静な子爵夫人です。

だからこそお手紙を送ったのですが……動揺するかなと思って、私を呼び出すための人質にされる可能性ですとか、タルボット商会の件とかは伏せておいたんですよね。

私が話をし終えたところでお義母さまは難しい顔をしていらっしゃいました。

まあそりゃそういう顔をするよねっていう、そのお気持ちは痛いほどわかります。

「さすがに……いくら兄が狭い世界の中で生きる人間だとしても、ええ……？　そ、そこまで愚かではないと思いたいのだけれど……」

困惑するお義母さまの仰ることは、とても正論です。

普通に貴族として生きてきたら、それがどれほど愚かしいことかくらい、わかるはずです！

「それに、もしお父さまが本当に、その……そうなったのならばお別れは言いたいと思うわ」

「そこなんですよね……。本来ならばファンディッド子爵家として、お父さまとお義母さまが共に行かれると思うのですが……もしこれらのことが本当に起きるのだとすれば、あちらはおそらくメレクとお義母さまを指名してくるのではないかと私は考えています」

「……そうね」

あくまでこれは、ハンスさんが言っていたような〝義母と弟を人質に取って私が行かざるを得ない状況を作り出す〟ことが前提であれば、の話です。

もちろんそんなことはないのが一番ですし、パーバス伯爵家が正しく礼儀を守って葬儀を行い、出迎えてくれるならば良いのです。

ただ、今回に関しては……というか、これまでのあちらとのやり取りがあまり良い関係を築いていないと理解しているからこそ、念のため自衛に努めるのもまた貴族としての嗜《たしな》みかと。

「ということで、お義母さま。私に少し、考えが」

「……考え？」

安心していただこうと笑みを浮かべた私に、お義母さまがますます怪訝そうな顔をしました。

ちょっとお義母さま、それはどういう表情ですかね！

とりあえずお義母さまと話を終えて、私たちは面会室を後にしました。

今回は面会室の方が配慮してくださったおかげで、周囲の目を気にする必要もなく個室で穏やかに話せたので大変ありがたかったです。

いえ、大変ありがたかったんですけどね？　……その理由がひどかった。

（以前お父さまが面会に来て『お前が不憫《ふびん》でならなかった』とか騒いだあれで同情されて今回もそうなるかなって思ってた……みたいな顔で『個室を用意しておきました！』って言われちゃったからな……）

安心してねのサムズアップとか要りませんから！　どういうことだってば……‼

いえ、わかっているのです。善意ですよね。厚意ですよね。

長く勤めているとお互い顔見知りにもなるし、信頼関係もありますからね。

空いていれば個室だって案内してくれますよね。

わかっています、私はわかっていますよ。

ほら、レストランでも空いていれば一人だろうと四人席に案内されて座れたりするアレです。

決して特別扱いってわけではありません。

だからサムズアップ……いやうん、現実を認めましょう。

親切心からだとわかっていてもこの居《い》た堪《たま》れない感！　切ない……。

「それではお義母さま、庭園でお待ちくださいませ。すぐに行きますので」

「え、ええ。でも無理はしなくても良いのよ？」

「大丈夫です！」

うちは町屋敷を売却してしまったため、お義様さまは王都近くの町で一泊してからこちらに来られたのだとか。その方がお財布にも優しいって……お義母さまア！　うっ、泣ける。

で、チェックアウトしてすぐ移動をして、こうして私に会いに来てくださったらしいのです。

相談をした後は、そのまま乗合馬車でファンディッド領に帰るつもりだったらしく……。

そんな話を聞かされて、私が『はい、そうですか』と見送れるわけがありません。

折角こちらにまで来てくださったのですから観光の一つや二つ！

是非とも私が案内して差し上げたいではないですか‼

親孝行ができるタイミング、これを逃していつするのか！　これからもしますけど⁉

……とはいえ私も今は勤務中、簡単に抜け出すわけには参りません。

王女宮筆頭という立場ですからして、きちんとプリメラさまに許可を取って、それからセバスチャンさんたちに後のことを頼んで……と手順を踏まねばなりません。

むしろ無理を言うのだから許可が出ないことも考えなければ。

マナー違反にならない程度に急ぎ足で王女宮に戻り、プリメラさまに急ぎご相談申し上げました。

するとプリメラさまは私の話を耳にして目を丸くしていたかと思うと突然立ち上がって、私の背を押し始めたではありませんか。

「ユリアのお母さまなのでしょう、そういうことだったらすぐにでも行ってあげなくっちゃ。今日はこのままお休みで良いから、早く早く！」

「プ、プリメラさま、そのように背を押されずとも！」

「後のことはセバスもいるし、大丈夫だからね！」

「あ、ありがとうございます……」

「親孝行は大事だもの！　本当はわたしもユリアのお母さまにご挨拶したいところだけど……それだとファンディッド子爵夫人がびっくりしちゃうものね」

プリメラさまは残念そうにしておられますが、ご自身の身分というものを理解して遠慮するとかどこまでもエクセレントな気遣いができる……なんて素敵なんでしょう。

なんという天使……！　大天使がここにいる……‼

「あ、護衛騎士を連れて行くのを忘れちゃだめだからね！」

「はい、ありがとうございます」

「わたしからユリアの部屋に行くよう伝えておくね。その間に着替えておいて」

「プリメラさま……」

どこまでも気遣いが素晴らしい我らがプリメラさまに、感動が止《や》みません。

いつも以上に輝いて見えるのは、やはり天使だからなのかしら。

「ユリアはしっかりユリアのお母さまをおもてなししてくるのよ？　わかった？」

「はい、確かに承りました。ありがとうございます、プリメラさま」

「うふふ、行ってらっしゃい！　よろしく伝えてね」

どこまでも優しい……‼

思わずじーんと感動して涙が出てしまいそうになりましたが、確かにお義母さまをいつまでも外で待たせては申し訳ないですからね。

私はプリメラさまに改めてお辞儀をしてから退出をし、慌てて自室に戻って着替えました。

といっても、大して時間はかからないんですけどね！

特別オシャレするとかそういうわけでもありませんし、ドレスを着るわけでもないので……。

着替え終わって外出の準備が整ったところで、執務室にレジーナさんがやってきました。

どうやら彼女が私の護衛役として任じられたようです。

いやぁ、なんだか最近レジーナさんにはお世話になりっぱなしですね！

今度何かお礼を考えたいと思います。

「レジーナさん！　レジーナさんが護衛を担当してくださるんですか？」

「はい、そうです。言ったでしょう？　ユリアさまがお出かけの時はアタシを選んでくれるよう隊長に伝えておくって」

「まあ……ふふ、嬉しいわ」

本当にそうしたのかと思うとくすぐったい。いや、でもそれでいいのか？

護衛騎士のお仕事って基本的にプリメラさまの護衛ではないのかしら。

とはいえ、そのプリメラさまの専属侍女に何かあっちゃいけないのは確かなのですが……。

ほら、王家の威信に関わるというかなんというか。

今回は特にプリメラさまのご許可の下ですから、良いってことにしておきましょう。

「ファンディッド子爵夫人がお帰りに使う馬車もきちんと押さえておきましたから、これで安心して王都を案内して回れますね」

「まあ！　そこまで手配してくださったんですか？」

「ええ、折角なので楽しい思い出を持ち帰ってもらいたいと王女殿下が仰《おお》せでしたので。普段、ユリアさまを王城で拘束する時間が多く家族には寂しい思いをさせて申し訳ない、とのお言葉を賜《たまわ》っております。良かったですね、ユリアさま！」

「プリメラさま……」

ああー、プリメラさまの侍女で本当に良かったー!!

今日何度目の感動でしょう！

いくら筆頭侍女で専属侍女である私の家族だからって、そこまで気を配ってくださるだなんて。これが感謝感激せずにいられようものですか！

周囲から部下に対してそんなに手厚くいろいろしては不公平ではないか、なんて声が出てきそうな気がしないでもありませんが、それでも嬉しいものは嬉しいのです。

そのような声に対しては、今後私の働きでその価値があると示していきたい所存!!

とはいえ、感動に浸っている場合ではありません。

お義母さまは慣れない王城の庭園で今も私のことを待っているのです。

一応言い訳しておきますが、お一人ではないですよ!?

ファンディッド家から、護衛を兼ねた侍従を一人連れていましたからね!?

ただ、こういってはなんですが……昔からファンディッド家に仕えてくれている高齢の侍従なので、少しばかり護衛としては心配ですけどね。でもいないよりいてくれた方が安心なのは間違いありません。

「あ、あそこにおられましたね。それにしても従者が一人だけというのは心細くなかったんでしょうか」

「……ファンディッド子爵家はそんなに裕福ではないもの。私が以前まで帰省する際は護衛付きの乗合馬車で帰っていたのを覚えている？」

「ああ、そうでしたね……」

護衛付きの乗合馬車。

それは貴族籍でありながら私のようにそこまで裕福ではない貴族家の、次男とか次女以降の立場の人間がよく帰省時などに利用する、ちょっとだけリッチな乗合馬車です。

下級貴族であると、従者を持つのも難しいのが厳しい現実。

高位貴族でもやはりそこには貧富の差がありますので、次男次女以降は苦労するのです。

ほら、スカーレットのピジョット家が良い例ですね。

結局のところ、自分たちでなんとか食い扶持《ぶち》を稼いでいかないとやっていけないのです……。

私が『王女宮筆頭』だから高位貴族と同じく、個人でも従者がいるだろう……みたいなイメージを持つ人がたまにいらっしゃるのですが、残念ながら私は役職持ちでも下位貴族の長女なのです！

そりゃ親は領地持ち貴族ではありますが、それでも裕福なわけではありません。そういうのは領地経営に成功しているところの話です。領地の運営だけでアップアップなところは出稼ぎ必須なのです。

そんな現状ですからね、従者を雇うなんてとてもとても……。

（それに普段からいられても困るっていうか）

一年の内、八割以上を王城で過ごしている状況で、侍従を常時雇う必要性がないですしね……。

そんな世知辛い現実に思わず遠い目をしつつ、私たちはお義母さまに歩み寄りました。

先に私たちの到着に気づいた侍従がお義母さまに声をかけると、ぼんやりと眺めていた花から視線をこちらに向けて、安心したように笑みを浮かべられたではありませんか。

（あっ、ちょっと心細かった？　心細かったんですね⁉）

そうだよね慣れない場所で緊張だってしますよねごめんなさい‼

慌てて私がそちらへ行こうとするよりも早くお義母さまが一歩進んで、レジーナさんに向けて淑女の礼《カーテシー》をとりました。

それに対してレジーナさんは少し驚いていましたが、すぐに同じようにお辞儀を返しました。

「護衛騎士の……レジーナ殿でしたね。先日は醜態《しゅうたい》をお見せいたしました、そして娘を守ってくださってありがとうございます」

「はっ、いえ、それが……アタシの役目ですので、お気になさらず」

「ファンディッド子爵夫人としてお礼を申し上げたかっただけですので、どうか感謝を受け取ってくださると嬉しいわ。感謝の品も何もなくて、申し訳ないのだけれど……」

「いえ。そのように仰っていただけるだけで、騎士として十分です」

驚いたけれど、驚いたよりも嬉しかった気持ちの方が大きいです。

娘を守ってくれてありがとうって、そうお義母さまが言ってくれたのです。

先程のプリメラさまのお言葉にも感動しましたが、ここでも感動で泣いてしまいそう……！

「お義母さま……」

感動で胸が詰まり上手く言葉にできない私を見て、お義母さまは照れたように笑ってフッと視線を横に逸らしました。

「それにしても王城の庭は本当に美しいのね。貴女が手紙で教えてくれた通りだったわ」

誤魔化すにしても他にやりようがあるでしょうに！

うちのお義母さまはなんて可愛らしいのでしょうか。

その不器用なところが、うちの家族らしくてなんだか笑ってしまいました。

ちょっと睨まれちゃいましたけどね！

「……それで、これからどうするの？」

「あ、はい！　王女殿下のお許しをいただきましたので、城下を案内しようと思って……」

「まあ本当？　嬉しいわ！」

ぱあっと嬉しそうに笑みを浮かべてくれたお義母さまに、私もホッとしました。

城下の案内に難色を示されたらどうしようかと内心ドキドキしていたのです。

大分《だいぶ》お義母さまの意識改革が進んでいるとはいえ、急に全てが変わるわけではないのです。

自分がこんなことをしてもいいのだろうかという葛藤の中で、少しずつ自分の好ましいことを見つけ、折り合いをつけていってくれたらいいなと私は願っています。

「それじゃあアタシは馬車を回してきますので、こちらでこのままお待ちください」

「そうですね、お願いします」

下手に動き回るよりも馬車の準備ができてから移動した方が良いですものね。

さすがレジーナさん、わかってらっしゃる！

こんな素敵な人が今日も同席してくれるなんて、なんと心強いことでしょうか。

そんな風に考えて一人悦《えつ》に入《い》る私に、レジーナさんがこっそり耳打ちしてきました。

「良い『お母さん』ですね、ユリアさま！」

「レジーナさん……」

「それではすぐ戻ってまいりますので、もう少々お待ちください」

去って行く彼女の後ろ姿に、私は思わず目を瞬かせて見送るしかできません。

レジーナさんってなんでああもかっこいいんでしょうね……。

彼女が男性だったら私、惚れていたかもしれません！

もちろん、アルダールにはこんな仮定、言いませんよ？　言いませんからね⁉


「本当にすごいわねえ！」

お義母さまが目を輝かせてそう仰るのを、私は笑顔で見守っていました。

私の拙《つたな》い観光案内でもお義母さまはとても喜んでくださって、こちらの方が感無量です。

クーラウム王国の城下町は国内で一番歴史がある町としても有名で、国民の誰もが一度は耳にしたことがある老舗《しにせ》も多々ありますし、やはり国王陛下のお膝元ということもあって著名な芸術家による建造物や彫像、そういったものなども数多くあります。

それらの大半が国外からきた来賓の方々の目を楽しませたり、国の威信をわかりやすく形にしている物ではあるんですが、同時に人々の目も楽しませているわけです。

他にも国民が自由に使える図書館ですとか国立美術館ですとか、そういうのだってあるんですよ！

学園に関しては予約もなしに見学は無理ですが、お義母さまはそういった文化的なものを中心に、熱心に見学しておられました。

（元々、こういうのが好きだったのかもしれない）

あれもこれも眺めては楽し気にしていらっしゃる姿を見て、次はもっと詳しく案内できるようにならなければと思いましたね。ガイドブックを買おう、そうしよう。

さすがにゆっくり見学する時間はなかったのでそれが心残りですが、それはまた次回と決めましたので今度来ていただく際には、綿密な計画を立てないといけません！

まだもう少し先の話ですが、オルタンス嬢が嫁いでこられたら、お義母さまは彼女に領主夫人の仕事を引き継ぐことになります。そうしたらお義母さまも自由な時間が増えるはずです。

これからは好きなことがたくさんできるのですから、楽しいことをいっぱい用意しておきたいなと思うのです。もちろん、押し付けるわけではなく『したい』とか『見たい』って言われた時にすぐ対応できるよう準備するって意味ですよ！

私なりの、親孝行のつもりなので……いつか頼ってくださったら、嬉しいなあ。

「規模は小さくても良いから、ああいった娯楽や芸術品、それから文化的なものがあると、領民も楽しいのかもしれないわねえ。まあ現実的ではないけれど」

「そうですねえ、維持費もなかなか大変だと聞きます」

「メレクたちの代とまではいかなくても、いつか……ファンディッド領の人々が、学びに不自由することがないくらい資産を持てるようになれば良いわね」

「……そうですね。私もそう思います」

「その時は、男女関係なく……なんて、そんな考えも増えているのかしら」

「そうかもしれません」

さすがにそこは安易に『そうですね』とは言えません。まだまだこの国では男性優位なところがありますし、そもそも身分制度からして長男相続が一般的とされていますしね。

だから、男女平等を謳《うた》うにはまだまだ時間がかかる気がします。ただ男女の権利を平等にするだけでは上手くいかないことも多々あるはずなので、そこについても膨大なすり合わせが必要になることでしょう。

いつかそうなったらいいなと希望を込めて、私も同意しました。

そんな私の気持ちをお義母さまもわかってくださったのでしょう、嬉しそうに笑ってくださいました。

その姿を見て、ドキッとしました。なんだか、今……すごく仲の良い親子っぽい……‼

「それにしても、すごい人の数ねえ……！」

「この辺りは人気のカフェなども多いですから。実は、お義母さまを連れて行きたいお店があるんです」

「まあ、楽しみだわ！」

連れて行く予定先はアルダールとよく行く野苺亭です。

混んでいないと良いのですが……なにせ急なことでしたから、予約できていませんので。

野苺亭は庶民的なお店ですが、内装は可愛らしいし料理も美味しいですからね。

きっとお義母さまも喜んでくださると思います。

次回はミッチェラン製菓店の個室を予約してみせますよ！

王女宮筆頭として、今度は王都の貴族向け観光を演出して見せますとも‼

もうそこ侍女関係ないな？　とにかく私の意地にかけて最高の観光プランを立ててみせます。

（……でも、こうしてお義母さまと一緒に歩くのがこんなに楽しいだなんて）

これは大変嬉しい発見です。それもこれも腹を割って話すことができるようになったからでしょうか。

あの時、勇気を出して良かったなあと少しばかり感傷的な気持ちになりました。

「お二人とも、少々お待ちください」

そんな私たちに、レジーナさんが声をかけました。

私たちの一歩前に出るようにして安心させるように微笑みつつ、お義母さまが連れてきた侍従に向かって小さく頷くレジーナさん、かっこよすぎでは？　まさしくデキる女。

「……どうかしましたか」

「前方で、何か騒ぎがあるようです。アタシが先頭を行きますね」

彼女のその言葉に、私はお義母さまと顔を見合わせました。

城下町は人が多いからこうして喧嘩沙汰《ざた》なども時々あると聞いていますが、レジーナさんがいるから私は落ち着いていますよ！

いやあ、前を歩いてくれる彼女の姿はなんてかっこいいんでしょうね。

何度見ても惚れ惚れするっていうか。

彼女のおかげでしょうか、お義母さまも驚いた表情を見せていても不安そうではありません。

「あれは……ユリアさま、どういたしますか？」

「え？」

「どうやら騒ぎの元凶ですが、ウィナー男爵令嬢と……パーバス伯爵家のご子息のようです。どちらも従者らしき人物の姿は見えません」

「えっ……」

「野苺亭には反対側の道からでも行けますが、どちらにせよ彼らのいる位置では見つかってしまう可能性がありますね……」

見つかるって言い方も気になりますけど。

お義母さまの様子を窺《うかが》うと、表情が強張っておられます。

パーバス伯爵家のご子息っていえばどう考えてもエイリップさまのことですから、当然です。

なんせあそこんち、よくよく考えたらエイリップさましか子供がいないんですよね。

だから跡取りとして上げ膳《ぜん》据え膳だったわけですが……結果はあの通り。

それで自分たちの育児が失敗したからって放り出して他に押し付けて修行し直せってなったわけですが、それでも成長しなかったら跡取りとして戻すんですかね？

まあ、こちらには関係のない話ですけど！　知ったこっちゃない話です。

……いや、一応親戚だからまだ縁は続くのか……そうか……。

（それよりも今はお義母さまのケアを優先だわ！）

将来的な不安よりも、今は隣にいる大事な家族のことを考えないと。

今はまだ、お義母さまにとって『パーバス伯爵家』については不安要素でしかないのでしょう。

それに彼らを前にしたら平静を保てる気がしないとも仰っていたことを考えると、そちらの方が大《おお》事《ごと》です。

「とりあえず、状況だけは確認しておきたいところですね……お義母さま、大丈夫ですか？」

何かあったら王城に報告がいくでしょうし、素知らぬフリをしたなんてバレたら統括侍女さまにちくりと言われかねないですよね。あれっ、言われないか、この場合。侍女の管轄《かんかつ》外ですもんね！

とはいえ、放置はいただけない。

大人としても、侍女としても国が定めた〝英雄〟の危機なのか醜聞《スキャンダル》なのかわからないけど、とにかく放置は良くないだろう。多分。

ただ私はミュリエッタさんに関わるなと言われていますし、この場合は衛兵を呼んでいいのかしら？

いやそれだとパーバス伯爵家絡みでお義母さまが結局気に病むことに……ううん、難しい‼

「え、ええ。私も状況は知りたいわ。もし……エイリップか、まさかと思うけれど兄かもしれないし、とにかくパーバス家の問題になるもの。最終的にユリアの迷惑になったら申し訳ないから……」

お義母さまは緊張と不安があるのでしょうが、責任感を見せました。

それが少し、無理をしているように見えたので私としては心配ですが……このままどうしようかと悩んで立ち止まっていても仕方ありません。

あまりに問題が大きいようならレジーナさんに介入してもらって、どこかで馬車を拾って放り込むことも視野に入れなければいけませんからね！

（しかし、どっちも従者をつけてないってどういうことなのかしら）

貴族の子息令嬢ともなれば、従者はつけているのが一般的。

いや私もお忍びで一人歩きしていたので大きな顔はできませんが。最近は気をつけてるよ！

男爵位からでも人を使うようになるのが貴族で、それはある意味雇用を増やすための義務のようなものであり、そして国を代表する者の一人としての嗜みでもあります。

ミュリエッタさんの場合は治癒師としてお仕事をしている以外の時間はウィナー家の唯一の令嬢として、できれば侍従をつけて行動するのが望ましいはずです。

それとエイリップさまの現在の立ち位置は……騎士は騎士でも王城内の仕事から外されたって話だった気がしますので、もしかして町の見回りか何かの途中でしょうか。

それなら彼が従者を連れていないのも理解できますが……あれ、おかしいな。

（でも祖父が危篤状態なら、普通は帰省しているもんじゃないの？）

身内の不幸で休めないなんてブラックじゃありませんよ、この国は。

さすがに戦時中ですとか、モンスターの繁殖期で外せない……なんて状況ならともかく、きちんと手続きを踏めばある程度は融通を利かせてくれますとも。多少は部署によって異なるかと思いますが。

ミュリエッタさんの場合は……以前もキースさまに侍従を連れていないことで叱られているのですから、今回は知らなかったとか、自分は強いからなんて言い訳はできません。

(見なかったことにできたら良かったんだけどなあ)

気づいちゃったものはしょーがない。

それに、なんだかんだファンディッド子爵家にまで累《るい》が及ぶのは困りますしね。

とはいえ、すでに人垣ができているところを見ると遅いような気もします。

(もういろいろな所からお叱りをいただくんじゃないですかね、これ……)

さすがにこれで私が統括侍女さまに呼び出されることはないと思いますが。

そうだよね？　呼び出されないよね？

私が内心、戦々恐々《きょうきょう》としている中で男女の言い争う声が聞こえてきます。

「離してよ！」

「貴様はタルボットと懇意なのだろうが！　口添えをすれば良いだけだと何度言えばわかる！」

「嫌に決まってるでしょ、アンタみたいな乱暴者なんてお断りだわ！」

「この……！　折角この俺が妻にしてやると言っているのになんという態度だ……‼」

まだ姿を確認できない距離なのに、声で誰かわかるくらい怒鳴り合っているではありませんか。

間違いなく、エイリップさまとミュリエッタさんです。

(うわあ)

絶対に行きたくない状況ですね、これ。

今回ばかりはミュリエッタさんに同情しますよ、こんな大騒ぎになってしまって……。

まあ従者とか護衛を連れていたら状況が違ったと思うんですが。

彼女の方が強いはずなのに振り払ったり投げ飛ばしたりしない辺り、できないのか、あるいはしない理由があるのか、そこが問題ですが……。

エイリップさまも彼女の腕を掴んでいるだけで、それ以上乱暴をする様子は見受けられません。

いや、腕を掴んでいるのでも紳士としては相当アレな振る舞いですけど。

(あれで一応、周囲に気を使ってるつもりだったりしてね。両方とも)

いやいや、さすがにそれはないか。気配りできるならこんな往来で言い合いなんてしませんね。

とはいえ、野次馬が随分と増えてきました。こんな騒ぎですから当然っちゃ当然か。

しかしこのままではいけません。中には冒険者もいるでしょうから、セレッセ領で出会ったような『ミュリエッタ・ファンクラブ』みたいな人たちが現れかねないではありませんか。

これはもう私が介入したところでどうにかなるとは思えません。

「レジーナさん、これ以上はウィナー男爵家にもパーバス伯爵家にとっても恥となりかねません。……ですが、できたら私は知らんぷりして去りたいかなって思うんですがどうでしょう!」

「賢明な判断だと思いますが、残念ながら遅かったようですよユリアさま」

「え」

私の提案にレジーナさんが苦笑して目線を向こうにやりました。

つられて私もそちらを見ると、がっつりこちらを見ていますね……。

「ほら、こっち見てますよあの二人」

「うわ……」

お義母さまがいるっていうのに思わず心底嫌だと思った途端、声が出てしまいました。

おっと、いけないいけない。

困った顔でこちらを見るお義母さまは淑女らしからぬ声を出した私を叱るべきか、あちらで騒ぎを起こした甥《おい》に何か声をかけるべきか、悩んでいるようでした。

私はなんとか笑顔を浮かべて誤魔化しましたが……誤魔化せたよね？

(あぁうん、どうしてくれよう！)

しかし、見つかってしまったなら仕方がありません。

ここで逃げた結果、大声で名前を呼ばれても厄介です。

「レジーナさん、あの二人を連れて野苺亭に行きましょう。店内に入ったら店の方にお願いして王城から人を寄越してもらうことでなんとかなると思います。なんとかしましょう」

「アタシがどっちも捻《ひね》りあげて衛兵に突き出しちゃだめですかね」

「それはさすがにだめです」

レジーナさんが強くてもそれは絶対にダメです。

その場合、やり過ぎだとか王女騎士団という栄誉ある立場で暴力を振るうとは何事か！　みたいな難癖をつけてくる人が絶対に出てきちゃいますのでね。

できる限り穏便に、レジーナさんのそれは最終手段ですから。

まあ、これほどの人垣ができる騒ぎが起きたのだから、そのうち城下巡回の衛兵さんたちも連絡を受けてこちらに来るのでしょうけれど……。

よくある痴話喧嘩くらいの認識だったら、緊急性なしってことでもう少しかかるかもしれません。

（いやでもミュリエッタさんは有名人だからなあ）

もう明日からと言わず今日から噂になるでしょうね！

こんな大勢の前で痴話喧嘩をしていたなんて噂になったなら、普通の貴婦人だと卒倒ものでしょうか。

それだけなら可愛いものですが、騎士の暴力沙汰……とか、英雄の娘に対して狼藉《ろうぜき》が……とか、彼女の方も令嬢なのに一人で出歩くには後ろめたいことが……とか好き放題言われかねません。

いずれにしても本人たちだけでなく、ご実家にまで影響が及びそうな話です。

まあ、私としては放っといてもいいんですけどね！

本人たちもいろいろな人から叱られてそろそろ反省したらいいんですよ‼

（でもお義母さまに、エイリップさまが衛兵に連行されるところを見せたくないよねえ……）

これ以上の醜聞を避けつつ、穏便に引き渡し。なかなか高難易度ミッションな気がしてきました。

しかしやるっきゃないのです。

するっと人混みを抜けてレジーナさんが歩み寄りましたが、二人はまだこちらを見ていました。

しかし、正直なところ私はこう思うのです。

こっち見んな！

幕間　それだから、かっこいい。

リジル商会での買い物を終えたらユリアさまが珍しく、怒っていた。アタシのせいじゃないけど。

でもまあ、わからなくはない。

（アタシだって今回のやり方はどうかなって思ったもの）

ユリアさまは穏やかで、基本的にはとても寛容《かんよう》な方だ。

あくまで短気なアタシから見てだけど、焦ったり急《せ》いたりはあまりしない人だと思う。

まあね、アタシは騎士だから多少血の気が多いのはしょうがない。むしろ普通よ、普通！

でもユリアさまは本当にお優しいし、穏やかなのよ。メッタボンのあの態度だって許してくれるんだから！

注意はするけど、怒ったところなんてこれまで一度も見たことないし、相当寛容だと思う。

そんなユリアさまが怒りを露《あら》わにする姿を見たのは、前にご一緒したファンディッド子爵領への帰省中に狼藉を働いた、あのボンクラ男の行動に対してくらいだろうか。

まあ、セレッセ伯爵さまの意地の悪さにジト目にはなってらっしゃったけど、あれとは度合いが違う。

何を牽制するんだか炙り出すんだか知らないけれど、本当に良い迷惑だと思うわ。

朝から護衛だとユリアさまを迎えに行く途中で呼び止められたかと思うと、リジル商会に行っている間だけ近衛騎士と交代って何様だと思ったわよね！

（事前に相談するって考えはないのかしら？）

まあ、近衛隊の方が立場が上だし、きちんとした命令書も持っていたから、アタシが文句を言ったところでどうにもなりゃしないんだけど……。

それでも腹が立つったらないわよ！

その上、あのユリアさまをあんなに怒らせるだなんて！

隊長を通じて、後で苦情を入れてやらなきゃアタシの気が済まない!!

（大体、近衛隊が出張《でば》ってくる方がいけないのよ。バウム卿はちゃんとユリアさまに対して行動しているし、それでいいじゃないの。変に貴族のあれこれを二人に押し付けるからややこしくなるのよ）

傍から見ている限り、二人ともとても幸せそうだ。それでいいじゃないか。

自分たちのペースで好きに恋愛をさせてあげたらいいのに。

そう思ってしまうのは、アタシが平民だからかもしれない。

もちろん、こうして護衛騎士をやっているくらいだから貴族の価値観については勉強もしたから知っている。王侯貴族の役割や、結婚観ってのは平民とは違うってことを理解しているつもりだ。

そこには義務や権利が伴うため、恋や愛だけで成り立たない。それが貴族だ。

だけど、いろんな面倒ごとを片付けるのに、そういった問題から無縁の、幸せそうな二人をダシに使うのはどうかなって思ってしまうのはいけないことだろうか？

アタシからすると大事な友人だと内心思っているので、特にそう思ってしまう。

（でもバウム卿がユリアさまに向ける愛情は最近じゃあ有名な話だし。それなのに地位だなんだっ

て横やりを入れようとする方もどうかなって思うのよね。だってそれで奪えたとして、愛情を傾けてもらえると思ってんのかしら）

アタシだったら絶対ごめんだけど。

そんな不埒《ふらち》な真似をするよりももっと真っ向からぶつかってこいって思うわ。

そうしたら思う存分、ぶちのめしてやるってのに！

（……なんで幸せな二人をそっとしといてあげないのかしら）

バウム卿は基本的に、敵にさえならなければ良い人だと思う。

アタシはユリアさまと親しいと認識してもらっているから、他の人に比べたら友好的に接してもらっていると思うわ。だけど、一度敵と認識したらあの手の男は容赦《ようしゃ》がないはずよ。

騎士としての、これまでの経験からそう感じている。

（……まあ、確かにあの英雄のお嬢さんは可哀想《かわいそう》よね）

いろいろな人に持ち上げられて、いざ貴族！　って浮かれた気持ちでいたら、実際は面倒なしきたりやルールだらけの世界を目にして、幻滅したのかもしれない。

華やかなのは表だけ。残念ながらそれが現実だ。

考えが足りなかったと言われれば、そうかもしれないけど……でも、あの年頃の女の子にそこまで裏を考えて行動しろなんて、無茶な話だと思う。

冒険者時代にそんな厄介な貴族社会のことを教えてくれる人なんていなかったろうし、腕が立つってだけで今の地位になったんだからそりゃ戸惑うわよね。

貴族になって、華やかな世界だけを目にして、自分もドレスを着て……そしたら、バウム卿みたいな男性に憧れたって仕方ないと思うわ。

あのくらいの年頃だったら、恋に恋する……ってやつだろうし。

まったくもって、世の中はままならないもんだとそう思う。

そんな中でジェンダ商会から帰る道すがら、馬車の中でユリアさまはずっと難しい顔をしていた。

「ユリアさま」

「え？　ああ、どうかしましたか？」

「いえ、眉間《みけん》に皺《しわ》が寄り始めてますよ」

「えっ」

慌てた顔で額に手を当てたユリアさまに、アタシは思わずくすりと笑ってしまった。

別に馬鹿にしたわけじゃないってわかってるだろうから、ユリアさまも怒らない。

ほら、この人はこんなにも寛容だ。

「そんなに難しい顔をしてばかりいては、疲れませんか」

「いえ、今後どうしたものかと考えていたらまとまらなくて」

「……ユリアさまがお優しいのは重々承知の上で、ウィナー男爵令嬢のことはもう切り捨ててお考えになってはいかがです？」

アタシとしては、妥当な提案のつもりだ。

でも、ユリアさまは少しだけ目を丸くしてから、笑った。

「確かに私は彼女の保護者でも何でもありませんからね。それが普通だと思います。ですが……多分そうはいかないと思うんです」

「何故です？」

アタシの問いに、ユリアさまの表情に厳しさが宿った。

それは普段、王女宮で筆頭侍女として見せる、冷静な判断をする時の顔だった。

「彼女がアルダール・サウル・フォン・バウムに恋をしている限り、それを利用する人は現れるからです」

「……」

きっぱりと、はっきりと。

それは鬱陶《うっとう》しいとかそういう雰囲気ではなくて、ユリアさまはきちんと把握して、考えている。

それがすごいなあとアタシは思う。

（もしメッタボンにちょっかいをちょいちょいかけてくる女がいたら、アタシは腹が立って仕方ないと思うし、こういう状況になったらいい気味だって思っちゃうんじゃないかなあ）

でもこの人はそうじゃない。

冷静に、あの女の子が恋を秘めたり諦めたりしない限り、次から次に担ぎ出そうとする面倒な連中がいるってことを理解した上で、どうするべきかを考えているんだと思う。

それはユリアさまとバウム卿の気持ちとは関係のないところで延々付きまとってくるからだ。

そうなればもちろんユリアさまだけじゃなくって、周囲の人間にだって影響があるんだろうし
……だからこそ、近衛隊やその裏で動いている人たちの気配があるわけで。

ユリアさまも、王女宮筆頭としての立場からその影響についてお考えになったんだろうと思った。

「それより、レジーナさんの分もお菓子を入れてくださって良かったですね！」

「え？　ああ。本当に。実はアタシもジェンダ商会のグミ、好きなんです」

言ってから、ちょっと子供っぽかったかなと慌てて口を噤《つぐ》む。

だけど、ユリアさまはやんわりと笑っただけだ。

「まあ、そうなんですね。私と一緒だわ。レジーナさんは何味がお好きですか？」

「アタシはレモン味が好きで……ユリアさまは？」

「オレンジ味が好きですが、レモンも美味しいですよね」

ああ、きっとはぐらかされたんだなあって思う。

アタシは護衛騎士として、剣を揮《ふる》い余計なことに口を出さずにお守りする役目。

だけど、この人の役目はもっと複雑なものだから……いろいろあるんだろうなって思った。

王女殿下の健やかな成長を見守る専属侍女として、そして王女宮筆頭という両方の立場から、守らなければならない名誉や、秘密、他にもたくさんのことがあるはずだ。

それゆえに切り捨てなければいけないこともあるだろうし、逆に切り捨てることが許されないものもあるのかもしれない。

基本的に親しみやすい人ではあるけれど、それはこの人の苦労がそうさせたんじゃないかなって、最近思うのだ。苦労の分だけ、人に優しい。そんな感じ。

（……要らない気苦労も多い人よね）

貴族の社会じゃモテない女みたいに言われているみたいだけど、アタシみたいな平民から言わせりゃこんなに気立てが良くて気配り上手、その上料理まで上手とか、いい女以外の何者でもないいんだけど！

（バウム卿は見る目があるわよね、ホント！）

だからこそ、この寛容な人を困らせるやつのことが許せない。

ああ、もし今パーバス家のロクデナシ男がユリアさまの前に出てきたら、今度はアタシが思いっきりぶん殴ってやるのに。

あの少女の方は各所への問題でどうしようもないんだろうけれど、あのロクデナシ男に関しては本当に切って捨ててやりたい。心情的な問題ではなく、物理的に。

だってあれ、ただの害悪でしょ？

少なくともアタシからしたら、ユリアさま相手にあんな真似したってだけで排除対象だけど？

「……もう気分は落ち着かれたんですか？」

「ええ。どうするかは大体決まりました」

またはぐらかされるかなと思ったけれど、ユリアさまはきっぱりと答えてくださった。

そういうところ、かっこいい。

基本的に穏やかで、アタシからしたら上品で頭が良くて女性らしくて、腕っぷしなんてものとは縁がなさそうな、守るべき人。でもただ守られるだけじゃないってところがいいよね。

「必要があれば、いつなりとお呼びくださいね。護衛役としていつでもご一緒いたします」

「まあ、ありがとうございます」

願わくば……この優しい人が傷つくようなことなく、この面倒ごと全てが勝手に片付いてくれたらいい。

それでもどうしようもなくて、傷つくことがあって……それこそ、腕っぷしに物を言わせていいんだったら、アタシにお鉢が回ってくればいい。

なんだったらメッタボンに手伝わせて、完膚《かんぷ》なきまでに叩きのめしてみせるから。

「ホントですよ？　ユリアさまからの依頼には必ずアタシが行くって隊長には言っておきますからね！」

「……ありがとう、レジーナさん。いつも頼りにしちゃってるわ」

照れたように笑うこの人と、親しくもない小娘や嫌いなロクデナシとかだったら、誰を大事にするのかなんて一目瞭然《りょうぜん》。ましてや、アタシが忠誠を誓うこの国がこの人を『守れ』と言ってくれてるんだから、それに乗っからないワケがない。

「アタシの剣にかけて、お守りします」

大事な友人のためにその力を使えることは何よりも喜びだ。

きっとそういう時に役立つためにアタシは騎士になったんだと、そう強く思う。

大切な人を守るのが、騎士だもの！

第五章　暗躍・駆け引き・情報戦

さて、レジーナさんによって連行……じゃなかった、誘導していただいた問題児二人を連れて、野苺亭の一角に我々は座ったわけですが……。

雰囲気はこれ以上ないほど最悪です！

でもしょうがありません、あのままにしておくわけにはいかなくなってしまいましたからね……。お義母さまの手前、エイリップさまが連行される姿を見せるわけにもいきませんでしたし。それに騒がれるのはこっちからしたらいい迷惑ですし。

不満そうな二人と心配そうなお義母さまをレジーナさんに一旦預けて、私は双子の店員さんに手紙を王城に届けてもらうべく、お金を支払いました。迷惑料を含め、少し多めにね。

ちょっとした痛手ですが、大した額ではないのでこれも必要経費と思うことにしましょう。

上手くいけば経費として計上できるかもしれませんし!!

「お待たせいたしました。今、全員分の注文も済ませてきましたので、一旦落ち着きましょう」

「……何が目的だ」

唸《うな》るような声を発したエイリップさまですが、さすがに店内で怒鳴り散らすようなことはありませんでした。

まあ、ものすっごく睨まれてますけどね！

本当なら騒ぎまくって私やお義母さまを詰《なじ》りたいほどのお怒りって感じがしますが、レジーナさんがそこのところは牽制してくれているようです。

私は努めて友好的に笑みを浮かべて場を和やかにするだけです。

いかにお店に迷惑をかけずに時間稼ぎをして引き渡すか、これが最重要課題ですから!!

「そうですね、エイリップさまもミュリエッタさんも、お迎えが来るまでティータイムを楽しんでいただければそれでよろしいかと」

ミュリエッタさんはそんなエイリップさまから距離をとりつつドン引きの顔をしていますが、私の『お迎え』発言にギョッとした様子を見せていました。

なんでそのまま解放されると思ったのかしらね？

私たちが彼女の味方で、エイリップさまだけを咎めて終わりだと思ったのでしょうか。

いやいや、どっちが悪いとかそんなの関係ないんで。

騒ぎを起こしたのが知り合いの貴族だったから、これ以上は恥の上塗りにならないよう対処しただけなので、争いについてはそちらで責任を持って対処していただきたいものです。

多分、お迎えの方々が来たらその辺の説明はしてくれるでしょう。

こちらにその辺に関してまで求められても困るってもんですよ。

「エイリップ、あなたここで何をしているの？　お父さまのご容態が優れないと聞いているけれど、お兄さまを手伝っているのではないの？」

「……家を出た叔母上には関係のないことだ」

「関係あるわ。当主が体調不良で次期当主が代行しているのであれば、その次を担うあなたがこんな場所でフラフラしている場合ではないでしょう」

「嫁に出された出来損ないの分際で偉そうな口を……！」

お義母さまが優しく、かつ正論で論そうとしましたが、案の定噛《か》みついてくるだけでエイリップさまには何も響いておられないご様子。

まあ私としては、おそらく次期領主候補としての教育をきちんと施《ほどこ》されていない彼が家にいたとしても、特にできることはないんじゃないかなと思っていますが。

領地経営について学ぶとか、父親と一緒に領民とコミュニケーションをとるとか、そういうのを面倒くさがっていそうなイメージですし……。いやあの父親の方も領民と交流なんかしてなさそうですけど。

結局『することがない』とか言って腐っていたんじゃないでしょうか？

さすがに考えすぎですかね。

（うん、いくら嫌いだからって悪く考えすぎだ。反省しよう、私）

たとえば、今はパーバス伯爵家にいるよりもミュリエッタさんを口説《くど》くついでにタルボット商会の件もなんとかしてこいとかなんとか言われたとか……そんな感じではないでしょうか。

まあこれも憶測にすぎないのですが……。

（正直なところ、そんなとんでもない行動を指示するとかあり得ないし）

ただこれが妄想だと言い切れないのがパーバス家っていうか、エイリップさまのこれまでの行動がアレだからそんなイメージしかないんですよね……。

「お義母さま、エイリップさまにもお考えがあってのことでしょう」

「……ユリア……そう、かしら……？」

「なんにせよ、エイリップさまに関しては王城の警備隊から迎えが疾《はや》く来てくださいますでしょうし……ああほら、紅茶もきましたので喉を潤《うるお》していただければ」

「くそっ……」

私の言葉に彼は苦々しげな表情を浮かべましたが、迎えと耳にして予想はしていたのでしょう。

文句を言おうとすればレジーナさんが睨むので、イライラした様子です。

それでも怒鳴らないのは、彼女が王女騎士団の一人と知っているからなのか、自身の力量を弁えるようになったのか……どうなんでしょうね？

（まあ少しは学習しているようでなにより）

とりあえずこの一画の雰囲気があまりにもよくないので、周りのお客さんもチラチラとこちらを見ています。大変ご迷惑をおかけして申し訳ありません‼

落ち着かないったらないですよね。できるだけ目立たない位置をお借りして、すぐに衛兵さんが来るはずだからとその間だけ近くの席も借り上げさせてもらったのですが……。

双子の店員さんも先ほどの騒ぎに気づいていたらしく、快く協力してくださいました。

やはり、相当二人の言い争う姿は目立っていたようです。

もしかしたら〝英雄の娘《ミュリエッタ》〟がいるからかもしれませんが。

「何故、叔母上が城下《ここ》にいるんだ」

「それは私に会いに来てくださったからですよ、エイリップさま」

「貴様には聞いておらん！」

「さようですか、失礼いたしました」

お義母さまは叔母としてエイリップさまを窘《たしな》めていたので、大丈夫かと思いましたが……やはり顔色が優れません。恐怖心は拭えていないのでしょう。

なので、思わずエイリップさまの質問に私が答えてしまいました。

娘の私がここでお義母さまを守らなくてどうするのかって話ですよ！

おそらく、私の対応がお義母さまのためだと気づいたのでしょう、申し訳なさそうにしつつ、どこかホッとしてらっしゃいました。いいんですよ、頑張ってらっしゃるんですもの！

どーんと私にお任せください‼

どうせ後は引き渡すだけですからね……。

「ユリアさま。……来たようです」

レジーナさんがお店の入り口の方を見て、私に短くそう言いました。

私も視線をそちらにやれば、城下を巡回する衛兵さんたちの姿があります。店内のお客さんたちに遠慮してか、それとも私たちを探してか、中に入ってくる様子は見受けられません。

「レジーナさん、エイリップさまのお見送りをお願いしてもよろしいですか？」

「かしこまりました。さあ、まいりましょうかパーバス殿！」

輝くような笑顔でレジーナさんがエイリップさまを引っ立て……いえ、リードして、衛兵さんたちのところへ連れて行ってくれました。

いやあ、私やお義母さまじゃ素直に行かないと思いまして！

そのうち、エイリップさま関連で軍からお呼び出しが来るんじゃないかと私も戦々恐々です。

とはいえ私が悪いわけじゃありませんし、親戚だからと連帯責任がどうのなんて恐ろしい話ではありません。むしろ軍部側から迷惑をかけたと謝罪をいただく案件ですよ。

なので、私としては面倒だとは思いますがその謝罪が来たらにこやかに受け入れる所存！

厳しい処罰など望まず、反省さえしてもらえれば……という態度を貫きたいと思います。

なんでって？

そりゃまあ、パーバス伯爵家に里帰りするお義母さまの安全を守るためです。

何かあったら軍部にいつでも頼れるんだぞっていうね。

恩を売るわけではないですけれど……パーバス伯爵家側も息子の処遇について、私の行動が多少罪を軽減させたと感じてくれれば、少しは大人しくなってくれるんではないかなって。

……ならない可能性の方が高いってのがなんとも悲しいお話ですね！

「ミュリエッタさんはもう少々お待ちくださいね」

「あ、あたしは……無関係です！」

「だとしても、従者の一人もつけておられないご令嬢を一人で帰すわけにはまいりません」

「じゃ、じゃあ、あの女性騎士さんに送ってもらえれば、それで！」

「それは無理ですよ」

しれっととんでもない要求をするミュリエッタさんに、私は静かに断りました。

いやいや、確かにレジーナさんは騎士ですけどね。

なんでミュリエッタさんを送ってあげなきゃいけないんですか。

「彼女は私たちの護衛です。ミュリエッタさんを送るよう指示している間、私たちに何かあっては彼女の責任となるでしょう。職務放棄を促したとあっては、私も申し訳がたちませんから」

「そんな……」

いやいや、そんな悲愴《ひそう》な顔をされても。前に注意されていたでしょうに……。

今回ばかりは私も甘い顔ばかりしていられません。

私も彼女に対し甘い顔をしてばかりだったから良くなかったのだと、今は反省しています。

とはいえ、見放すことはまだできそうにないので、それ相応の対処をしているだけなんですけど
……とりあえず、そんな傷ついた顔をされるとこちらが虐めているみたいに見えるので止めていた

らね！
の方が問題です。自分よりも高位の貴族に送ってくれって自分から言い出すのはマナー違反ですか
パッと華やいだ笑顔でさも『いいこと思いついた！』みたいな顔して提案されましたが、そっち
「それこそ大きな話になりかねませんが、それでもよろしければ」
「そ、それじゃ……あの、ユリアさまたちも一緒に、うちに……」
だけませんかね？

善意で送ってあげるよと言われたら乗っかっても良いとは思いますけど……。

今回に関してはもうすでに穏便に済むよう取り計らっている状態ですので、私としてはこれ以上、手を貸すつもりはありません。

私の言葉に、ミュリエッタさんはまたシュンとしました。

だから虐めているみたいに見られそうなんで、止めていただけませんかね……。

「……わかりました、大人しく従います……」

「ご理解いただけて、なによりです」

私の決意を感じ取ったのでしょうか、不承不承《ふしょうぶしょう》といった感は拭えませんがミュリエッタさんは目の前のカップを掴むとお茶を飲み始めました。

必死に無表情を貫こうとはしているようですが、私から見たらまだまだですね。

……こういうところがなんとなく幼くて、心配になっちゃうんだよなあ！

「ねえユリア、こちらのお嬢さんはどなた？」

「え？　ああ、お義母さまは初めてお会いするんでしたね、申し訳ありません。こちらはウィナー

男爵令嬢のミュリエッタさんです」

「まあ！　この方がかの英雄のお嬢さまなのね」

「ミュリエッタさん、こちらは私の義母《はは》です」

「えっ、おかあさん……⁉　あ、失礼しました。ミュリエッタと申します……」

私の紹介に目を丸くしたミュリエッタさんは、とても驚いているようでした。

慌てて挨拶をしつつもお義母さまのことを凝視しています。

えっ、そんなにびっくりすることかな⁉　って思いましたが、おそらく似ていないとか思っているんじゃないでしょうか。義理の親子関係とは言いませんでしたからね。

「……随分、お若いお母さまなんですね……」

「まあ、ありがとう嬉しいわ。でも私はユリアにとっては継母だから、息子の年齢を考えたら特別若いわけではないのよ」

「えっ⁉」

確かお義母さまって十八歳前後で我が家に嫁いでこられたと記憶していますが、でもミュリエッタさんのそれわかる、わかりますとも！

うちのお義母さまは私と同じで落ち着いた色調の服ばかり着てらっしゃいますが、しっかり装ったら絶対美人で誰もが振り向きますとも！

そりゃこの国の美的ポイントってやつからは若干ずれてはいますが、私の目から見て美人なんですよ。

単純に今までそういう装いをしたことがないのと、既婚者なんだから……という固定観念に囚われていたであろうお義母さまには是非、今度、目一杯オシャレしていただきたい……！

そうだ、次にこちらに来ていただいた際にはブティック巡りもしよう。そうしよう。

私はお義母さまを着飾らせる側です。

それだったら針子のおばあちゃんも誘っちゃおうかな!!

「え、ええっ!?　む、息子さんがいらっしゃるんですか？」

「ええ。ちょうど貴女くらいの年齢なのだけれど……ねぇユリア、ミュリエッタさんはあの子に会ったことはないのかしら」

「もしかすると生誕祭のパーティで挨拶をしたかもしれませんが……私は聞いていませんね」

「そうなのね」

近隣のブティックでお義母さまが気にせず楽しめそうなところを脳内でピックアップしつつそんな会話をしていると、ふと見たミュリエッタさんが随分と動揺しているように思えました。

「……生誕祭のパーティ？　え、ええと……息子さんは私と同じくらいの、年齢の方……なんですか？　え？　そんなに大きなお子さんが、いらっしゃるんですか……？」

「ええ。貴族女性としては一般的だと思うけれど、何か変だったかしら……？」

「お義母さま、彼女は貴族としてデビューしたばかりなので。おそらく貴族の婚姻についてはまだそれほど詳しく教わっていないのかもしれません」

「ああ、そうね。貴族社会の結婚の早さに驚いたのかしら？　でも市井でも同じように早くから結婚をするところもあるというから、特殊というほどでもないと思うけれど……貴女の育ったところではちがったのかもしれないわね」

「は、はい……あの、旅を……父と、旅をしていたので。だから知り合いとか、あの……結婚とか、そういうのってあんまり縁がなくて……」

その様子が、これまで見たことがないほど驚いて……とはまた少し違う反応です。

なんというか、びっくりを通り越して、愕然《がくぜん》としているとでもいうのでしょうか。

（どうしたんだろう。今までにない反応……？）

まるで知ってはいけない事実を、知ってしまったみたいな……。

これには私も困惑です。

だって、今までミュリエッタさんと言えばアルダールに対して一生懸命で、それ以外の人は全部モブくらいの扱いをしてくる女の子なのです。

そのミュリエッタさんが、何故か私のお義母さまに釘付けですよ？

（まったくもってわけがわからないよ！）

チラチラとお義母さまを見るミュリエッタさんは、何かを聞きたそうな……そんな素振りを見せていますがなかなか口を開こうとしません。

私を気にしているという様子でもなく、ただ聞きたいけれど聞くのが怖い、そんな小さな子供のような行動です。あまりにもバレバレなその行動にお義母さまも、どうしていいのかわからないらしく、私の方に助けを求める視線を向けてきました。

まあそうだよね！

しかし私もわからないんですよ。こんなミュリエッタさんの反応は初めてです。

（どうしたらいいのやら……）

とりあえず、彼女の迎えがまだ来る気配はありません。

放置しておくべきか少しだけ考えて、私は彼女の方に向き直りました。

「ミュリエッタさん、どうかなさったんですか？」

「えっ！」

「先程から、何かを言いたげでしたので……」

「……いえ」

私が水を向けてみるものの、彼女は俯《うつむ》くばかり。

一体全体どうしたのでしょう、本当にいつものミュリエッタさんとは大違いです。

か弱さを見せているという感じでもありませんし、怯《おび》えている……とも違いますし。

いつもの天真爛漫《らんまん》さも、勝ち気なところも今はまるで見えません。

運ばれてきたケーキに誰も手を付けづらい雰囲気です。美味しそうなのに！

とはいえ、いくらなんでも私もこの空気の中で堂々とケーキにいく勇気は持てません。

私は空気が読める女ですのでね！

ミュリエッタさんも、この雰囲気はよくないと考えたのでしょう。

さすがに黙っているのも無理があると思ったのか、意を決したように口を開きました。

「……えっと、ユリアさまの、継母ってことは、その……どういう……」

「どういう、というと？」

「えっと、だから……」

まるで奥歯に物が挟まったような彼女の言葉に、私は首を傾げることしかできません。

すると横にいたお義母さまが少しだけ目を瞬かせてから、優しい笑みを浮かべました。

「私はファンディッド子爵家に後妻として入ったのよ。私の父が夫と知り合いだったから、その縁でね。ユリアの実母は、彼女が幼い時に亡くなられてしまったの」

「えっ。ご、後妻、です……か……？　だって、お若いし、えっと、あの……」

「政略結婚だし、私にとっては初めての結婚よ。貴族令嬢としてはおかしいところはないの」

「……そんな……」

「そうね、身近に結婚した方がいらっしゃらないのであれば、驚くことも多いでしょうね」

彼女が聞きたいことを、何故お義母さまはわかるのでしょうか？

私はさっぱりわかりませんでした。これが、経験の差ってやつなのか……!!

しかし、おかげでようやく合点《がてん》がいきました。

ミュリエッタさんは、お義母さまが私の継母であるという事実に対して、何か思うことが……それも受け入れがたく思っているようなのです！

（多分だけど……前世の感覚のせい、なのかな）

確かに、お義母さまの見た目から考えると私とそこまで年齢差があるように見えないのかもしれません。私が老けているんじゃない、お義母さまが若々しく美人なだけ！　そこは間違えないで!!

まあそれはともかく……そんな若い女性が初婚で子持ち男性と再婚させられるとか、よっぽどのこと、あるいは意地悪をされているんじゃないか？　って彼女は思ったのかもしれません。

それも政略結婚だときっぱり言われてしまうと、なかなか前世の感覚では理解できないっていうか、難しいものがありますよね。わからないでもないです。

私にも前世の記憶があるので、時折この世界の価値観に首を傾げたくなることはあります。今でも私、行き遅れじゃねーから！　って言いたいくらいですし！

いや、もちろん言いませんけどね。

この世界では十代後半には嫁いで子を生んでいて当たり前、私の年齢で婚約者もいないことの方が珍しいっていう現実はきちんと受け止めておりますので。

「貴族の女としては珍しくない話なのよ。幼い頃から婚約者が定められることもままあることだし……私の相手がたまたまそういうお相手だったというだけなの」

「……いえ、あの。恋愛感情もなく、結婚するっていうのが、あたしにはわからなくて……！　それに、そんなに急いで結婚するのも、わからなくて。だから……」

どう伝えるべきなのか困りながら述べるミュリエッタさんに、お義母さまは変わらず優しい笑みを浮かべていました。

（ミュリエッタさんにとって恋愛イコール結婚、なのかな）

ただ、彼女も貴族になったのだから家と家の繋がり、そういったものが貴族たちの中でどれほど重要視されているのか教育を受けているはずなのですが。

一代限りの男爵位とはいえ、彼女だって貴族に嫁ぐことはできるはずなので、そういった教育を公爵家から派遣された教育係が疎《おろそ》かにしているとは思えません。

「そうねえ。貴女の言うことも少し、理解できるわ」

「で、ですよね‼」

「けれど、貴女も冒険者として今までいろいろなところを回って……結婚観はともかくとして、人々の暮らしをその目で見て来たのではない？」

「え……」

お義母さまは諭すように、焦らせないように優しくゆっくりとした口調で、真っ直ぐにミュリエッタさんを見ながら言葉を続けました。

「貴女が通うという学園に行ける人間は一握り。貴族令嬢の大半は、私のようにその身分に相応しい家に嫁ぎ女主人の役目を担うか、あるいはこの子のように働いたりするわ」

「……」

「学園に通うには条件はとても厳しいわ。だからこそこの国を担う人材が育つの。貴族の子女であろうと誰もが通えるわけではないわ。平民ならば尚《なお》のことなの」

お義母さまの言葉に、ミュリエッタさんはただ目を瞬かせていました。

そんなこと知らなかった、初めて知った、そんなような表情に見えました。

「……だから、学園に通わない人たちは手に職をつけることが多い。子供のうちから働くことも多いそうね。そうそう、農村の人間たちは、早い結婚をすることも多いわね。貴族と同じくらいに」

お義母さまはあえて、貴族と同じくらい、と添えたような気がします。

そしてミュリエッタさんもその言葉に、びくりと肩を跳ねさせました。

確かに、貴族の子女が早く結婚するのはそれなりに意味があります。

跡継ぎを産むのに若い方が望ましいとかそういう理由の他に、嫁いだ先の風習や、その家の伝統など女主人として学ぶことがとても多いからと聞きます。

跡取りにならない、なれない子供たちは小姓になったり侍女になったり、そうやって身の丈に合った働き口を探して生きていくのです。

学園に通う一握りの生徒は、それよりも学びを優先する必要がある、あるいはその能力の高さから今後を期待されているからこそ通うのです。

彼らは大きな物事を成し遂げたり、責任ある立場を担うことを想定して学びますが、彼らだけが時代を担うわけではありません。

そして、他家に嫁がせる娘がいて横のつながりを持つこと。

それは何も貴族だけではありません。

特に商家よりも農村の方が若い方が体力があるため、仕事をしながら出産や育児をするのに適しているという考えの下、早婚しやすいと言われているのも事実です。

しかしそこにも、横の繋がりってあるんですよね。

（……農村の人たちだって、みんながみんな恋愛結婚とは限らないのかもしれない）

ふと、そんなことを思ってお義母さまの方を見ると、困ったように微笑んでいます。

おそらく、私の予想はあながち間違いでもないのでしょう。

商人だって似たようなものです。

裕福な商人は下級貴族に娘を嫁がせるなんてこともよく聞く話ですし……恋愛結婚の話だってそれなりに耳にはしますが、それなり
なのです。

上位貴族になればなるほど、恋愛は〝楽しむもの〟であって〝結婚とは違う〟のだと貴婦人たちが言っていました。侍女として仕事中に小耳に挟んだものですが……正直、共感はできませんでした。

それは私が、前世の記憶を持っていて、その価値観を捨てきれないからです。

そういう意味では私も彼女と同じで、恋愛をして結婚することが自然だと……そう、どこかで思っているのかもしれません。

（でも私は〝貴族としての義務〟を理解できている）

納得はできてませんが、理解はできています。その点が彼女と異なるのでしょう。

価値観で言えば私はどちらかというと、比重は貴族の……この世界よりだと思います。

前世の記憶があると言っても、幼い頃に記憶を取り戻し、今の生き方を選んだのです。

そこに生じる責任や、周囲の期待に応えたい気持ちがあったから当然といえば当然なのですが……。

しかし彼女も同じように、幼い頃に記憶を取り戻していたならば……価値観のすり合わせをする機会は、いくらでもあったのではないでしょうか？

（……どうなんだろう）

正直よくわかりません。

ただ、ミュリエッタさんはお義母さまの言葉がよほど衝撃的だったのでしょうか。

唇を噛みしめるようにして、体を震わせていました。

私からしてみると何を今更……って感じなんですけどね？

なんだろう、ミュリエッタさんの方が王城で箱入り生活していた私よりも世間を知っていそうなのに、なんでこんなにも価値観が違うのでしょうか？　逆に私の方が混乱しそうです。

思わずジッと彼女を見つめていた私に、お義母さまの手が触れました。

「ユリア」

「は、はい！」

「ねえ、あちらの方、貴女に用があるのではなくて？」

「え？」

ミュリエッタさんの様子に気を取られていて、お義母さまに声をかけられるまで周囲に注意を払うことを忘れておりました。なんという失態！

私が慌てて店の入り口の方を向くと、そこには確かに私が呼んだ人物の姿が見えました。

「……お義母さま、少々この場を離れますのでミュリエッタさんのことをお願いします」

「ええ、わかったわ」

「レジーナさんもお願いしますね」

「承知いたしました」

実はレジーナさん、エイリップさまを引き渡した後はそっと戻っていたんですよ。

会話の邪魔にならないようにスマートにね！

それはともかく、本当ならばレジーナさんも一緒に来てほしかったのですが、これから彼と少しばかり込み入った話をするつもりなので一旦私だけでそちらに行くことにしました。

「ニコラス殿、お待ちしておりました」

「いえいえ、ご連絡ありがとうございます」

私を前に、にこりと微笑み一礼するニコラスさん。

これまででしたら大変胡散臭いと言いたいところですが、今回は救いの主《ぬし》です！

っていっても、ミュリエッタさんのことをお願いするだけなんですけどね‼

だって王太子殿下の指示で彼女の担当みたいなことをしているようですし？

先だってもいろいろと言ってきましたし？

ならお任せするのに適任じゃないですか！

「ユリアさまがお呼びと聞いて急ぎ参りました。……これがデートのお誘いでしたら、とっても嬉しかったんですけどねえ」

「あら良かったですね、可愛らしいご令嬢とデートができるじゃありませんか」

「おやおや、相変わらずつれない」

わざとらしいしょんぼりとした表情を見せつつ肩を竦《すく》めたニコラスさんが、すぐにいつもの胡散臭い笑みを浮かべ、そっと声を潜めました。

「……さて、何がありました？」

「彼女の隣にいるのは私の義母であるファンディッド子爵夫人です。面会にきてくださったので王女殿下の許可を得て、食事とお見送りに出たところ、この付近でウィナー嬢にお会いしました」

「なるほど？」

ニコニコと笑顔を見せつつもその目は私を探るように見ています。

けれどそれを無視して、私も笑みを絶やさずニコラスさんを見つめ返します。

ふふふ、伊達《だて》に〝鉄壁侍女〟と呼ばれちゃいないんですよ！

事前にわかってさえいれば、私だってそれなりに対応できるんですからね‼

「パーバス伯爵令息が彼女を困らせていたので、彼が所属する警備隊と、そしてウィナー嬢の担当、、である貴方に連絡をいたしました。わかりやすいでしょう？」

「ええ、とても！」

「彼女は従者を連れていなかったものですから、ニコラス殿がウィナー邸まで送って差し上げてください。私は義母を見送った後に、護衛の騎士と共に王城へ戻ります」

「わかりました。……ところで、彼女はどうして顔色が悪いのですか？」

「それは……私にも、正直わかりません」

視線を向けた先では、お義母さまとミュリエッタさんが何かを話しているのが見えました。

レジーナさんは口を出す様子はなく、ただ見守っているようです。

多分、ミュリエッタさんの様子がおかしいのは『結婚観』がポイントなのだと思いますが……。

(今回ばかりは断言できないよねえ。そもそも、それがどうしたって話だし)

大体話すにしても、それが前世の記憶が影響しているだなんて説明もできないし、そうするとこの世界での結婚観に対して納得できないのは異端ということになりかねませんし。

彼女の場合は〝恋愛に憧れているお年頃〟ってことで、何かしら拗《こじ》らせていると周囲に納得してもらえそうな気がするけど……でも貴族教育を受けているのだから、無理があるかしら？

とにかく、これでニコラスさんにあとはお願いしてようやく落ち着けるというものです。

私は彼を伴ってテーブルに向かいました。

「ミュリエッタさん」

テーブルに戻った私の声に、彼女はのろのろと顔を上げます。

そして視線を私の横に向けてニコラスさんを認めると、とても嫌そうな顔をしました。

ああ、うん。その気持ちはよくわかる。

しかし彼女も逃げられるとは思っていないのでしょう。

不承不承という感じはありますが、ニコラスさんが差し出した手を大人しく取って、少し躊躇う様子を見せつつも私たちに向かってお辞儀をして背を向けました。

そしてそんな彼女の背に手を添えるようにしたニコラスさんは、私たちに向かって笑みを浮かべています。うーん、まったく知らない人が見たらイケメンなのになあ……。

「お義母さま、彼は王太子殿下の執事でニコラス殿です。学園卒業者ということで、彼女のことをお願いするためにこちらにお呼びしました」

確かそんな感じでミュリエッタさんと接点を持っているとかなんとか言ってましたよね？

セバスチャンさんから聞いたんだったか……まあ、それはどうでもいい話ですが、お義母さまにはまさかニコラスさんが王太子殿下の専属執事で彼女のことを見張っているとは説明できませんからね……。

「ニコラスと申します。ウィナー男爵令嬢を保護していただいて、ありがとうございます」

「まあ、保護だなんてそんな」

お義母さまは困ったような表情をしましたが、それ以上何も言いませんでした。

ミュリエッタさんは、不満そうでしたね。保護と言われたことがいやだったのでしょう。

「ファンディッド子爵夫人にはご挨拶も碌にできませんで申し訳ございませんが、こちらのご令嬢をお送りせねばなりませんので……」

「……そうですね、王太子殿下の執事殿であれば安心でしょう」

お義母さまもホッとした様子を見せていたので、やはり年若い見知らぬ少女の相手は気を遣わせてしまったかもしれません。普通に心配しているだけかもしれませんが。

「それではユリアさま、後ほどご報告にあがります」

「……ニコラス殿、お互い忙しい身ですから書面で結構ですよ。お気になさらず！」

「そんなつれないことを仰らず。では」

ニコラスさんはものすごく楽しそうにあの胡散臭い笑みを浮かべていましたね！

本当に！　気にしなくていいから‼

そうは思ってもこの場でそんなことを強く言えるはずもなく、私たちはただ去って行く彼らを見送ったのでした。くっ……本当に書面でいいんだよ、むしろ報告も要らないってのに！

彼らの姿が見えなくなって、お義母さまがため息を吐《つ》くのを見て私とレジーナさんは顔を見合わせます。疲れているとは何か違うその様子に思わず見つめていると、お義母さまは困ったように笑いました。

「なんというか、あの子……ウィナー男爵令嬢はとても危うい感じのする子ね。……そう、多分だけれど、大事に……とても大事に育てられたんじゃないかしら」

「え？」

「まるで夢見る子供のようだと、そう思ったわ」

お義母さまがそうミュリエッタさんについて素直な感想を述べたのを、私はなんとも言えない気持ちで聞いたのでした。

ニコラスさんにミュリエッタさんのことを押し付け、もとい、お願いしてから数日後。

私は、ちょっとだけ困惑しております。

「……」

「ええと、あの。アルダール？」

任務があるらしく、忙しくて最近時間が合わなかった恋人が、休憩時間に私のところにやって来たかと思うとぎゅうぎゅう抱き着いてきて身動きが取れないのです。

いやもうこれ抱擁《ほうよう》っていうか、抱き枕にされているっていうか。

最初こそ唐突な抱擁に盛大に照れたものの、様子があまりにもおかしいので気持ちもすっかり落ち着いてしまいました。

休憩時間だから良かったけれど、そうじゃなかったらどうしようかと思いましたよ！

「あの、どうかしたんですか……？」

「ごめん」

「え？」

「急に来た上にこんなことをしたから、びっくりしたろう？」

「それは、まあ……そう、ですけど」

休憩時間だしいいかなと思ってしまった私は、アルダールに甘いんでしょうね。

普段甘やかしてくれる人だからこそ甘やかしたい、だと思いますけど。

しかし、ちょうど私室にいる時で良かったです。

これが執務室だったらと思うと……ほら、いつ人が来るかわからないじゃないですか！

私たちの仲は王女宮で知らない人はいないとはいえ、見られたら恥ずかしいでしょ!?

「ハンスから、この間の話を聞いた」

「え？　ああ……リジル商会に行った時の話ですか？　近衛騎士さまに護衛されて買い物に行くなんて滅多にないことでしたね！」

私が朗らかにそう言うと、またぎゅうっと強く抱きしめられました。

ちょっとだけ苦しかったけれど、アルダールの好きにさせました。珍しいことですしね！

「ごめん」

「……どうしてアルダールが謝るんですか？」

少しだけ落ち着いたのか、なんだか苦しそうな声でアルダールが謝罪してきたではありませんか。

ようやく抱き着く力が弱くなったので少し距離を取って私が彼を見上げれば、バツが悪そうな顔をしているのが見えます。

その理由がわからなくて首を傾げると、アルダールは大きなため息を吐き出しました。

それから小さく疲れたような笑みを浮かべ、私の額にキスを一つ。

「実は、ユリアにいろいろ迷惑がかかっているのが気になっていて、そういうものから遠ざけようと親父殿に頼んでおいたんだ」

「え？」

「だけど、さらに上層部からの指示でユリアが囮みたいに使われて……それに反対しようにも私は任務を言い渡されて出ていたものだから、知ったのは全部終わってからになった」

「まあ……！」

最近忙しくて休みが合わないなあと思ったら、そういうことでしたか。

近衛騎士が遠方に出るだなんて珍しいとは思っていましたが……。

わざわざ私を囮に使うためだけに、えらい大掛かりな話ですね！

（いや待てよ。私の護衛をしてくれたのも近衛騎士で、バウム伯爵さまよりもさらに上層部って……つまりこの件は、確実に国王陛下が絡んでいる……？　えっ、アルダールを遠ざけるほどの話ってこと？）

そうですよね⁉

そうですよ、近衛騎士が動いている段階で察してはいましたけども！

（ひえ……とんでもないことが裏で行われているとかまさかそんなことないですよね？　国王陛下が動いているということは、少なくともプリメラさまに迷惑はかからないと思いますけど……ああでも陛下はプリメラさまさえ良ければ他は割とどうでもいいって感じがするからヤバいこととかだったらどうしよう、一応それに備えてあらゆることを対策しておいたほうがいいのかしら⁉）

事態が考えていた以上のものであると理解した私が顔色をなくせば、アルダールはものすごく申し訳なさそうな顔をしました。

彼が悪いわけではないのに！

「私も詳しくは教えてもらえないから、実はよくわかっていないんだ。親父殿には文句を言いたいところだが、今はあちらも忙しいらしく私も会えていない」

「……遠ざける、というのは具体的に聞いても？」

「ああー、うん。……私に直接文句を言ったり行動を起こせない連中がユリアにちょっかいをかけてくるのが鬱陶しいから、直接こちらに来るよう誘導してくれとお願いしておいたんだけどね……」

「それって」

有り体《あてい》に言うとミュリエッタさんとかでしょうか。

それともエイリップさまのこと？

いや、でも冷静に考えると、もしアルダールとお付き合いしていなくてもメレク関係で結局、面倒な絡まれ方をするような気がしますが……。

アルダールからしてみると、一方的にライバル視されているせいで私が余計に絡まれていると思っているのかもしれませんけどね。

（それ以外だと変な投書とか？）

早く別れろとか今でも時々、来ていますからね。

見つけ次第燃やしてますけど。最近はもう何も感じません！

しかしその件についてはアルダールに言っていないから、彼は知らないはずですし……。

私がそんなことを考えている間にも、アルダールはどんどんしょげていくじゃありませんか！

あらやだ、私の恋人がなんだか普段よりも可愛いぞ？

「でも裏でそんなことをしていたなんて知ったらユリアはまた過保護だのなんだの言うだろう？

だから言いたくなかったんだけど……まさかこんなことになるだなんて」

「本当にもう、アルダールったら」

「だけど、そういう連中は私に喧嘩を吹っ掛けるよりも、侍女であるユリアに向かって何かをするかもしれないだろう。そう思うと、ね……。私にできることをしたかったんだ」

「いいえ、別に不快には思っていませんよ。確かに過保護だなあとは思いますけど！」

「やっぱり！」

私が笑ってそう言えば、アルダールは困ったように笑いました。

それでもすぐに表情を引き締めて、私をもう一度抱きしめます。

でもそれがふんわりと優しくて、包み込まれるみたいで……なんだか不謹慎ですがその温《ぬく》もりに安心して、つい笑顔になっちゃいますね。

「過保護だと言ってくれてもいい。ユリアに何かあってからじゃ困るんだ」

「……私は王女宮にいるから大丈夫よ。頼りになる執事さんとかもいますしね！」

「それもわかっているんだ。でも……どうしても、心配で」

アルダールは苦笑したまま、またため息を吐きました。

どうも彼は今回の件に関係なく、ひどく疲れているようです。

それが心配で思わずアルダールの顔を覗き込むようにすれば、彼は小さく笑いました。

「ごめん。……もうしばらく任務が入れられていて。ハンスが教えてくれたんだけど、それはもう細かくユリアと予定がずれるように仕組まれているらしいんだ。……隊長は絶対にユリアに迷惑がかからないように気を付けるとは言ってくれてるんだけど」

「それって……」

もしかしなくても、私はまた『囮』にされる可能性があるってことですね、それ。

アルダールがそれを事前に知ったら絶対に苦情を言うってわかっているから遠ざけるってあたり、計算尽《ず》くっていうか、手段を選んでいないっていうか……。

それにしてもアルダールったら上層部にどう思われているのか。

遠ざけておかないと厄介って思われるくらい、何をやらかしたんでしょう……？

怖くて聞けない！

「ちなみに、アルダールの任務については……聞いても、大丈夫？」

おそるおそる訪ねると、彼はそれまで浮かべていた優しい笑みを消し、スンッとした表情で口を開きました。えっ、こわ。

「モンスター退治」

そして出てきたその内容に、今度は私がギョッとしました。

え、聞き間違いじゃないよね？

今なんだかすごいことを言われた気がするんですけど⁉

「えっ？　ご、ごめんなさい、モンスター退治って聞こえたんだけど……」

「合ってるよ。モンスター退治をさせられてる。各地で時々、ちょっと厄介なモンスターが出るんだ。その援軍として近衛隊も出動することがあってね。……そこに組み込まれてる」

あ、あー、そういえばそんなことがありましたね！

例の巨大モンスターは特例中の特例で、秋の繁殖期以外でも時折、人里近くに現れるモンスターがいるのです。そういうやつほど厄介だと聞いています。

だからこそ、その土地の私兵だけでは手が足りないこともありますので、軍から部隊が派遣されるのですが……アルダールは次期剣聖との呼び声も高いのですから、彼を援軍にと望む声は少なからずあるのでしょう。彼程の実力者ならそれは当然と言えば当然なのですが。

そして国王陛下も貴族たちに対してアルダールを含む近衛騎士隊を派遣することで寛容さを示し、忠誠を得やすくなるのだと思います。

（ただそのパフォーマンスのためだけに行かせている……ってこともあるんだろうなあ）

しかし、困っている民がいるのならば騎士としては行くのが当然なのでしょう。

私に告白してくれた際にも『任務があればそれを優先する』と言っていたアルダール。

私もそれでいいと言いましたし、今もその気持ちに変わりはありません。

勤め人として、そこをどうこう言うつもりもありません。

モンスターをアルダールが退治すれば民間人は助かるのです。それは領主の娘として考えればありがたいことですし、貴族として考えても民のために尽くすのは当然のこと。

そしてアルダールは騎士として当然のことをしているだけ。

だけど……少しだけ、胸のうちがモヤモヤしました。

「きちんと、ユリアには話しておきたくて。心配をかけたいわけじゃないんだけど」

「……話してくれてありがとう」

「でも上層部が何を企んでいるか教えてもらえていないから、本当に気をつけてほしい」

「ええ、わかったわ」

私が頷けば、アルダールは安心したように大きくため息を吐き出して、またぎゅうっと抱きしめてきました。そのせいで彼の表情は私に見えませんが、きっと複雑な気持ちなのでしょうね。

(私もなんだか複雑な気分だわ)

まったく、外野があれこれ私たちをいいように使いすぎじゃないですか？

確かに私たちは公僕ですけど、お給料の外な話だと思いますよこれは‼

「……本当はもっと一緒にいたいんだけどなあ、思っていたよりもキツい」

「アルダールったら……大丈夫？」

「体は平気だけどユリアが不足してる。キスしてもいいかな？」

「……どうしてそういうことを真顔で聞くの！」

「聞かないでしたら嫌われるかもしれないだろう？」

クスクス笑うアルダールですが、絶対にそんな風に思ってなんかいないでしょ！

しかし答えを待っている、というか……どこか心配そうに見えます。

(今回の件で私がどう思っているか、気にしているんでしょうね)

アルダールは本当に心配性なんだから！

私がアルダールを嫌うことなんて、絶対……とは言いませんが、今のところあり得ません。

たとえばそうですね……浮気されたり、それこそ私の意思なんてものを気遣いとは別に一方的にアレコレと押し付けてくるとか、そういうのがあれば……いや、ないな？

想像してみようと思ったけど、できないな？

横暴なアルダール……？

うん、ないわー。どうやってもないわー‼

不思議なくらい想像ができません。

（……私、自分が思っている以上にアルダールのことが好きなのねえ……）

思わぬ事実に照れるを通り越して、なんだかものすごく納得してしまいました。

だからといって、私のために内密で過保護な行動を起こしていた件について、思うところがないわけではありません。とはいえ、別に腹を立てたかと問われるとそうでもないし……。

どうしたものかしらと私は思案しながら、アルダールを見つめました。

うん。相変わらずイケメンだなあ。

よそのイケメンは無理ですが、アルダールのことはこうやって見つめられるようになりました。

彼の顔に慣れたとか、飽きたとか、他のイケメンだと照れるとか。

そういうのではなくてですね？

いえ相変わらず美男美女どちらも見つめられたら照れるのは変わらないんですけど。

とにかく！

こうして、向き合えるようになったってことです！　成長ですね‼

「そうですねえ、嫌いにはなりませんけど」

「けど？」

「でも私のためだと言いながら、勝手に一人で決めて行動したことについてはペナルティが必要よね？」

「え」

「キスは、任務を全部終えてから。……なんてどうかしら！」

なんてちょっと気取って言ってみましたが、アルダールが目を丸くしていることに思わず恥ずかしくなってきました。

（あれっ？　なんかこれ私の方がヤバくない？）

だってそれって私とのキスがご褒美だよって言っているような……しかもアルダールが『任務が終わったよ』って来たら、お疲れさまって私からするみたいな……そんな風にも取れない？

おっとぉ？　これはよろしくない。よろしくないぞ。

まだまだ恋愛初心者に毛の生えた程度の私が踏み込んで良い領域じゃないな⁉

「ま、まあそれは冗談として！」

私は咳払《せきばら》いをして、照れて赤くなりそうな気持ちをグッと抑え込んで真面目な顔をしました。

そしてアルダールを真っ直ぐに見て、自分の気持ちを伝えます。

そうです、ちゃんと伝えなくては。

独りよがりで悩んでばかりの自分では、前に進めませんからね！

「私はアルダールの恋人だし、私だって一人の大人として対応だってできるわ。侍女だからって下に見られることもあるけれど、貴方の恋人はただ守られるだけの女じゃないってところを見せてあげる。それに、私の周りには頼れる人もいるのだから無茶はしないわ、約束する」

そうです。私はこれでも一人前なのです。

とはいえ、周囲が守ってくれていたことは理解していますし、ほぼ王城育ちであるがゆえに世間知らずな面があるということも否めません。

そういう意味では頼りない部分も多々あると自認しているので、頼るべきところは頼ればいいのです。

なんでも自分でやれるのが大人ではないと、今の私はきちんと知っています。

私個人では、以前まで頼るのが下手だと自覚できておりませんでしたが……アルダールと出会って、針子のおばあちゃんに褒められて、そして周囲の優しさを知って、今があるのです。

(だから、私はきっと大丈夫)

その気持ちを込めて告げれば、アルダールはふにゃりと笑いました。

ううっ、そんな笑顔は反則だよね⁉

「知ってる。そういうユリアだから惚れたんだしね」

「惚れっ……もう！　すぐそうやってからかう‼」

「本当のことだろう？」

クスクス笑いながらアルダールは私の額にもう一度キスを落として、身を離しました。

それはもう、甘ったるい笑顔でね！

「もう、行かないと」

「……気を付けて」

「戻った時には、ユリアからしてもらえるって期待しても良いのかな？」

とん、と自分の唇を指さしたアルダールがウィンクを一つ。

それが先程の、私の発言を受けてのことだと瞬時に理解して、私は顔が赤くなるのを感じました。

「は⁉　え⁉」

「楽しみにしてる」

「ちょ、ちょっとアルダール……!?」

笑いながら退出していったアルダールに、私は茫然《ぼうぜん》とするしかありません。

追いかけたい気持ちもありますが、だからって何を言えるわけでもなく……いいえ、そもそも休憩時間の終わりも差し迫っています。

私は必死に赤くなった顔を冷ますことに専念しました。

アルダールのあの悪戯っぽい笑みを思うと、なかなか熱が引きませんけれども……。

でも私は負けません。ええ、ええ、負けるもんですか。

そんな！　約束！　してません!!

よし、これで押し通そう。

私は決意も新たに、自分の顔を手で扇《あお》ぐのでした。


アルダールからいろいろ聞いて疑問が解決しつつあり、そして新しく疑問が生まれたわけですが……。

なんとかその辺りについて冷静になることで、頭の中の整理ができました！

まず、アルダールは私に矛先《ほこさき》が向かうことをよく思っていない。これは確かです。

これは私にも理解できます。

いろいろと複雑な理由から手を出せない自分が原因の問題があったとして、その矛先がアルダールに向かったら自分でなんとか解決しなくちゃ！　って考えになると思うんですよね。

だからってまあ、黙って解決しようとしたことは褒められたことではありませんが。

（となると、アルダールがその行動をすることで損をするのは誰かってことよね）

その損をする人がいるから私に矛先が向かうわけで、だからアルダールはバウム伯爵さまに相談した。

うん、そういうことだよね？

ってことは、その〝損をする誰か〟問題が片付けば、一挙解決で正しいはず。

そのためにアルダールも、近衛騎士たちも、おそらく他にも大勢今回関わっていて、それぞれみんな思惑が違う……ってところなのでしょう。

（なんて面倒くさい状況なんだろう！）

理解できたところで、結局は根本的な解決……つまり、囮役からの解放は難しいのでしょう。

アルダールの発言を元に考えれば、彼の勤務状況に影響を及ぼすことができるくらい高位で、近衛隊長に護衛の手筈《てはず》を整えさせられるような人が私を『囮役にする』と定めたってことだもの。

そう、近衛騎士隊に命《めい》を下せるのは、国王陛下ただ一人。つまり覆《くつがえ》らない決定事項ってこと！

もし覆そうと思うなら、ここはプリメラさまを巻き込むしかありませんね……。

でも私が。この私がですよ？

大切なプリメラさまを巻き込むだなんてそんなとんでもないこと無理‼

（……ってことに落ち着くのよねえ。多分、陛下もそこを理解してのことだわ……）

なんてずるい……！　本当に厄介だなあと思いますね‼

しかしハンスさんの話だと、近衛騎士隊は私とアルダールの味方って話でした。

いったい、どんな話が近衛騎士隊の中でされているのか考えるとかなり気になりますが……聞いたら聞いたでいろいろと居た堪れない気持ちになりそうだな、止めておこう。

（とにかく！）

それらを踏まえてわかることは、ほぼ黒幕（？）は国王陛下だと思われること。

とはいえ、さすがに私も国王陛下のような方が『王女宮筆頭を囮に使えばちょうどいいだろう』なんてことを直接的に仰ったとは思っていませんよ？

陛下に対して『よきにはからえ』と言わせるだけの影響がある人が立案したっていうのが可能性として最も高いんじゃないでしょうか。

（となると、高位貴族……の中でも限られた人ってことになるなあ）

たとえば宰相閣下とか？

あるいは、王太后さま、それにヒゲ殿下でしょ？

それから、王妃さまや王太子殿下も該当《がいとう》するでしょうか。

この流れでいくとプリメラさまもその中に入るでしょうが、まずない。断言する。

だとすれば、あとは陛下が信頼しているバウム伯爵さま……という線もあるけど。

（これはないかな。アルダールが相談したんだから、もしそんなことしたら親子喧嘩の元だもの）

わざわざ息子に嫌われるような真似を今更あの方がするでしょうか。

……いや、しそうだな。

必要ならやるかもしれない。むしろ良かれと思ってやらかしそう。

(ううん、これは絞れなくなってきたぞ……‼)

絞ったところで私に何ができるのかって話だし、指示を出している人を見つけたところで変わらないしどうしたら……って、うん？　よくわからなくなってきました！

誰だよ、整理できたとか言ってたの。私か。

「ユリアさん、今よろしいですかな」

「あらセバスチャンさん、どうしました？」

「例のパーバス家のお坊ちゃんが大人しかった理由は、ユリアさんの恋人が頑張ったおかげのようですなあ。いやあ、愛されておいでですなによりです」

「……からかうのはナシですよ」

「すみません、ついつい」

朗らかに言うセバスチャンさん、絶対に悪いと思っていないでしょう！

まあ、それはともかくとして……。

ミュリエッタさんのことでニコラスさんが関与してくる以上、セバスチャンさんとは情報を共有していた方が安全だろうと私は結論付けて今回の件を話しました。

いえ、まあ私が未熟な頃からお世話になっている相手でもあるので、ついつい相談しやすいっていうのもあるんですが……いつだって的確な助言をくださいますしね！

頼れる先達《せんだつ》には頼りっぱなしにならない程度に頼るんですよ‼

これも大人の処世術ってやつです。

「それで？　エイリップさまの件、教えていただけますか。この間大人しく去ってくれたのは、職場の上司を前に言い訳がしづらかったからかと思っていましたが……違ったんですか？」

「ええ。どうやらどこからか圧力があったようで、今は自宅に戻って謹慎のご様子。ただし、家でも腫れ物扱いのようで領地内を闊歩《かっぽ》しているようですが……」

「謹慎なのに⁉」

「ははは、いやあ若いとは恐ろしいものです」

笑っているセバスチャンさんですが、目は笑っていません。怖い。

圧力っていうのは、先ほどの発言から察するにアルダールの……バウム家からの働きかけによるものということなのでしょう。まったくセバスチャンさんったらすぐからかうんだから。

それにしてもエイリップさまったらあれだけいろいろやらかしているのに、いまだに自由にさせてもらえているってことに私は驚きなんですけどね。

思わず眉間に皺を寄せてしまった私に、セバスチャンさんは困ったような笑みを浮かべました。

「次期当主殿からするとたった一人のご子息ですからなあ。そのため、勘当はせずにいるようですが……正直持て余しておられるらしいですぞ」

「まあ……」

パーバス伯爵家は今後どうなってしまうのでしょうね？

商人との縁が切れると困るとか、そんなこと言っている場合ではないと思うのですが……。

王都までミュリエッタさんを探しに来るとか、暇なのかと問い詰めたくなるくらいです。

（実際、暇なんでしょうけどね‼）

それだけ時間があるなら勉強の一つでもしたらどうかしら。主に道徳なんていかがですかね。

学ぶことが多くてさぞ有意義な時間の過ごし方になると思いますよ！

「ところで、どうやらそろそろのようですぞ」

「なるほど。わかりました」

私はセバスチャンさんの言葉に頷いてみせましたが、内心はドッキドキですよ。

そう、それは妖怪爺の容態のことです。

もちろん、見知った相手のそういう話で心が乱されるのは当然のこととして、近場でもないのにあちらの様子を知ることができるセバスチャンさんの情報網にもドッキドキ。

（どう調べているのか聞いてもにっこり微笑まれただけなんですよね……）

今はセバスチャンさんが頼りになるのでいいですが、今後のことを考えたら私もそういう情報網があってもいいのではと相談したことがあります。だって必要っぽいじゃないですか！

城内のことはなんとなく他の宮の侍女たちから聞こえてきますが、セバスチャンさんが今回仕入れてくるような情報についてはやはり弱いんですよ！

そういうことも相談してみましたが、今のところ笑顔で却下されています。解《げ》せぬ。

「それで、どのようになさるおつもりですかな？」

「そのことですが……予定を変更することにしました」

「変更、ですか」

きょとんとしたセバスチャンさんに私はにっこり笑顔を浮かべました。

そう！　計画の変更です。

お義母さま、あるいはメレクを監禁……とまではいかなくとも軟禁状態にして私をおびき寄せようというならば、私から出向こうじゃないか！

もちろん、やすやす絡めとられるつもりはないので最高の護衛付きで！　ですよ？

さすがに身一つで行くほど無謀な真似はいたしません。

今回はパーバス伯爵家側からファンディッド子爵は事情があるから夫人と令息だけ来てくれればそれでいいって連絡を寄越してくるんだろうし、お父さまはお留守番ですね！

しかし、メレクは『次期領主としての役目が忙しい』のです。

折角パーバス伯爵家側からお父さまについて触れてくださっているのですから、ここは弟の代理で姉である私がお義母さまのお供をするのは不自然ではありません。

ね？　完璧でしょう？

ちなみにお父さまは、ほら……騒ぎを起こしたので息子に爵位を譲って引退する予定という立場なので、なるべく表舞台には出ないってことになっているんですよ。

あの私の社交界デビュー時に行われた王太后さま作成のお涙ちょうだい物語、あれによってね！

お父さま自身は責任を感じていたし、反省もしていたし、社交は元々好きじゃなかったから表舞台に出なくていいのは最高！　くらいの感じですけどね……。

ちなみに普通の貴族当主としてはかなりの罰です。

(とはいえ、冠婚葬祭は許されているはずですが)

パーバス伯爵家もそれを知っているからそのように言ってきたのでしょう。

だから、それに乗っかるのです。

あちらの気遣いに対しても、娘である私が行くなら角が立たないし、お義母さまも安心できるし、私は私で堂々と真っ向勝負ができる、完璧です。

（さすがにパーバス伯爵家が世代交代する際の節目とか、そういったお披露目的なものだったらそうもいかなかったかもしれないけどね）

でもまあ、お祝いのお手紙と贈り物で済ますことも世の中よくあることですから、その時はまたその時考えれば良いだけの話です。

それに、今回に関してはあちらとしても呼び出したい私がやってくるというのなら断る理由はないでしょう。きっと喜んで歓迎してくださいますよ！

「大丈夫ですかな？」

「ええ。どうやら私はいろいろと目立った方が都合の良いこともあるようですし」

「ほお、なるほど。では護衛はいかがなさいますかな？　メッタボンは行きたがるでしょうが……その口ぶりですと他の者を連れて行かれるのでしょう？」

「ええ、メッタボンには悪いけれど、彼にはお留守番をお願いします」

「それはそれは。彼は残念がるでしょうなあ」

楽しそうなセバスチャンさんの笑みの黒いこと黒いこと！

そう、当初はメッタボンを連れて行くつもりだったんですよね。

なんせハンスさんが不穏な話し方をしていましたから……道中どころか、行き帰りの道中も気をつけなくちゃいけないんだろうと思うと少々気鬱《きうつ》になるじゃないですか。

だって、どう考えても気疲れはするし、大変でしょ！

それなら気心の知れた相手が護衛についてくれると私としても気楽ってもんです。

しかしいろいろと情報を耳にして、この際少しばかり私が行動してもいいんじゃないか？　そう考えた結果、この件には適任がいると気づいたのです。

これ閃《ひらめ》いた私、かなり冴えていますよ！

別に時間外労働のお給料を出せって嘆願書を突き付けるってわけじゃありませんよ？

ほんのちょっぴりご協力いただけたら、それで済む話。

「それで？　どうなさるんです？」

「まずは王弟殿下にご挨拶してくることにします」

私の言葉にセバスチャンさんは満足そうな笑顔を見せました。

どうやら何かはわかりませんが、及第点《きゅうだいてん》を貰ったようです。

（……一体なんのですかね？）

泣き寝入りしないってところでしょうか……違うな、多分。

まあきっと、されるがままではなく、自分で行動を決めたことを評価してくれたのでしょう。

セバスチャンさんから見たら私はまだまだ未熟なひよっこですからね！

「では私の方で王弟殿下に訪問のお伺いをたてておきましょう」

「ありがとうございます」

「王女殿下にはいかがなさいますかな？」

「これから説明させていただこうかと」

「承知いたしました」

なにせ、不幸はいつやってくるかわかりません。

事前に忌引《きびき》休暇を申請するなんてできませんからね。

ただ、親戚で危うい方がいらっしゃるので、もしかすると近日中にお休みをいただくことになるかもしれない……ということは事前にお話ししておくべきでしょう。

相談、大事。特に私は役職持ちですから、率先して気をつけるべきですよね。

「ああ、それとですが……のちほど公爵夫人がこちらにお越しになると連絡がありました。なんでもユリアさんにご用がおありだとかで」

「ビアンカさまが？」

おっと、それは予想外だ。

もしかして、例の息抜きにどこかへ行く話でしょうか？

（でもいつもなら、クリストファが手紙とか伝言を持ってくるのにどうしたのかしら）

そんな私の疑問に答えられる人はもちろんいませんので、セバスチャンさんは必要なことは終えたと言わんばかりに笑顔で一礼して退出していきました。

「ふむ」

とにかく今はプリメラさまに報告して、いつお休みに入ってもいいようにメイナとスカーレットに割り振る仕事を選別して……ある程度はセバスチャンさんにお願いしていいとは思いますが。

忘れちゃいけない、ビアンカさまがお越しになるまでにお茶菓子を準備しておかないと。

（折角だからとっておきのグミを出しちゃいましょうかね！）

そうです、先日ジェンダ商会で買ってきたあれです。

ビアンカさまはきっと市井のお菓子はそんなに手に取る機会がないはずですし、きっと珍しがってくれるに違いありません。

(喜ぶ顔が目に浮かぶなあ!)

もしかしたらついでに、ちょっとした女子トークだってできるんじゃないでしょうか。

どれくらいお時間あるかわかりませんが……人払いもして、恋のお悩み相談とか!

いいえ、別にアルダールにはめられて私からキスしなきゃいけないことになったけれど別に私が言い出したわけじゃないんだから反古《ほご》にしたっていいのよねっていうだけの話なんですけど、しなかったら拗れるのかなとかそんな……ね?

めちゃくちゃ具体的な相談をするなって? ほっとけ!

それに、ビアンカさまも情報通です。

貴族の女性にとってお茶会は情報交換の場でもありますからね……そういう意味で本当に侮れないのです。貴族社会における情報はお茶会に行けばあると言っても過言ではありません。

おそらくこのタイミングでご本人が来られるのには、きっと何か大切な理由があるのでしょう。

「よっし!」

情報整理しても、結局のところ厄介そうだということしかわからない上に、まったく楽しくないスケジュールしか組めないところがなんとも悲しいですが……そういうことこそちゃっちゃと終わらせるべきですよね!

私は気合いを入れて、まずはプリメラさまのところに行くことにしました。

ビアンカさまが来るとは聞いていても、いつとは言われていないので……。

セバスチャンさんのあの口ぶりでしたら、プリメラさまにご報告をしても十分間に合うでしょう。次の授業までお時間のあるプリメラさまは、お部屋で寛いでいらっしゃるはずです。

そんなお寛ぎの時間にこんな話をするのは気が引けますが、こういうことこそきちんとしないとね！

「失礼いたします、プリメラさま」

「あらユリア。どうかしたの？」

部屋で読書をなさっておられたプリメラさまが、私を見た途端パッと華やいだ笑顔を浮かべて迎え入れてくださって……ああ、今日もなんて天使なんでしょう……！

しかし読んでいた本を閉じられた際にちらっとタイトルが見えたのですが、難し気な経済学の本ってどういうことなのでしょうか。

ニコニコ笑顔で読むような本ではないと思うんですけども。

「先程セバスチャンさんから教えていただいたのですが、どうやら私の親戚が危篤状態であるらしく、近々お休みをいただくことになるかもしれません」

「まあ！」

「できましたら私も先方に、お別れとお花を手向《たむ》けに行きたいと思いますので……」

「ええ、ええ。そういうことだったら当然だわ！　是非行ってあげてね」

「ありがとうございます」

悲しげな表情を浮かべるプリメラさまのその優しさに感動する反面、良心が抉《えぐ》られる……！

だって私、相手の不幸を悲しんでお花を持っていくんじゃないので‼

文字通り『お別れ』をしに行くだけなので、あちらとしては歓迎せざる客かもしれません。

私の考えにあちらが気づいていない限り、あちらは私のことを〝のこのこやって来た憐れな子羊〟くらいに考えているかもしれませんが……。

まあ、あの妖怪爺……じゃなかった、パーバス伯爵が相手ではないからおそらく気づかれていないでしょう。

（だからって、油断はできないけどね！）

といっても、私の計画は別に恐ろしいことですとか、後ろ暗いものじゃありませんよ？

ええ、そりゃもう単純に『お別れ』を言いに行く方が他にもいらっしゃるでしょうから、ご一緒させていただこうと思ってお手紙を書いただけですもの。

別におかしい話じゃありませんからね！

誰かって？　そりゃキースさまですよ。だって親戚（予定）ですからね。

同じ伯爵位で次期領主さまとご縁がある。それもファンディッド家を通じて遠縁……と呼ぶのはどうかなと思いますが、とにかく横の繋がりもできるわけですから、何らおかしい話ではないのです。

強引だって？　いいんですよ、こじつけができたら後はごり押し！

こういう力業も時には必要なんです‼

どうやらパーバス伯爵家の不幸が近いことは、すでに貴族たちの間で知られている話のようです。

むしろセバスチャンさんから話を聞く前にキースさまに連絡をしたんですが、その際そのことを教えていただいたので、最初から説明する手間が省けて大変ありがたかったです。

その上で、もしよろしかったら女だけの道中に些《いささ》か不安があるからお見舞いに行かれるようでしたらご一緒させていただけませんか……とお願いをしただけなので。

キースさまからは快く了承をいただきましたよ！　いやあ、ありがたいことです‼

（……私のやりたいことなんて、きっとお見通しってことなんでしょうね）

貴族の腹芸は私に難しいようですが、まあ成功したら及第点ってことでお許し願いたい。

ただそうなると、メッタボンに護衛を頼むのもおかしな話かなと思ったのでお留守番になったのです。

キースさまは腕っぷしも強いし、伯爵なので護衛もいるしで頼りになること間違いなし。

同行させていただくにあたり、あまり人数を連れて行っては逆にご迷惑ですからね！

「不幸な報《しら》せが来ないことが一番なのですが、わかり次第またプリメラさまにご報告いたします。ご迷惑をおかけしますが……」

「大丈夫よ、王女宮は他のみんなが頑張ってくれるだろうし！　それよりも心配ね。ユリアはその方と親しい間柄だったの？」

「いえ。私が、というよりは義母《ぎぼ》が……義母の身内ですので」

「そうなのね……お義母さまに寄り添ってあげてね、ユリア。きっとお辛いと思うから……」

「ありがとうございます」

本当に優しい子に育ってくれて私は嬉しいです！

お義母さまのことまで心配してくれて……どうしよう、本当のところを話すべきか悩ましいところです。

お見舞いも弔問も、いずれにしても本当のことなので嘘は含まれていないのですが……。

実際、その時が来ればお義母さまは悲しまれることでしょう。

「あっ！　そういえば、ビアンカ先生がユリアに用事があるって話は聞いたかしら？」

「はい、先程セバスチャンさんから伺いました」

「わたしはこれからお兄さまと一緒に歴史の授業があるけど、そちらはセバスに頼んであるからユリアはこの後は自由にしてちょうだい」

「ありがとうございます」

「授業の後もビアンカ先生がいらっしゃるようだったらわたしもお会いしたいわ！　でもお忙しそうだったら、お引き留めするのは申し訳ないわよね。ううん……そうね、またゆっくりお茶をご一緒したいって伝えておいてくれる？」

「かしこまりました」

礼法の授業がある日はもちろん来てくださいますが、やはりビアンカさまは公爵夫人としての仕事もありますので大変お忙しいのです。

ここ最近は特にいろいろとあるようで、授業の後にお茶をしていくこともできずにお帰りになることが多く、プリメラさまも寂しがっておいでした。

何故忙しいのか……というところも気になりますが、まあそちらは公爵家の問題かと思いますので興味本位で首を突っ込まないのがマナーってもんでしょう。

そしてそんな会話の途切れたタイミングで、セバスチャンさんが現れて一礼しました。

「お時間にございます、王女殿下」

「あらセバス、もうそんな時間？　それじゃあユリア、ゆっくりしてね」

「お荷物を失礼いたします」

セバスチャンさんは出ていくプリメラさまに続いて出ていく際に、唇に人差し指を当ててウィンクをしてきました。

イケジジイだ、イケジジイがおる……‼

「行ってらっしゃいませ」

私は頭を下げて、プリメラさまが勉強に行かれるお姿を見送りました。

イケジジイはまったく、やっぱりあれはタイミングを見て入って来たんでしょうね……。

それなりに長い付き合いだと思いますが、毎度あのお茶目さには驚かされます。

（まあ、これでプリメラさまにはちゃんと事前報告はしたし）

私もプリメラさまの部屋を後にして、執務室へと戻りました。

机の上に新しい書類が来ていないことを確認してからティーセットの準備です。

ビアンカさまのドルチェ好きは有名ですが、紅茶は案外渋めのストレートがお好みであることを私はちゃんと把握していますよ！

いくつかのグミを取り出して綺麗に盛り付け、それ以外にもマシュマロとクッキーと……。

摘《つ》まんで飲んで、おしゃべりするお迎えはこれで大丈夫でしょうか？

（……ちょっと浮かれてるって思われませんかね）

いや別にね！　ビアンカさまが来てくれるって喜んでいるわけじゃないんですよ！

女友達が部屋を訪ねてくれるってのが嬉しいって言ったらその通りなんですけども。

別に友達がいないわけじゃないですよ⁉　ほら、レジーナさんとか……。

だから別に浮かれているっていうよりも、こう、そうです。

職業病ですよ、お客さまをお迎えするなら万全を期したいっていうね‼

「誰に言い訳してるんだろう、私」

「あら、どうかしたの？」

「えっ、いえ！　ビアンカさま、いらっしゃいませ」

思わずため息と同時に自分にツッコミを入れたところで後ろから声がかかって、思わず垂直に跳ねてしまいましたが、幸いなことに気づかれていないようです。

いえ、もしかして気づいていても触れないでくれた優しさでしょうか？

あり得る……ビアンカさまですものね。

「ノックをしたのだけれど、音が小さかったかしら？」

「も、申し訳ございません。気づくのが遅れまして」

「ふふふ、いいのよ。お茶の準備をしてくれていたのね？　嬉しいわ！」

どうやらビアンカさまは私の様子よりもテーブルの方に用意したお菓子類に興味津々だったようです。

目をキラキラさせて……可愛い美人がこんなにも喜んでくれるなら準備した甲斐がありました‼

私の心臓はまだバクバクしていますけれども。

「……ところでビアンカさま、家人の方はどちらに？」

「ああ、別室に行かせたわ。気にしないで」

「はあ」

いいんでしょうかね？　まあ、ビアンカさまがそう仰るならいいのでしょうが……。

ひらひら手を振るビアンカさまは、一つのグミを摘まみ上げてあちらこちらから見ていて…なんとも楽しそうです。

もし琥珀糖《こはくとう》とか作ってあげたら、どういう反応を見せてくれるのでしょうか？

（そうよね、琥珀糖だったら寒天あるんだから作れるんだよなあ）

きっとプリメラさまもビアンカさまもすっごく喜んでくれるんじゃないかしら。

綺麗だしね！　あの独特の食感もやみつきになるんじゃないでしょうか。

（そうだ、作っておいた芋羊羹もあるんだった！）

私の夜のおやつにと思って作ったものですが、ビアンカさまの意見も是非、伺いたいですよね。

ドルチェ好きのビアンカさまに認められたなら、もうそれは立派なスイーツとして今後派生していくはずなのです。是非とも成功してもらいたい！

「ビアンカさま、あの……もしよろしければ新作の菓子があるのですけれど、味をみていただけますか？」

「まあ！　それは嬉しいわ！　ええ、是非に」

「ありがとうございます。まだ試作をしているところなのであまり形がよろしくないのですが……」

「そんなの気にしないわ！　ユリアのお菓子はいつだってわたくしの楽しみなのよ？」

「そう言っていただけると嬉しゅうございます」

戸棚にそっとしまっておいたそれを取り出してナイフで適度な大きさにカットしてビアンカさまの前にお出しすると、目をぱちくりしてあらまあ可愛い！

ビアンカさまって本当にこう、きりっとした美女なんだけれど、こういうふとした表情が本当に可愛いのよね。なんかこう、愛しいっていうか。

私はそんなことを考えて、ハッと気づきました。

そうか……これが世に言うギャップ萌え……と‼

幕間　想像したら、楽しくて

「従者をつけずに町中を出歩くとは……まったく、本当に反省をしているんですか？」

「しています！」

ボクの小言めいた言葉に、俯いて歩いていた彼女がキッと顔を上げる。

苛立ったその声のあと、それでもやってしまったと思ったのか、またすぐに俯いた。

「……ただ、ちょっと一人になりたかったんです。どこに行くにも、タルボットさんの部下の人とか、公爵家から来てくださった人とかがついてくるから。……息が詰まって……」

「まだ慣れませんか、困ったものですねえ」

ボクがわざとらしく大きく息を吐き出せば、彼女はびくりと肩を揺らして悔しそうに唇を噛みしめる。

もう少し噛みついてくるかと思ったが、今回は本当に反省しているのだろうか。珍しく何も言い返してくることはなかった。

(まあ、しょうがないか)

言い分はわからないでも、ない。

なぜなら、この少女は今をもってまだ平民の意識のままだから。

平民の中でも上流階級と関わりを持たない、そんな平民の意識のまま貴族になってしまったという……まあ、大変残念な例だろう。

しかしこの少女の能力値の高さから、いつかはどこかの貴族に見出されることは想像に難《かた》くない。

そう考えれば、国が手厚く保護をしてくれている今の状況は、彼女にとってどこまでも幸いなのだけれど……本人がそれを自覚できていないのがなんとももどかしい。

(少なくとも、父親の方がまだ素直に現実を受け入れ始めているというのにね!)

父親の方は、突出した能力があるかと問われると首を傾げざるを得ない。

娘のサポートがあったからこそ、今の地位に就けた程度の実力。そしてそれを父親は自覚している。

その謙虚さがあるから、周囲も父親のことを受け入れているのだろう。

だが、対する娘の方はどうだろうか?

「……。すみません」

歩く彼女はどこか上《うわ》の空。

ボクとしては奇妙だなと思わざるを得ない。

なぜなら、この『ミュリエッタ・フォン・ウィナー』という娘は何処《どこ》までも風変わりで身勝手で、
そしてどこまでも夢見がちな少女だからだ。

彼女は基本的に朗らかで天真爛漫な、笑顔の多い少女を演じて、い、い、る。

それはまあ、見事なまでに。

最近では周囲からの認識をほんの少しずつ本来の性質にずらしてきているから、なかなかどうして堂に入った演技っぷりではある。

しかしやはり、素人《しろうと》だ。演じている段階で、上手くいくはずがない。

そのものになりきらなければいけなかっただろうに、それができなかったから今苦労しているんだ。

それが、この子の限界だったのかもしれない。

ああ、なんて浅はかで可愛いのだろう！

「ユリアさまたちと何かありましたか？」

「……え？　い、いえ。ユリアさまとは何もありません」

「そうですか。では、パーバス家のご令息とはどのような会話を？」

「よく、わかりません。自分はあたしより偉いから、言うことを聞けってそればっかりで」

思い出すと腹が立つのか、唇を突き出すようにする仕草のなんと幼いことか！

とはいえ、言い合いの中で暴力が発生しなかったことだけは不幸中の幸いと言えるだろうか。

そんなことになったら、後始末に奔走《ほんそう》させられたに違いなかったから。

「あの人、本当に勝手なことばっかり言ってくるんですよ！　だから、あたし……ついキツい言い

方をしてしまって。それで怒らせちゃって……その時にユリアさまが助けてくださったんです」

「ほぉ……なるほど？」

ボクが話しかけた途端、いつものように穏やかな笑みを浮かべる彼女はやはりなかなかなものだ。

なかなか表情を作るのがお上手なことで。

思わずそう褒めてしまいそうになるくらいには！

彼女はきっと、これでこの件についての話は終わりだと思っているのだろう。

実際、パーバス家のドラ息子には監視がついている。

そちらに何があったかは後で担当者に聞けば済む話なので、わざわざ彼女から聞き出さなくてもいい。

（野放しにしてもらえているのだから、プライバシーがないことくらい安いものだろうさ）

まあ、あのドラ息子の方は監視にこれっぽっちも気づいていないのだから、構わないだろう。

それよりも、ボクが知りたいのはそこじゃあない。

他愛《たわい》ない会話で気が逸れた哀れな少女に、ボクは声をかけた。

「それで？　ボクが迎えに来るまでは、歓談でもしていたんですか？」

「え？　……え、ええ。ユリアさまの……おかあさまも、ご一緒だったので」

「それは楽しそうだ」

ほら、彼女はまだまだだ。

そんなにすぐわかりやすくてはいけない。

まあ、彼女の顔立ちは世間一般で言えば、整っている部類に入る。

その困惑する姿が本来の顔だとしても、十分庇護欲をそそられる姿には違いないのだろう。

それが普通の相手なら、ね。

「……ええ。とても楽しかったです」

「何か気になることでも？」

「いいえ！」

一拍置いていつもの笑顔を浮かべた彼女に尋ねたら、即座に否定された。

だがその声は大きく、拒絶と言った方が正しい。

それは口にした彼女自身も感じたのだろう、随分と驚いた様子だ。

言い訳をしようと思ったのか、ボクを見上げて口を開いてみたものの……言葉は出てこない。

（珍しいな、彼女がこんな風になるなんて）

普段から用意していたかのように言葉を紡ぐその口が、まるで声を失ったかのように機能しないところを見るのはボクも初めてではなかろうか。

今までだったら言い訳や嘘も含めて茶番めいたあれこれを囀《さえず》ってくれただろうに。

僅かの沈黙と、困惑。

それを誤魔化すように、彼女はボクから視線を逸らした。

「……ユリアさまって、子爵夫人と、血が繋がってないんですって」

「ああ、前ファンディッド子爵夫人が病気で亡くなった後にパーバス伯爵家から嫁がれた方だそうですねえ。今では大変仲睦まじいご夫婦と聞いておりますよ」

「初めての結婚、が、年の離れた男性でも……貴族だから、当たり前なんですって」

「ええ、まあ……後添《のちぞ》えともなれば、そういうものじゃないでしょうかね」

初婚同士ならともかく、結婚相手が再婚で子持ちともなれば年齢が離れるのも仕方がないのではないだろうか。ボクはあまりそういうことに縁がないとはいえ、少し考えればわかる話だ。

だから何故、彼女がそんなことを口にしたのかわからない。

「わからない」

図らずもボクが今思ったことを、彼女はぽつりと呟いた。

そのことに少しだけ驚いたけれど、ここで表情を崩すのは得策ではない。

ボクは何も言わず、ただ彼女に視線で続きを促した。

そんなこちらの思惑など気にしていないのだろう彼女は、少しだけホッとした様子を見せる。

そうそう、それが本来の顔なんだ。

賢《さか》しらに無邪気で、誰からも好かれる人間を演じているその下にあるのは……ただの子供の顔だ。

（さあ、何を語ってくれることやら）

この少女は自分を賢いと信じて止まない可愛らしい愚か者だから、割と楽観的なお花畑思考だ。

だからこそ、こちらとしては有益な情報はあまり期待はしていない。

しかしこうしてわざわざ王太子殿下のお傍を離れて迎えに来てやったのだから、何かしら報告できるだけの内容がほしいところだ。この際、その内容はなんでもいい。

でないと、あの王太子殿下に何を言われることやら……考えるだけでも憂鬱《ゆううつ》だ。

まあ、それもつまらない日々よりはマシだろうけれども。

「わからないわ。貴族ってみんなそうなの？」

「何がです？」

相も変わらずわけのわからないことを言う小娘を急かすでもなく、ボクは問う。

彼女はこちらを見るわけでもなく、憮然《ぶぜん》とした様子で足元ばかりを見ていた。

「そんな早くから結婚して、恋愛とか……人を好きになって、ドキドキするようなことを全部すっ飛ばして、子供を産んで……」

「そりゃまあ、贅沢をする代わりに義務を果たす。そのためにいろいろと恩恵をあずかる身ですからねえ、貴族というのは。その家を保つために、十分な教育を施すためにも跡取りは早くから必要でしょう？」

「そうだけど！」

「そのために尽くす仕事なんだと思えば、わかりやすいじゃないですか」

「……そりゃ、そう、なんですけど……」

理解はしている、だけど感情が追いつかない。

まさにその典型的な様子にボクは不思議に思う。

「そんなに恋愛が大事ですか？」

「えっ？」

「いえ、なんとなく」

なんとなくも何もない。

彼女の行動はいつだって、幸せになること、それだけだ。別に悪いことじゃない。

野生動物よりは理性も働くし、良心もそれなりにあるのだろう。

だけど、やっていることは短絡的で、思慮に欠ける。その行動はまるで幼子《おさなご》と変わらない。ボクのこの意見には同意してくれる人が出るんじゃなかろうか？

つまり、アルダール・サウル・フォン・バウムに好かれようとする言動。

彼女の場合、最終的にそこに帰結する。

今まで『冒険者時代に自分が王城にいつかは招かれると宣言していた』だの、『王城で素敵な人と出会い、恋に落ちるなんてことを言っていた』という情報もある。

その相手についてはさすがに口にしていなかったけれど、それでも今となってみれば誰かなんて明白だ。

どうして彼に出会うとわかっていたのか、何故バウム家の裏事情のあれこれを知っていたのかなど、疑惑は未だに解明できていない。

だが、この愚かな少女自身が悪かと問われれば、答えは違うと言い切れるだろう。

今もボクの言葉に動揺した目を向けてきて取り繕うことも忘れ狼狽《うろた》える、この愚かな少女にボクはいっそのこと愛らしいと表現したくなるくらいだ。

恋に溺れ、愛を求める愚か者！

なんと純粋で、本能的で、子供なことか！

それゆえの純真さ、それこそがこの少女の魅力だとしたら、ああ、確かにそれは美しい。

「恋愛は……大事、ですよ。ですよね？」

「さて、それはボクにはなんともお答えできませんねえ」

地位があるならそれに応じた義務が生じる。それを彼女も習っているはずだ。

恋愛の果てに結婚だのなんだの、真実の愛だの、運命の恋だの……夢見がちなこの少女は本当にそれが世の中に満ち溢《あふ》れているとでも思っているのだろうか？

父娘で旅をしてきた冒険者なのに。現実を、あちらこちらで見てきたはずなのに。

もし見えていなかったとしたら、どれほどこの子供は理想だけをその目に映してきたのか。

「……そういえば、ウィナー男爵さまも恋愛結婚だったそうですねえ」

「え？　ええ。今でも父は、母を想っていると言っています。それって素敵だなって……」

パッと目を輝かせた少女に、ボクは微笑んだ。

ああ、彼女はこの事実を耳にして、いったいどんな反応を見せてくれるのだろう！

そう思うと、ワクワクした。

「そうですねえ、お母さまは商家のお嬢さんで、許嫁《いいなずけ》よりも貴女のお父さまと結ばれることを望んで駆け落ちをしたんですっけ。いやあ、小説みたいじゃありませんか」

「えっ⁉」

「おや、ご存じない？」

「そ、そんなの、初耳です……」

ギョッとしたその様子に、ボクはそっとほくそ笑む。

そりゃそうだろう、親なら子供にわざわざ教えるような話ではない。

「お母さんに、許嫁がいた？　そ、それってつまり、結婚を約束した人がいたってことですよね」

「そうなりますね。でも〝恋をしたから〟ウィナー男爵さまと手を取り合って駆け落ちをして、そして愛の結晶である貴女が生まれた。いやあ、本当に素敵な話じゃないですか」

「そんな」

「一体どうしたんです？」

本当にどうしたことやら。

ボクの言葉に、すっかり顔色をなくしているではないか。

恋愛で頭がいっぱいのこの少女が、こんなにも動揺するなんて。

一体あの平凡な子爵夫人の存在のどこが、彼女の琴線《きんせん》に触れたっていうのだろう？

ボクが覗き込むように彼女を見れば、彼女は親指の爪を噛んでいた。

「ウィナー嬢？」

「……いえ、大丈夫です」

ボクの呼びかけに、彼女はハッとして手を後ろに隠した。

彼女は自分に都合が悪くなると、悪癖が出る……報告通りだ。

これなら自宅でまた何か零《こぼ》してくれるかもしれない。

「なら良かったです」

ボクはにっこりと笑みを浮かべる。

また新しい発見をくれるのか、どうだろう。まあ、なくても一向にかまわないけれど。

（でもまあ、まさかユリアさまに呼び立てられるとは思わなかったなあ）

短く『ウィナー嬢が困っているから来てください』と記された手紙を読んで、思わず笑ってしまった。

そのおかげで王太子殿下には冷たい目線を向けられたし、最近は気が緩みすぎだろうか。

（だけど、これはちょっとだけまずいかもしれないなア）

ユリアさまを囮にいろいろとしていることを、あの近衛騎士殿は知っていることだろう。

結果としてどこで誰が糸を引いているか気づいたら、怒鳴りこまれてしまいそうだ。

（まあ、利用したいのはこちらだけじゃないし、ボクだけに文句を言われても困る……ってことは彼もわかっているだろうし、それはないか）

こちらはあれこれ苦労して安全面に配慮までした上で手を回しているっていうのに、近衛騎士隊まででしゃばってくるし、まったく面倒だが……それだけに退屈しなくて面白い。

（とはいえ、任務に出てもらっていても、後で話を聞いて不満に思うことだろうなあ。ああ、彼のその顔が見られないのが残念だ！）

せいぜい、恋人を守るために奔走しているつもりが、上の人たちにいいように使われていたんだって後で知って悔しがればいい。

思い通りになんでもできると思うなよ、アルダール・サウル・フォン・バウム！

ボクがほしいものを手にするのだから、そのくらいの意趣返しはさせてもらっていいんじゃないかな。

そう思いながらボクは〝英雄の娘〟を無事に家へと送り届けるのだった。

幕間　起死回生を望む者

どうしてこうも上手くいかないのか。

俺は由緒ある伯爵家に生まれ、今は祖父が当主でもいずれは父が跡を継ぎ、そして俺へと繋がるものだと信じていた。今も信じている。

正しき血統に生まれた俺は誰よりも優れた存在だと祖父も父も、常にそう言っていた。

（なのに、何故だ！）

祖父は病に倒れ、床に伏したまま。それは年齢の問題もあるのだ、仕方ない。

いずれはこのような日が来ると覚悟していた父も俺も、そのことで悲しむことはあっても動揺はしていなかった。当然のことだ。嫡流《ちゃくりゅう》として毅然《きぜん》としてあるべきなのだから。

父が伯爵位を継ぐのであるから、俺にはまだ時間に余裕があった。

俺は世間を学ぶべきであるということで一時的に軍に所属する騎士となり、かの生意気なアルダールを追い落としてやろうと考えていた。セレッセ伯爵の口利きということは、俺には才能があるのだろう。

おじいさまの善意をかつて踏みにじり、遠戚にいたという生意気な女を連れ去ったというバウム伯爵のところの庶子《しょし》如《ごと》き、俺に敵《かな》うはずもない。

世間ではやつのことを『次期剣聖』などと呼びもてはやしているようだが、まったく見る目のないやつらと来たら！

そう思っていたのに、現実は随分と違った。

違っていると、知ってしまった。

（どうして）

俺は由緒正しき伯爵の血筋。その末だ。

俺は傅《かしず》かれて然るべきだし、能力も高いはずなのだ。

我が伯爵家で俺を教える教師たちは、こぞって褒め称えていたではないか。

神童だ、さすがはいずれ伯爵位を継ぐものだと。そう褒めていたはずなのに。

実際には軍部の訓練はとても厳しく、俺は投げ出したいのを必死に堪え、涼しい顔を作るだけで精一杯だ。

一体どうして、他の連中はああもまともに動けるというのか！

それ以外にもあのように走り回らされ、武器を振り回し、みっともないほどに大声をあげるなど！　貴族として優雅さにまるで欠けるではないか‼

だが、俺にも矜持があった。

そこにいる連中は、俺とは違い食っていかねばならぬ必死さがそこにある。

それをみっともないなどと侮る気持ちはない。

貪欲《どんよく》にそうやって己のために生きる連中こそ、俺たちのような貴人が導く対象なのだ。

使う者と使われる者の違い、駒は駒として必死に生きている。駒であればみっともなくも人生を切り開くために必死にもなろうというものだ。

そう思えば、溜飲《りゅういん》も下がるというものだ。

しかし現実での俺は、伯爵家の子息であるにも拘わらず、一兵卒扱いであった。
それを不満に思いつつも日々を過ごす。
その日々の中で聞こえてくるのはあの女を褒める言葉、そしてあの男との仲睦まじさ。
ああ、なんと鬱陶しい‼
(たかが子爵家の娘のくせに)
俺の面会を断り、俺よりも位《くらい》の高い騎士に守られるあの女が憎たらしい。
俺と違って庶子のくせに、俺よりも強いと認められるあの男が憎たらしい。
態度が悪いと怒鳴ってくる上官にも腹が立つ。平民のくせに。
それなのに、俺は訓練で誰にも勝てない。同じ一兵卒の平民にも、勝てない。
何故だ。俺は、尊い存在のはずだろう。
遠くに、王家の方々を見た。
輝いて見えたあの方々には、俺も等しく雑草のように見えるのだろうか。
そう考えたら、ひどく、自分がちっぽけな存在のように思えて苦しくなった。
そして王女殿下の後ろを歩くあの女の姿を見て、気分が悪くなる。
(俺が、俺こそが)
いずれは伯爵になろう俺が、どうして。
どうして汗と泥に塗れ、俺よりも身分が低い男に怒鳴られ、注意されるのか。
そんな不満を燻らせて暮らしていると、実家から手紙が届いた。
なんとおじいさまの具合があまり良くないらしい。

ああ、もうそろそろお別れなのかと思うと、なんとも悲しくもなった。

だが父上からの手紙はそれで終わりではなかった。見舞いに来たというタルボット商会の会頭が、我が家との取り引きを終了させると言ってきたのだという。

事情も碌に語らず、とにかく今後の付き合いはしないと告げるやいなや早々に退出していった無礼な男ではあるが、なかなかに便利な男でもあったため、改めて話し合いを持つよう場を設けるつもりだという。

だからお前がそれを会頭に伝えろ、王都に戻ったはずだから……とそう父上は記していた。

本来ならばこちらは高貴なる身ゆえにあちらから出向かせるのが筋ではあるが、今回は直系である俺が出向くことによりその誠意を相手にも感じてもらえるだろうとのことだった。

それに、例の〝英雄の娘〟。

あれがタルボット商会の援助を受けているという話も有名だ。あの娘と縁を持ち、気に入るようであれば俺の妻として迎えてやっても良いとまで父上は仰っておられるのだ。

たかが平民上がりの一代限りの男爵。そして、そのまた娘。

以前は父上が仰ったように俺もあの娘に利用価値があると踏んでいたが、なかなかにあの娘は見た目に反して生意気だった。もう少し大人しくあれば、可愛げもあろうものを。

以前、王城であの女を庇うようにして立ったあの薄紅色の髪を思い出すと、また腹が立つ。

(くそ……なんで俺が!)

そもそも、誠意をどうこういうならば父上本人が赴くべきなのだ!

確かに俺は直系男児で、父上が伯爵となられた後は次期当主の立場にもなるだろう。

だが、現段階では俺はただ直系である、それだけだ。

父上は自分が足を運ぶことがただ面倒なだけなのだろう。

（存外、あれで器が小さいところがあるからな……）

どうせ商人如きのために自分が足を運ぶなんてとんでもないとか、遠方に行っている間に親戚が乗り込んで意識のないおじいさまに遺言状を書かせようとするんじゃないかとか、そんな心配をしているに違いない。

実際問題、領地内にいる親戚連中のことは頭が痛い問題だ。

連中は碌な能力もないくせに、本家の庇護を求めてばかりの金食い虫。

こちらからの要求に対しては満足のいく結果を出せないくせに、いつだって権利だけを求めてくるのだから始末に負えない。

それでもおじいさまはそれらを率いるのも領主の役目と仰り、ご立派に勤めていらしたが……父上はどうだろうか。あの人は気位ばかり高くて、そういう意味では人の話を聞くような人ではないからな。

とはいえ、これで俺が従わずにいればパーバス伯爵家にとって商人との縁が一つ切れるということだ。それは損失に他ならず、長い目で見て俺にとっても良くない話。

（くそ、仕方ない！）

以前から父上は俺とバウム家のあの庶子を比べるところがあった。

セレッセ伯爵があの庶子を可愛がっているということもあるのだろう。

それらを見返してやりたい。父上も、世間も、何もかもをだ！

（父上は、セレッセ伯爵が嫌いだからな）

確かに、あの飄々《ひょうひょう》とした態度と社交界でチヤホヤされているという噂を聞く限り、父上と馬が合うことはないだろう。商売も成功させ、諸外国からも外交官として信頼されていると聞く。

同じ爵位で武人同士であったとしても、商才と社交性においては父上は頭が固い分、どうしたって軍配は向こうにあがる。それが余計に腹も立つのだろう。

今や己の才気だけでのし上がるには、厳しい時代だ。

（俺はあのウィナー家の小娘と、タルボット商会を利用してのし上がってやる）

誰にとっても悪い話ではないはずだ。

俺は伯爵家を継ぐ者として〝英雄〟を味方に、タルボット商会の財を使ってのし上がる。

ウィナー家の小娘は己の出自を気にせず貴族社会に溶け込む理由ができるし、俺という素晴らしい伴侶《はんりょ》を得ることができるのだ。あの生意気さは少々矯正《きょうせい》が必要だろうが、そこはこれから教えていけば良いだけの話だろう。できなければ、追い出すだけだ。

そしてタルボット商会。こいつが一番曲者だ。

おじいさまには唯々諾々《いいだくだく》と従っていたようだが、父上にはあっさりと手のひらを返すこの所業。

しかしそれもこれも父上が頭の固い御仁《ごじん》だから、商人たちのずる賢さや金に貪欲なところが受け入れられず、そのせいで離れたに違いない。やつらは利に聡《さと》いからな。

だがその点、俺は父上と違う。

（そうだ、俺はもっと……もっと上にいくべき人間なんだ！）

利用できるものは利用する。

たとえ、タルボット商会がそのつもりだろうと俺は構わない。

父上と組む気がなくとも、俺とならやつも話を聞くだろう！


幸いにも仕事は休みで、俺は意気揚々と町へと繰り出した。

しかし王都にあるタルボット商会の店に行こうとも約束がなければ会えないと断られる。

なんということだ！

この俺が直接会いにきてやったというのに‼

しかしそれなりに大きな商会の会頭だ、確かに約束なしに来たのは俺も悪いのだろう。

事前に伝えておけば、向こうも時間を割いて俺を歓待する準備くらいはできただろうしな。

（む、あれは……）

今日は諦めて改めて約束をすることに決め、帰る前に腹ごしらえでもするかと繁華街に赴いたところで薄紅色の髪が視界の隅に映った。

忘れもしない、あの鮮やかな色は〝英雄の娘〟だ。

「待て！」

「えっ？　きゃあ！」

ああ、なんとついているのだろう。

もしも万が一、公爵家から派遣されている従者がこの小娘についていたなら俺は立ち話すらできず、面会の予約をとるようにあしらわれたかもしれない。

なにせ今のところ〝英雄〟父娘は国王陛下の庇護下にあるものとされ、今も寄親となる貴族家を選定中との噂だ。

それゆえに貴族たちにはむやみやたらと接触しないようにという通知も出ているほどだ。

よほどこの父娘に関して、申し込みが多いのだろう。

まあそれも頷ける。

国王陛下に認められた冒険者、爵位を与えられただけでなく城下に家まで与えられ、騎士として取り上げられたのだ。

その上、娘は治癒魔法を使うだけでなく知恵に富み、学者にもなれるのではないかと将来を嘱《しょく》望《ぼう》されている。最高学府である学園に通う許可まで与えられているのだ。

貴族社会に毒されていないそんな父娘を囲んで、利用しようという者は多かろう。

「ウィナー男爵家のミュリエッタだな、貴様を探していたのだ！」

「あ、あなたは確か……あの侍女さんの、親戚、でしたっけ……」

「貴様！　俺を覚えていないのか⁉」

なんという屈辱《くつじょく》だろうか。

この娘、以前に顔を合わせておきながら俺をあの女の関係者としてしか覚えていなかったのだ！

確かに会話も碌にしなかったが、男爵令嬢如きにこのような屈辱を与えられるとは……‼

(いや、落ち着け。相手は平民に毛が生えただけの存在だ。作法も碌に知らん小娘だ)

それよりも俺にはしなければならないことがある。

邪魔立てする人間がいないのだ、ここでとっととタルボット商会への口利きを約束させ、俺のものになると認めさせればいい。書面は後日になるが、それで十分だ。

「ミュリエッタ・フォン・ウィナー。喜べ、貴様を俺の婚約者に迎えてやろう。礼としてタルボット商会に口利きをしろ。パーバス伯爵家と縁を繋ぎ直せとな！」

「はあ？　あんた、何言ってんの……!?」

目を丸くした小娘は、顔を歪《ゆが》めて俺を睨み付ける。

何という不躾《ぶしつけ》なやつだ！

「……俺の婚約者になれば、貴族社会に溶け込むこともできるだろう。タルボット商会の財力もあれば、お前が袖にされたというアルダール・サウル・フォン・バウムを見返してやることもできるかもしれんぞ」

「お断りよ！　あたしはあたしでアルダールさまにアプローチするの。あんたみたいな人と関わったって絶対いいことないってことくらいわかってるんだから！　たとえ手段の一つだとしてもあんたみたいに女を怒鳴りつけるしか能のない男、ごめんだわ！」

「なんだと!!」

「何、図星なの？　違って？　大声上げて、か弱い女の子の腕を捕まえて。どう見たって周りはあたしが被害者だって思うでしょうね。どこぞの貴族の坊ちゃんが、治癒師で〝英雄の娘〟に手をあげているなんてみっともないと思わない？」

なんという小娘だ、腹立たしい！

一体、公爵家はどんな教育を施しているのだろうか。

パーバス伯爵領の平民ですら、もう少し目上に対して礼儀を守った話し方ができるというのに。

（これだから冒険者なんてものは好かんのだ……！）

淑女教育を受けて少しはマシになっているかと期待して接した俺が愚かだった。

結局こいつも序列を教え込み、逆らわぬよう躾《しつ》けるべき低俗な小娘なのだ。

思わず捕まえたその腕を強く握ると痛いのか、小娘が抗議の声を上げた。

「離してよ！」

「貴様はタルボットと懇意なのだろうが！　口添えをすれば良いだけだと何度言えばわかる！」

「嫌に決まってるでしょ、アンタみたいな乱暴者なんてお断りだわ！」

「この……！　折角この俺が妻にしてやると言っているのになんという態度だ……‼」

何故この小娘は喜ばない。俺に求められたなら、喜び感謝の言葉をもってひれ伏すべきだ。

どうして他の連中も、伯爵家直系の俺に敬意を払わない。

軍の連中も、城の使用人たちも、平民も、タルボット商会の連中も、この小娘も！

どうして、どうして、どうして‼

（くそっ……）

本当に、何もかもが上手くいかない。

俺は選ばれた人間で、誰かの上に立つべき者だ。そのはずだ。

だというのにこの場所で、俺は今、笑い者になっている。

ふと小娘があらぬ方向に視線を向けているので、俺もそちらに視線を向けた。

そうしたら、憎らしい女の姿を見つけて、俺は強く歯ぎしりをする。

（ユリア・フォン・ファンディッド）

そもそも、貴様からして従わない。どす黒い感情が、渦巻いた。

その隣にはやはり父上の言うことに最近従わなくなった叔母の姿があって、ただただ憎らしい、俺はそう思ったのだった。


そして、俺はあの女によって上司を呼ばれ、謹慎を言い渡された。

おじいさまが危篤状態にあるということは王城に報せがあったらしく、それもあってか領地の実家に戻って謹慎して良いという温情まで与えられて、それが逆に俺を追い詰める。

なんという恥だと父上は俺を蔑《さげす》んだ。

これ以上パーバス家の名誉を汚《けが》すなと、それだけ言い捨ててもう俺のことは一顧《いっこ》だにしない。

役立たず、そう言われたことと同義だった。そんなことは、俺自身のプライドが許せない。

俺は領地内を闊歩し、いずれ伯爵位を継ぐ者として堂々と振る舞った。

だが、気持ちは晴れない。荒《すさ》んだ気持ちは、一向に良くならなかった。

それもあって領民に対して少々八つ当たりのような言動をしてしまった。少なくとも、傷つけるような真似はしていないが……それでも彼らはそれ以上俺に近づこうとしなくなった。

それがまた、腹立たしい。

(何もかもが、上手くいかない)

俺は結局、なんなのだ。由緒正しき伯爵家の嫡流、跡取り、有能なる存在。

それこそが俺のはずなのに、何かが上手く噛み合わない。

(俺は息子だというのに、どうして父上は俺を見ないのだ)

叱るなり導くなり、親として何かしらすべきことがあるだろうに!

なんて勝手な人なのだろう、ああはなるまい。そう思う。

「坊ちゃーーーーん！」

そんなことを考えていると、幼い頃から仕えてくれる乳母が走ってくるのが見えた。

その目にうっすら涙があるのを認めて、俺は何が起きたかを察する。

「坊ちゃん、旦那さまが、旦那さまが……」

「……そうか、とうとう」

おじいさまが、逝《い》ってしまわれたのか。

だとすれば、これから変わるのだろうか。

良い方向に？　それとも悪い方向に？

俺にはわからない。

だが、俺には何かをなしえることができるはずだ。

そう、胸に刻んで俺は館に戻るのだった。

第六章　鬼が出るか、蛇が出るか

試作の芋羊羹、ビアンカさまに好評でした！

ただやっぱりね、見た目の地味さが問題だって話になりまして……。

芋羊羹ってどうしても最初に型に入れて固めるからか、見た目がどうしても四角くなりがちっていうか……型を利用してケーキみたいにしても良いけれど、味わい的にデコレーションってわけにもいかないしってことでどうしたらいいか、相談してみました！

まだまだ味にも改良の余地はありますし、デコレーションから考えるのはよくないいんじゃないかなって。

話し合ってみた結果、果物にするようなカットを施してみたらどうかと提案されました。

「この芋羊羹そのものの味わいは素朴だし、他の食材と合わせるにしてもまずこれだけで食べてもらいたいと思えるから……見た目だけならば、そういう手もあると思うのよ」

「なるほど……‼」

目から鱗《うろこ》が落ちるとはまさにこのこと！

いや気付けよって声がどこからか聞こえてきそう。気のせいですね！

まあ私にはカット技術がないので、メッタボンに挑戦してもらおうと思います。

（でも薔薇の形をした芋羊羹とか出てきたらどうしよう）

そんなの出てきた日には思わず笑ってしまうかもしれません！

メッタボンって結構凝り性だからなあ、あり得る……。やりすぎないよう注意しておこう。

「ああ、それにしても美味しいわ！　最近は落ち着いてお茶も飲めない日が多かったから、こうしてのんびりできるのはとても嬉しいの。こういう素朴な甘みのお菓子って、いいものね」

「とてもお忙しいのですね……。しかしその合間を縫って私に会いに来てくださったということは、何かあったのですか？」

「そうね……。まあ、そうとも言えるし、わたくしの勝手なお節介でもあるの」

「え？」

紅茶を飲んで目を細めて笑うビアンカさまの楽しそうなこと！

でも、こうして『お節介』とわざわざ言ってくるということは、私が何か心配をかけてしまったのでしょうか？　思わず首を傾げると、ビアンカさまはクスクス笑いました。

「やあねえ、身構えないでちょうだい。といっても大したことはないのよ。貴女の保護者がいろいろと調べて回っているようだと小耳に挟んだから……他にもまあ、それなりに、ね？」

「は、はあ……」

「まあ、貴女も囮に使われたりしているのに、まるっきり説明がなくて不満を覚えても当然よねえ」

囮、そうビアンカさまがはっきりと仰ったことに私は思わずドキリとしました。

そんな言葉を堂々と言葉にして大丈夫なのかとビアンカさまを見ると、目を細めて笑って……いるんですけど、目が笑っていません。

あれ？　これもしかしなくても怒っていますかね？

「もう察しているとは思うけれど、ええ、うちの主人が関わっているわ。そして他にも関わっている連中がいることも事実よ。本当にいやになっちゃう」

「宰相閣下、ですか」

「わたくしからもうんと文句を言ってやったから、許してやってくれないかしら。でも、おかげでプリメラさまを連れての外出をもぎ取れたの」

「本当ですか！」

「ええ、本当よ。前に連絡した外出、楽しみにしていてちょうだい？　とびっきりのプランを考えているんだから！　絶対に喜んでもらえるって約束するわ」

それは最高の朗報です！　さすがビアンカさま、わかってらっしゃる。

私が喜ぶ姿に今度こそ普通に笑ってくれたビアンカさまは、まるで悪戯が成功した少女のようで大変魅力的です。大人の色気と少女の可憐さ、それを両方持つだなんて魔性の美女ですね‼

そりゃ社交界の花として貴婦人層のトップに立つ御方ですもの、当然といえば当然でした。

しかし、彼女はすぐに真顔になったではありませんか。

そうすると途端に迫力美人になるのですから、不思議なものです……。

なんにせよ美人なんですけど……。

「ユリアのおかげで厄介な連中は炙り出せたようよ。ただ、まあトカゲの尻尾《しっぽ》切りが行われて当分おとなしくなるってだけだけれど。うちの人だって、壊滅させたいわけじゃないし……そんなところかしら」

「……」

「ユリアとバウム卿からすればいい迷惑だったでしょうけれど、ある意味では多くの貴族たちを助けてくれたことになるわね」

「……さようですか」

肩を竦めたビアンカさまは呆れているように見えますが……高位貴族の一人として、これら一連のことに思うことはあっても正しいことだと、そう考えておられるのでしょう。

それでも私のことを友人と思っているからこそ、憤ってくださって……こうして、気遣ってくださる。

何かをしていただけたわけではありません。

しかし、だからこそ心が温まるではありませんか。

だから私も、少しだけ躊躇いましたが……ちゃんと言葉にしようと、そう思いました。

「ありがとうございます、ビアンカさま」

「いいのよ、別にお礼なんて」

「いいえ。本当は別の方がこの件を主導しようとしていたのでしょう？　私のために尽力《じんりょく》してくださったのがどなたかがはっきりしませんでしたが、宰相閣下だったのですね」

「……あらやだ、どこまであの執事さんは貴女に教えていたのかしら」

「いいえ、あくまで私の推察です。近衛騎士隊に勤める人間のスケジュールに口出しするためには、陛下のお許しを得ねばなりません。それを考えた結果、でした」

「まあ、そうね。その通りよ」

あくまで推測です。

しかし、近衛騎士隊が私を守ってくれた……ということは私を囮にする作戦において融通を利かせてくれた人がいたってことです。

それが今回、ビアンカさまの言葉ではっきりしました。

言われてもいないのにお礼を言うのも失礼かなと思いましたが……それでも、ビアンカさまがわざわざ宰相閣下が悪いのだとまで言ってくれたことに対して、心が温かくなったのです。

（だって、ビアンカさまも私に言う必要なんてなかった）

なのに教えてくださったのです。

わざわざ、ご自身が忙しいのに足を運んで、こうして直接。

それがどれほどのことなのか、王城に勤める人間であればこそ理解できました。

私みたいな中途半端な役職持ちなんて、末端と変わらない扱いをすることができるお立場なのです。

知る必要はないと判断が下されたなら、私が何も知らないままに全ての物事を終わらせることだって上の方々には可能だったはずなのです。

（そう、それが宰相閣下なら、公爵家ならできちゃうはずなんだ）

それでもビアンカさまは私に向かって遠回しにですが……謝意を伝えてくださいました。

おそらく詳細については口にできないのでしょう。

本来であれば高位貴族たちの中で何かしらの話し合いがあり、黙っていることも必要で……それでも、私を守るために最大限の労を払ってくださった。

それらを高位貴族の女性という立場をもって理解した上で、ビアンカさまは囮として扱われた私に対し、申し訳ないと真摯《しんし》な態度を見せてくださったのです。

そして、宰相閣下たちもそれをお許しになったということは、少なくとも……私に対して思うところがある。そういうことではないでしょうか？

ビアンカさまはそれでも腹が立つのよ、と小さく言葉になさいました。

あれっ、なんだか貴婦人らしからぬ発言ですね⁉

「えっ、ビ、ビアンカさま？」

「だってあいつらときたら、貴女を囮に使うと言い出した際、当初は護衛に王女騎士団を許さず、あちらが準備するとか言い出したのよ⁉　そんなの横暴じゃない。許せないに決まっているわ」

「ビアンカさま」

あいつら……ってのがどこの誰だかは知りませんが、ビアンカさまがいきなり怒り出したのでびっくりしていいのやら、笑っていいのやら。

しかしもう隠す必要がないと思ったのか、ビアンカさまは笑っていらっしゃいました。

「うちの人が『ユリアに何かあって王女殿下のご機嫌を損ねたら陛下の職務が滞《とどこお》る、それは効率的ではない』とかなんとか言って働きかけてくれたみたい。わたくしも聞いたのは後になってからだから、よくはわからないのだけれど」

「そうなのですね」

陛下の執務速度に関わるからって理由付けが無理すぎないかとも思わなくはなかったのですが、それでも押し通せたのだから宰相閣下が有能なのか、陛下のプリメラさま愛がすごいのか……。

思わず乾いた笑いが出てしまいましたね！

「本当、勝手なものよね。……でもね、おかげであの娘《こ》も妙な連中に担ぎ上げられなくて済むようになったと思うわ。理解はできないだろうし、こちらも教える気はないけれど！」

「あ、あのこ……ですか？」

私が囮になったおかげで救われた娘。

そんなことを言われても一瞬理解ができなくて、しかし『担ぎ上げられる』という言葉に思い当たる人が一人、脳裏に浮かびました。

「……もしや、ウィナー男爵令嬢のことですか」

「ええ、そうよ。変に担ぎ上げられてからでは遅いもの。そうでしょう?」

ビアンカさまはそう言うとグミをまた一つ摘まみ上げ、にっこりと笑顔を浮かべます。

それを〝もうこの話はおしまい〟という合図であると私は感じて、ただ頷くだけに留めました。

私のその反応にビアンカさまは満足そうに目を細めたので、どうやら私の判断は正しかったようですね。

「それでね、さっきも話したわたくしたちのお出かけについてなのだけれど、実はまだ日程を決めかねているの。いくつか候補が絞れたら貴女に連絡を入れるから、プリメラさまのご予定と照らし合わせて連絡をくれないかしら?」

「かしこまりました」

「もちろん、貴女のデートがある日は外してくれて構わないわよ?」

「デッ⁉　こほん。……デートの予定は、今のところ、ええ、先程の件もあって、当分予定はありませんので大丈夫です」

「ああ、そうだったわね。残念ね、きっと彼にもうちの人経由でお詫びがあると思うから、期待しててていいわ。少なくとも貴女たちが楽しめるようなものにするよう言っておくから、安心してちょうだいね！」

いやなんかより不安になるわ！

だってあの宰相閣下からのお詫びって……。

ビアンカさまですからとんでもないことはしないでしょうが、そもそも前提が二人で何かするっ

てことにされるとすごく恥ずかしいんだけど⁉

「それで？　二人の関係は順調なのかしら？」

「何をもって順調と言うのかはさっぱりわかりませんが……ええと、仲良く過ごしていると思います」

「そう、それはよかったわ」

ビアンカさまは、笑顔でした。

しかしそれは先程みたいな貴婦人としてのものや、悪戯っ子のような笑みではありません。

本当に安心したというような……そんな、嬉しそうな笑みです。

（……優しい、人だなあ）

誰よりも貴族として、貴婦人たちの手本としてあるべしと育ち、そして凜と立つ女性だということを私は知っています。周囲への気配りをするさりげない優しさが、とっても素敵だということも。

もちろん、貴族らしい裏の面も持ち合わせていらっしゃるのでしょうが……。

私みたいな取るに足らない下級貴族の娘を友人として大切にしてくださるビアンカさまを、私は同じ女性として、とても尊敬し、信頼し、敬愛しております。

友人としては年上の方に失礼かもしれませんがとてもこの可愛らしい人のことが、大好きです‼

私は息を吸い、覚悟を決めました。

「ビアンカさま、あの」

「あら、なにかしら？」

「少しだけ、その、相談に乗ってはいただけませんか？　こ、個人的なことで！」

思わず勇《いさ》んで拳を握り訴えた声は、私が思っていたよりも大きくなってしまいました。

自分でも驚いてしまいましたが、ビアンカさまはもっと驚かれたことでしょう。

目を丸くして、ぱちぱちと瞬かせています。

「あああああ、す、すみませんすみません！　大声を出すつもりではなくて……少し気合いを入れすぎたと申しますか、申し訳ございません‼」

「……あらあら、まあまあ。そんなに頭を下げなくても大丈夫よ。まあ少し驚きはしたけど……」

謝る私に、ビアンカさまはおかしそうに笑って許してくださいました。

そして私の肩に優しく手を添え、囁くように仰ったのです。

「友人として相談しようと思ってくれたのでしょう？　こんなに嬉しいことはないわ！」

「ビアンカさま……」

「ええ、ええ！　わたくしでよければ、いくらでも相談してちょうだい」

その頼もしい言葉に、私は思わず嬉しくて泣きそうになってしまいましたが……それは秘密です。

よもや恋愛相談をする側になるなんて、過去の私は思っていなかったでしょうね……。

（まあそういう意味では『イケメン彼氏ができる』なんてことも予想外でしたけど！）

しかしさすが頼りになる我らがビアンカさまは、私の話を聞いても笑ったりなどせず的確にアドバイスをくださいましたよ！

ほら、例の……任務が終わったらキス云々の話ですよ。

言わせんな恥ずかしい‼

「そうね、照れる気持ちは理解できるわ。雰囲気とか流れがあって……とかならともかく、いざ

『そうしなくっちゃ』ってことになると、やっぱり気恥ずかしいわよね」

「ビアンカさま……‼」

わかってくださった。それがすごく嬉しいです。

正直なところ自分の恋愛経験値が低すぎるのか、環境による耳年増なせいだったのか、前世のモテなさ過ぎっぷりを引きずっているのか、思い当たるところが多すぎてなんともいえませんが……とにかくこういった恋愛相談をする相手すら基本的にはいなかったのです。

その上、この国では恋愛に寛容なのです。

そういう意味で私は出遅れまくっているのではないか？

いや、出遅れているのは確実なんですが。

もしかして、大っぴらにキスをするくらい実はみんなしているのではないか？

ただ私が知らなかっただけで、一般的なことだったりするのか？

なんて一人で悶々と悩むところでした‼

実際には、恋人や夫婦で二人きりの時はそれぞれの距離感ですとか、普段からのスキンシップが多いかどうかなどやはりお互い次第というところでいいそうです。

まあ、そうですよね。冷静に考えれば当然のことです。

「でも、そういう関係を築くためにも恥ずかしいなら恥ずかしいって正直に思いを伝えることが大事だとわたくしは思うわ。少なくとも、わたくしは男女問わず、恋人や夫婦なら察して当然というのは無理があると考えているの。多くの人は言葉にしてもらわねばわからないものよ？　わたくしだってそうだもの」

「……なるほど……」

「それでも無理に何かをさせようだとか、いやだと思うことを強要されるのであれば逃げることも視野にいれていいと思うわ。今ユリアが考えていたように、世間一般がこうだからとか、自分が世間知らずだからって我慢しても良いことはないと思うから」

そう言って私の手をぎゅっと握ったビアンカさまの表情はとても真剣です。

自分は味方だからいつでも頼れ、そういうことを繰り返し言われて私は困惑しつつ頷くだけです。

（……ビアンカさまったら何か誤解をしているのかしら？　そんな気がしないでもないけど）

アルダールからいやなことをされたことは一度もありませんし、何かを強制されたことも今のところないと思うんですよ。

いや、でも私からキスをするとかは無理。まだ、無理です。

やっぱり無理、じゃなくて『まだ』ですからね！

それを言葉にするつもりはありませんが、そこんとこは大事なんですよ‼

前に勢いで私からキスしたことはありますが、あれは無意識だったし……今回は自主的にってことでしょう？

（さすがにその辺をぼかして相談したからいけないんだろうなあ……ごめんねアルダール！）

そのうちフォローしたいと思います。多分。きっと。おそらく！

そんなこんなで相談と少しの世間話をした後、ビアンカさまは帰って行きました。

プリメラさまからのお言葉も伝えたのですが、残念ながらこれ以上は無理だそうで。

なんでも今夜はどこかで晩餐会なんですって！

それが面倒だってため息を零すアンニュイなお姿も大変美人でしたが、零す愚痴のその内容が『あそこのドルチェ、まるで美味しくないのよねぇ……』ってものだったことは聞かなかったことにします。

大好きなドルチェを目当てにでもしないと社交界なんて面倒なことはやってられないとかそんな感じなのでしょうが、せめて声に出さずにお願いします！

私の前だから本音を零してくれたのだろうなって思うと嬉しいんですけどね‼

ビアンカさまが帰られたので茶器などを片付けていたら、ノックの音が聞こえスカーレットが顔を覗かせました。綺麗なお辞儀で入室した姿は、もう問題児と言われていた頃の面影なんてありません。

（本当に、立派になったものだわ）

統括侍女さまに言われて彼女を任された時にはどうなることかと胃が痛かったのが、まるで遠い昔の話のようです……まだ一年も経っていないなんて嘘のようですよね。

こうなるって、統括侍女さまはわかっていらっしゃったんでしょうか？

まあ、あの頃のスカーレットはいろいろと拗らせていたから仕方なかったのでしょうけれどね。

「失礼いたします、ユリアさま」

「あら、スカーレット。何かありましたか？」

「先程、王弟殿下からユリアさま宛のお手紙が届きましたの。それをお持ちしましたわ！　今セバスチャンさんは手が離せないとのことでしたのでワタクシが代わりを任されましたのよ‼」

「ありがとう」

「どういたしまして！」

いや、手紙を届けるだけでそんな鼻高々になるとかどういうことなのって思うじゃありませんか、でもこれがまた褒められたい子供みたいで可愛いんですよねえ。

彼女も理解しているのか、王女宮の中でしかこういう行動はしません。

これは内緒なんですが、スカーレットはセバスチャンさんをとても尊敬しているようなのです。なので、セバスチャンさんが普段やる仕事の一つを任されたことが誇らしいのでしょう。

セバスチャンさんは厳しい指導をすることもありますが、とても頼りになる方ですからね。

もちろん私も尊敬しておりますとも。未だに紅茶を淹れることに関しては勝てる気がしません。

……いや、他にもいろいろ勝てる気がしないな……？

それにしてもスカーレットが今日も可愛くてたまりません。妹がいたらこんな感じだったのかしら。

メレクは聞き分けの良い子でしたから、手がかかる子ってのもまた別の可愛さがありますね！

メイナ？　もちろんあの子も元気で素直で可愛いですよ‼

「プリメラさまは？」

「まだ王太子殿下のところからお戻りになっていませんわ」

「では、スカーレットは元の業務に戻ってちょうだい。私もこちらを片付けたら一度そちらへ行きます」

「かしこまりました」

スカーレットが去ったのを確認してから、私は手紙を広げました。

シンプルな封筒に一枚の便箋、その中央には『明日の昼に来い』とだけ。

……どこにだよ。

思わず心の中で突っ込みましたね！

来いってどこにだよ、せめて場所を書け。あのヒゲめ！

まあ、多分ですが……軍部棟にある執務室でいいんだよね？

これで行ってみたら、実は中庭でしたとか言われたらただただ恥ずかしいんだけど？

（……その際は、この場所指定がない手紙を理由に私は悪くないって言い張ろう）

ビアンカさまがおおよそのことを教えてくれましたが、ヒゲ殿下にも聞きたいことがあるのです。

そこは変わりませんからね！　良い機会だと思うことにしました。

主にパーバス伯爵家のこととか、近衛騎士隊についてとか。

なんだったら国王陛下の様子も教えてくださってもいいんですよ！

陛下が何をやらかすのか決めているってんなら、私もいろいろと覚悟が必要でしょう。

ほら、囮とかなんか不穏な言葉の役割を押し付けられているようですし。

でもまあ、あの溺愛パパな国王陛下が、プリメラさまのいやがること……つまり、お気に入りの侍女である私を危険な目に遭わせるですとか、遠ざけるですとか……そういったことはしないはず。

……だよね？

（まさかと思うけど、陛下がナシャンダ侯爵家に養女として行けとか命令してきたらどうしよう。

それならエイリップさまが今回おとなしく引き下がったことも頷け……いやいや、あれはバウム家

側の圧がどうのって話だったたし。養女の件もそんな大っぴらにされてる話じゃないはずだから、これは違うな）

いろいろ炙り出しがあった。それが何かまではちょっとわからないけど、主導は宰相閣下を含めた上層部の複数と考えていい……はずです。

まあそこがはっきりしたし、そちらはもうほぼ終えているようなので、私は基本的に単独行動を避けて生活するってことでいいはず。

次の問題はパーバス伯爵家への弔問だけど、そこはキースさまがご一緒してくださるってことで対策はばっちりだと思うし。ついでに護衛の件をヒゲ殿下にお願いするつもりです。

（本当はメッタボンを連れて行きたかったけど、多方面での影響を考えるとなあ。いろんな面倒ごとがあるみたいだから、ここは上の人を頼ったってバチはあたらないわよね）

私自身のことも大事ですが、お義母さまに何かあってはいやですからね‼

しっかしこんなことを言うと失礼かもしれませんが、あの妖怪みたいなパーバス伯爵さまもやっぱり人間だったんだなあ……と思います。

とはいえ見知った人物の不幸というのは、相手にいい思い出が無くてもやっぱりちょっとばかりいやな気分になりますね。しかし、これも世の常というやつなのでしょう。

（……まあ、それもこれもお義母さまから連絡が来てからのこと。それから考えましょう）

少し気分が落ち込みそうです。

ここのところ楽しいことが少なかったせいですかね……。

ビアンカさまが来てくれてかなり楽しかったですが、早くこういった面倒ごとを終わらせて、楽しい計画を実行したいものです。そして充実した日々を送りたい。

ビアンカさまたちとお出かけとか、お義母さまとお買い物とか、メレクとオルタンス嬢の結婚式とか！　もちろん、アルダールとのデートだって楽しみですよ？

（今度はどこに行こうかなあ）

これだけ迷惑をかけられているのですから、アルダールも私もちょっとくらい長めの休暇をいただけてしまったりしないですかね。もしくは臨時ボーナスでもいいです。

ビアンカさまが宰相閣下に働きかけてくれるとは言っていましたが、宰相閣下のチョイスがどんなものなのか不安ですし……なんなら無難にドルチェ詰め合わせとかにしてくれませんかね……？

「あっ、ユリア！」

「プリメラさま、おかえりなさいませ」

あれこれ片付けてから私もプリメラさまのお部屋へ行くと、ちょうどプリメラさまがお戻りでした。パッと笑顔を見せてくれるその姿、癒しです。

ちょっとした憂鬱が吹き飛びます。やっぱりプリメラさま効果は偉大だった。

「ビアンカ先生とのお話はどうだった？」

「はい、楽しゅうございました。ただ、やはりお忙しいお方ですので次のご予定が……」

「そうよね。ビアンカ先生、本当に大変そう。わたしもディーンさまの妻になったら、ビアンカ先生みたいに社交を頑張らないといけないのかしら。……できるかなあ」

「プリメラさまでしたら大丈夫ですとも。このユリアが保証いたします！」

「本当？」

「はい。それにご夫婦になられてしばらくは、ディーンさまとご一緒に社交をすることが多いかと。お互いに助け合えば良いのだと思います」

「そっか、そうよね！」

いやあ、プリメラさまとディーンさまだったら大丈夫でしょう。本当に心からそう思います。

周囲がその初々しいカップルのあまりの微笑ましさに浄化されちゃうかもしれませんけどね‼

……しかし、そういう意味で言えば、ですよ。

（私とアルダールが結婚したと仮定して、彼が分家当主となったら、私はその妻として社交をこなさなくてはならないのでは……？）

本家当主ほどではないとわかっちゃいますが、プリメラさまが不安に思うよりも先に、私はもう少し淑女として社交界に慣れる必要があるのかもしれない、などと今更になって思い始めるのでした……。

いや、うん！

きっと！　なせばなる‼

私は馬車に揺られながら、どうしてこうなったと思わずにいられません。

ええ、ええ、どうしてこうなった。

ちらりと視線を向ければそれに気づいてにっこりと笑う、キースさまの姿。

私も侍女のお仕着せではなく、私物の旅行着です。

そんな私の隣の座席には、護衛として一緒に来てくれたレジーナさんの姿もあります。

そして窓の外に視線をやれば、馬車と同じ速度で馬を駆るセレッセ家の護衛たちの姿も。

うん、なんだか……こう、自分が重要人物にでもなった気分になりますね！

ちょっとだけふんぞり返ってしまいそう。小心者なので、しませんが。

っていやいや、そうじゃない。

（なんでこうなった……!!）

プリメラさまと話してほっこりした翌日、私はヒゲ殿下に会いに行きました。

なんせ、お呼び出しいただいておりましたのでね。

そこまでは良かったんですよ。

そうしたら今後の話をする予定だったっていうから、こちらからも話したいことがあったのでお互い落ち着いて話ができたわけです。

そこにキースさまの姿があったのも、まあ……おそらくですが、私が手紙で伝えた計画をヒゲ殿下にもオハナシしてあったんだろうなと思いましたので、納得いたしましたとも。

しかし今後の予定についてさあ話をしましょうかってタイミングでまさかパーバス伯爵の訃《ふ》報《ほう》が舞い込むとか、想定外すぎるでしょ！

あれには全員驚きましたからね……!!

しかもまだどこの貴族家にも連絡がいっていない情報だって秘書官さんが言うから『それってどうなんだ』ってちょっぴり思いましたが……。

多分、そこに触れてはいけないのでしょう。

で、そこでもうね……これはのんびりしていられないってことになったのです。

それで結局碌に話もできず、キースさまと一緒に取り急ぎ私の実家に行くことになったわけです。

(まあそれはしょうがないよね、わかるわかる)

プリメラさまへの連絡はヒゲ殿下がやってくれるって言うからそこは心配していませんし、私も部屋に戻って大急ぎで荷物をまとめました。

喪服は先日ドレスを買う際に一緒に注文して実家に送っておきましたから、問題はありません。買った時には使う予定なんてなかったけれど、持っていて損はないと思って新調しておいたのです。何事にも、事前準備は大事ですからね!

しかし問題はそこではないのです。

何故か準備を済ませてキースさまとの待ち合わせの場所に行った私の前に、ニコラスさんがいたのです。しかもニコラスさんだけじゃありません。

彼の後ろでものすごく複雑な顔をした、ミュリエッタさんまでいるではありませんか‼

キースさまから『彼らも同行する』と言われた時に叫ばなかった私を褒めていただきたい。

(どうして、なんで、こうなった!)

その場で叫ばなかった私は偉い。自画自賛と言われようと、これは事実です。

建前上は『危篤状態の伯爵に心優しいさる御方が、ウィナー男爵令嬢を治癒師として派遣させた』ということ、それに加えて『次期伯爵のご子息がウィナー男爵令嬢に不快な思いをさせたことに対し正式なる謝罪をするように』っていう二本立てらしいんですけども。

なんだそれ、こっち関係ないじゃん……って思いましたね！

幸いというか、当然というか、彼らとは乗る馬車が違います。

なので、馬車の中でキースさまから事情を説明されたんですけどね！

私としては納得できていないですけれど！

来てしまっているもんはどうしようもないんですよね‼

「いやあ、ユリア嬢がこうして話を冷静に聞いてくれるので、こちらとしては本当に助かるよ」

「……冷静にはなれておりませんが、事情はわかりました。ただ、我々に同行する必要は無かったのでは？　我々は一度ファンディッド領に寄りますし、パーバス伯爵さまは治療も何も、もう……」

「まあ、そこは建前だからねえ」

クスクス笑うキースさまは顎を軽くさすって、少しだけ神妙な顔を見せました。

そしてレジーナさんに視線を向けて、再び私へ視線を戻して、首を傾げたのです。

「……この間、町中であの王太子殿下の執事を呼んだことがあっただろう？　その時にあのウィナー嬢がひどく落ち込んでいたらしいと聞いたんだが」

「え？」

「いや、パーバス家の坊や絡みではなく、ファンディッド子爵夫人と言葉を交わしてから……とのことらしいんだが、実際のところはどうなのかユリア嬢は知っているかな」

「それは……いえ、確かにそのような節《ふし》はありました。ですが、彼女に関しては私たちにも何がなんだかわからぬままで……」

「そうか……レジーナの方で気になるところはなかったかい？」

私の言葉に、キースさまはレジーナさんに視線を向けました。

話を振られた彼女は何度か真顔のまま瞬きをしてから、私を見ました。

じっと見つめられるとなんとなく私も見つめ返してしまいましたが、えっ、なんですか。

照れちゃいますよ？　キースさまの手前、いつものように無表情を貫きますけど！

「あの時、あのウィナー男爵令嬢は子爵夫人がユリアさまにとって義母であると自己紹介をなさいました。そのことについて大変驚く男爵令嬢に対し、子爵夫人は貴族としての婚姻やそのあり方について一般論を述べられたのですが……そのあたりから様子が変わったように思います」

言われてみれば、確かに。というか、それくらいしかないです。

彼女はやたらとお義母さまが〝若くして男やもめに嫁がされた〟ことにショックを受けていたようでしたし、政略結婚なのだから仕方ないと仰るお義母さまに驚いていたようでした。

ただ、それがどうしてそこまでショックを与えたのかがわからないんですよね。

「……そうですね。彼女にとって恋愛というのは大事なことで、家同士の繋がりでの婚姻などはあまり理解できないようでした」

「それに、夫人が農村の例を出して政略結婚そのものは珍しくないことを説明なさいましたが、彼女は納得ができないようでした。というよりも、理解したくなかったのかもしれませんが……」

「ふうむ？　どうしたというのかな……」

私たちの言葉に、キースさまはまたもや首を傾げました。

この方も貴族として生まれ育ったので、ミュリエッタさんと価値観の違いがあるのは仕方が無いのかもしれません。

しかしあの時、お義母さまが農村などの例をあげて話す姿に私もなるほどなあと思ったのです。

政略結婚と呼ぶよりも昔ながらのご近所でのお見合いや、友人付き合い、そういった類いで恋愛感情が芽生えるよりも前から決まっている婚姻は、平民の間でも割とあることなのです。

となると、おそらく彼女の『前世での結婚観』がこの世界でのカルチャーショック的な何かなのかなあと私は思っているのですが、さすがにそれは口に出せませんね！

そこまでショックを受けることかな？　とも私は思ってしまうので……。

(でも、それが今回一緒に行くことに何の関係が？)

おそらく雰囲気的に、キースさまも今回の件はそこまで詳しくは知らないのでしょう。

そして、奇妙だと思っておられるようでした。

普通に考えたら危篤状態の人に治癒師を寄越すというのも変な話ですし、奇妙なことばかりですね！

これが病気の始まりとか怪我ならわかりますけど……寿命はそういう類いのモノじゃありませんから。

建前はともかく、今回の一番の目的はとにかく謝罪しろってことなのでしょうか。

彼女の名誉を守るための問題ですので、仕方のない話かもしれません。

ウィナー家は王家が認めた貴族であるという栄誉ある家ですが、新参の男爵という立場から格上のパーバス伯爵家に苦情も言いづらいでしょう。

文句を言う方法も寄親がいない以上、わからなかったのだと思います。

とはいえこの間の件は、何の落ち度もなかったミュリエッタさんが巻き添えを食らう形で悪目立ちしてしまったと言えるので……淑女の名誉のためにも、ケジメは必要なのでしょう。

そこをクリアしておかないと、今後、彼女が社交界で苦労するのが目に見えていますので……。

だからって表立ってあちらを呼びつけては角が立つし、今回の〝危篤〟という情報を利用して、謝罪の場を設けることが目的なのだと思います。

ただ、果たしてパーバス家の面々が納得するかどうか……ってことはまた別問題。

だからこそ、ニコラスさんが同行者となったのでしょうけどね！

王太子殿下の専属執事が何故一緒に来ているんだっていうツッコミにはどう対処するのでしょうか。

「今回、パーバス家に治癒師を派遣すると決めたのは、王太子殿下ということになっているんだよ。誰からの指示かを伏せる代わりに執事がついて行くことで、暗にそれを示しているんだが……相手《パーバス》はそれを理解してくれるかな？」

「さあ、それはどうでしょうか」

「あくまで王女殿下によく仕えてくれるユリア嬢の親戚であることに対して、王太子殿下が心を砕いてくれた……という、かなり強引な言い訳で成り立っているわけなんだけどねぇ」

「ありがたいことにございます」

ついでにそこには『王女宮筆頭には王太子も一目置いているから手を出そうとするな』っていう無言の圧力があるわけですね？

一応お礼を言っておきましたが、いろいろと面倒くさいな……？

「……大抵の貴族は今回の彼女たちの訪問に関して、先程話した建前の『謝罪要求』のためだと推測してくれることだろうね。実際、あの娘に謝罪はさせる心算《しんざん》だろうし。なんせ国にとって大事な〝英雄〟のご息女だからね！」

キースさまは『英雄の娘』と言いませんでした。

ミュリエッタさんのことを『〝英雄〟のご息女』と、そう呼んだのです。

それが意味することは、あくまで気にかけているのは英雄だということ。

表向き、その娘に害をなしてくれては困るという態度を崩す気は無いってことでしょうか。

なんとも回りくどくわかりづらいと思ってしまいますが、そうすることで上層部はいろいろな意味で多方面に対し、穏やかにまとめるつもりなのでしょう。

あっちもこっちもギスギスするようでは困りますからね。

主にそれの影響をモロに受けるのは大体下の人間なのですから‼

良い迷惑ですよ、まったく。

「しかし二人の話を聞いてわかったよ。実は、今までに無い反応を見せたということで、もう一度ファンディッド子爵夫人と会わせたいというんだ。それで同行させることになってしまってね……」

「そのためだけにですか？　周囲から見れば不自然だと思いますが」

「まあそこは、あちらでいろいろと言葉を尽くしてくれるだろう。我々が気にすることじゃない」

肩を竦めたキースさまはただ小さく苦笑を零しただけでした。

私もため息が出そうでしたが、そこはグッと飲み込みます。

ただの弔問で終わると思っていたのですが、そうは問屋が卸さない……って、これは誰に苦情を言えばいいのでしょうね。

やはり王太子殿下？

（いやー、言えるわけないわー）

内心とほほと嘆きつつ、面倒ごとが起きたら全部ニコラスさんに押し付けよう、そう私は心に決めたのでした……。

道中は全て順調で、私たちは大したトラブルもなく無事にファンディッド子爵家に到着いたしました。

いやあ、幸いというべきか、嵐の前の静けさなのか……。

事前にキースさまが先触れを出してくれていたとのことで、お義母さまが私たちを出迎えてくださいました。私には、ハグつきです。

普段よりも熱烈な歓迎に思わず目を丸くしてしまいましたが、お義母さまも不安だったのでしょう。

目元が赤くなっていましたし、私を抱きしめる手は少しだけ震えています。

「ユリア！　来てくれて本当にありがとう。こちらから連絡をしようと思っていたら、先触れがきたものだからとても驚いたの。……事情はもう知っているのよね？」

「はい。王城でキースさまが先にお話を耳にし、私にもご連絡くださった上でこうして同乗させてくださいました。……お義母さまは、大丈夫ですか？」

「ええ……覚悟はしていたから」

「そうですか……」

お義母さまは少しやつれた様子ですが、笑顔を見せてくれて私たちを家の中に迎えてくれました。

ですが……やはり落ち込んでいるのだと思います。

あんな妖怪ですが、身内の不幸というのはやはりショックだと思いますから当然のことでしょう。

「セレッセ伯爵さまも、ありがとうございます」

「いや。夫人、お悔やみ申し上げる。このような時に急かすべきではないと承知しているが、どれほどであちらに出向く準備が整うだろうか？」

「夫と息子が領内の視察に出ておりますので、帰ってきたらすぐにでも出られますわ」

きびきびと、領主夫人として答えるお義母さまはかっこいいです！

いやあ、こうして改めて考えると、お義母さまを軽んじたパーバス家って実はもったいないことをしたんじゃないでしょうかね？

だってお父さまの領地経営の手伝いをして、その合間に母親業をこなし、女主人として采配を振るい、近隣の村長たちからの話を聞き、社交に行くのを嫌がるお父さまを説得して送り出し、さらには倹約に励んでいた……ということはメレクから聞いております。

どう考えてもスーパー働き者ですよねありがとうございます。

（メレクが仕事でわからない時にアドバイスをくださるのも、資料に補足を書き込んでくれるのもお義母さまって話だから、ね……）

お父さまに尋ねてもほぼ『お義母さまに聞け』で終わるんだそうです。

お義母さまの有能さを目の当たりにしたメレクも大分驚いたようですが、それを手紙で知らされた私の驚きやいかに。

お義母さま優秀すぎじゃないかーーーーい‼

いやメレクは同居してたんだからもっと早くに気づいてあげてほしかった！

以前した会話の中で、パーバス伯爵家でも領地経営の手伝いをしていたとは伺っておりましたが、まさかほぼ領主の秘書官と同等、あるいは代官並みの働きをしていただなんて……。

こんな優秀な人材、王城でもし侍女をしていたら即文官としてヘッドハンティングされてしまいそうじゃありませんか。

そこの宮の筆頭侍女がいかに手放さないかで文官勢とバトルが発生するレベルですよ。

「ねえユリア。レジーナさんは護衛だとわかるけれど……どうしてあちらにウィナー男爵令嬢と、王太子殿下のところの執事さんがいらっしゃるの？」

「あ、あー……それは、ですねえ……」

お義母さまが小声で私に質問してこられましたが、まあ気になりますよねそうですよね！

しかし正直なところ、私にもなんででしょうねとしか言いようがなくてですね‼

困ってしまいましたが、一応建前上の理由である『立会人を前に、エイリップさまが以前迷惑をかけた件をパーバス家が内密に謝罪するため』という話をさせていただきました。

その立会人っていうのがニコラスさんなんですよね。お義母さまには、以前迎えに来ていたことから納得してもらえたようです。実際にはお目付役なのでしょうが……。

お義母さまは謝罪の件と聞いて、少々複雑そうな顔をしていらっしゃいました。

ただ小さな声で「そうなのね」と仰るだけに留めたようです。

ありがとうございます、空気を読んでくださって！

ミュリエッタさんはお義母さまをチラチラ見ているし、ニコラスさんは相変わらず胡散臭い笑顔でお義母さまにご挨拶をするしで本当に落ち着かない雰囲気です。なんだこれ。

「レジーナさんもお役目ご苦労さま。こんな時に再会だなんて残念だけれど、また会えて嬉しいわ」

「もったいないお言葉です」

「どうか娘のこと、よろしくお願いしますね」

「……必ず、お守りいたします」

お義母さまもいろいろと肩の荷が下りたおかげかすっかり丸くなられて、レジーナさんとも柔らかく会話してらっしゃいます。

その姿を見ると……人って変わるものだなあって、すごく感じます。

それもまあ本人が変わろうと努力した結果ですよね。

お義母さまがやはり元々すごい努力家だからこそなしえたのだと思います！

「ところで、お父さまたちがいつ頃戻られるかわかりますか？」

「そうねえ、出たのが貴女たちが来る少し前だったから……あと一時間は戻らないと思うの。先日、獣被害が出たところがあって慰問を兼ねているのよ。普段ならメレクは連れて行かないのだけれどね、あの子に現場を見せておくのも大事だろうってあの人が言ったから、私もつい賛同してしまったのよね」

「なるほど、わかりました」

「一応先触れが来た件と併《あわ》せて、メレクだけでも先に戻ってくれるよう連絡は入れたけれど……」

そういうことなら仕方がないです。

お義母さまが人を走らせて連絡をしてくれたなら、私たちはそれを待つしかできませんしね。

ファンディッド家の執事たちに後を任せて出てしまったとしても大丈夫だそうですが、キースさまにあの二人のどちらかがご挨拶してから出立《しゅったつ》するのが筋だろうという判断のようです。

まあそれもさほど遠くないところへ視察に出ているからなんですけどね。

さすがに領内の遠方だったらお待たせするのはよくないってことになりますので。

とりあえず立ち話も何ですから、他のみなさんにはサロンで休憩していただくこととなりました。

「ユリアは着替えていらっしゃい。お客さまのおもてなしはきちんとするから大丈夫よ」

「……では失礼して」

お義母さまにそう言われた私は、二階の自室へ。

ファンディッド家の侍女たちによって綺麗に保管されていたおかげですぐ着替えることができました。

(う、ううん……？)

しかし着替えて戻ってきた時にはなんというか、空気が悪い！

我が家のサロンが古めかしいからって意味ではありません。いや、古いんですけど。

理由は単純明快。雰囲気がよくない感じだからです。

全員が微妙に離れて座っていて、お互い視線を合わせないようにしている……みたいな。

（なんとも足を踏み入れにくいわあ……）

とはいえキースさまとお義母さまはにこやかに話をされてましたけどね！

あそこだけ、なんかお花が飛んでそうな雰囲気で少しだけホッとしました。

「あらユリア、支度が済んだのね？　じゃあ私も着替えてくるから、お客さまのことをお願い」

「はい、かしこまりました」

私の姿を見つけて笑顔を浮かべたお義母さまは、そう言うとサロンを後にしました。

そんなお義母さまの背中を見送って、キースさまが柔らかく微笑みます。

「すっかり夫人は憑《つ》き物が落ちたかのように穏やかになられたねえ」

「はい、最近悩みが解決したそうで。……とはいえ、お義母さまにとって今回のことはやはりお辛いことと思いますので、パーバス伯爵家に着いた後もできる限り私はお傍にいるつもりです」

「うん、その方がいいだろうね。戻ってきた後のことはファンディッド子爵が引き受けてくれるだろう」

「メレクもおりますから、帰ってきてからのことは心配しておりません」

あくまで心配なのは行くこと、そして行った先でのことですからね！

今回のことはお父さまもメレクもきちんと了承してくれています。

ちゃんと計画そのものについてはお義母さま経由で伝えてありますからね！

反論の手紙が来ていないので、二人も了承してくれたのでしょう。

お義母さまも何も言っていなかったので、多分大丈夫。きっと。

メレクかお父さまがお戻りになったらそこについてはもう一度、念のために確認はしますけどね。

後日行われるであろう葬儀での香典を分けるのか、ファンディッド家としてまとめるのかとか、いろいろとそちらの問題もありますのでね……。多分一緒にするとは思いますが。

私？　当然、今日預けられるように事前準備してきましたよ！

伊達に前世でOLしていません。

私がいた会社は結構お年を召した方が多かったのか、小さい会社だったからなのか、とにかくいろいろとお付き合いが絶えない部署だったので……私としてはストレスフルだったなあ……今更ながらコミュ障を拗らせていたせいで、迷惑をかけたこともあったなと反省しております。

まあその分、嫌な先輩とかの思い出もあったのでそこは痛み分け！

しかし前世の経験があって、今役立つこともあるのですから感謝はしておかないとね。

ちなみに転生したこちらの世界でも香典袋ってものが存在しています。

改めて考えると、ちょっと不思議な感じですよね……。

形状は水引のようなものがついていない、ただ白い封筒ですけどね。

その中にお金と故人へのお手紙を入れる……みたいな感じです。

私も当たり障りのない定型文だけ書いておきましたよ！

お義母さまは実子ですし、もっとちゃんとしたものをご用意なさっておいでのことでしょう。

まあ私は血縁者というわけではないのですが、一応……遠戚にはあたりますし？

ファンディッド家の娘としてね、それなりの対応をさせていただきました。大人ですからね！

おそらくはそういう事情もあって葬式の際に参加する必要はないのですが、ファンディッド子爵家として私もそこに名を連ねることになるのでしょう。

ただ、成人しているので香典の中身については一応出しておこうかなって……。

なんというか、言うなれば私の意地みたいなものですね。

結局家の財産に乗っかって香典一つ用意できない勤め人、なんてパーバス伯爵家の人間に笑われたらたまったもんじゃない。まあ、そこまで頭が回るとは思っていませんが……。

おっと、口が悪くなった。

(キースさまが行くんだから、バウム家も弔問で人を寄越すのかしら。不仲だって話でもあるしそれはないかな。……でも貴族同士の体面上、お悔やみの言葉くらいは書面できっとあるわよね)

だとしたら、それを誰が届けに来るのでしょうか?

まさかと思うけれどこれでアルダールが……ってのはさすがにないか。

(今頃は……きっとまだモンスター退治で忙しくしているだろうしね……)

あの疲れ切った顔を思い出すと、また心配になってきてしまいます。

いくら強いとはいえ、訓練なんかとは比べものにならない、本当に危険な仕事に身を置いている恋人のことを思えば心配にだってなるってものです。

(怪我をしていないといいけど)

なんとなくそんなことを考えていると、サロンの扉が開きました。

そこから入ってきたのは息を切らした、メレクです。

「お、お待たせいたし、まし、た……‼」

きっと報せを受けて大急ぎで戻ってきてくれたのでしょう。

額には汗を浮かべ、息も整わないうちにやってきた弟の姿を見て私も思わず立ち上がりました。

その際、視界の端でミュリエッタさんがぎゅっと手を胸元で握りしめ、かすかに震えながらメレクを見つめているではありませんか。

そのことに気が付いて、思わず動揺しちゃいましたね。

(え、何……どうしたの……⁉)

私がそちらに気を取られつつメレクに歩み寄れば、可愛い弟は笑みを浮かべてくれました。

ハンカチを取り出して額の汗を拭ってやり、そのまま渡すと照れたような顔になるところはまだまだ子供の頃と変わりません。可愛い。うん、うちの弟は可愛い。

「ありがとうございます、姉上。それからおかえりなさい」

「ただいま、それからメレクもおかえりなさい。ごめんね、急がせて……あなたは大丈夫?」

「いえ、このような日が来ることは覚悟しておりましたから。キースさまも、ありがとうございます。父はまだ戻りませんが、代わりにご挨拶を」

「やあメレク殿。そんなに大慌てせずとも大丈夫だというのに……すまないね」

キースさまが静かにそう労えば、メレクも曖昧に微笑みました。

さほど交流があったわけではなくとも身内が亡くなったのですから、メレクにとっても複雑な心境のはずです。しかし、何かを言うでもなくメレクは凛としています。

そんなメレクの姿に感動を覚えていると、弟は怪訝そうな顔をしているではありませんか。

その視線の先にいるのは、ニコラスさんとミュリエッタさんの二人です。

そういえば、ミュリエッタさんはともかくニコラスさんとは初顔合わせでしたね。

「メレク、あちらにいらっしゃるのは王太子殿下の執事をしているニコラス殿。それと、そのお隣がウィナー男爵家のミュリエッタさん。今回の弔問にご一緒することになったのよ」

「……大変お見苦しいところをお見せいたしまして、申し訳ございません。ファンディッド子爵家のメレク・ラヴィと申します」

メレクは丁寧な態度を見せつつ、二人に向かって微笑みました。

何故我が家に王太子殿下の執事と、有名な〝英雄の娘〟がいるのか……何故同行することになったのか……きっと疑問に思っているはずですが、メレクは一切そんなことは態度に出しませんでした！

次期子爵としての自覚もばっちりのようで姉は感激です‼

それに加えてむやみやたらと頭を下げるわけでもなく、かといって身分が違う相手を見下したりするような振る舞いもせず。

これは及第点と言えるでしょう。むしろ花丸をつけてあげたい。

厳しいことを言うならば、マイナス点はお客さまを待たせているからって慌てて飛び込んできたところがまだまだ甘いですね……。いつ何時《なんどき》も優雅に振る舞えるようにならなければ。

私にも言えることですが‼

（まあ、キースさまと私が待っていると思ったんだものね）

お義母さまはニコラスさんたちについては報せなかったのでしょうか？

そこはちょっとわかりませんが……いえ、おそらく私たちが着いたから急ぎ戻ってくれとかなん

とか、そんな端的な呼び戻しだったのでしょう。

先触れが私たちより早く出たとはいえ、それほど大きな差があるとは思えませんし、もしそこまでの差がなく、短時間であったなら仕方のないことです。

（お義母さまをびっくりさせるくらい、こちらは早く着いちゃったわけですしね……）

そう考えると、お義母さまからの手紙が着いてから出発するまでのタイムラグが短縮できた分、パーバス伯爵家へ慌てて行く必要はないのだと思います。

だからってのんびり実家で寛いでいるわけにもいきませんけど……。

お義母さまの気持ちを考えるなら、やはり準備ができ次第出発するべきでしょう！

とはいえ、そのお義母さまがまだ戻っておられないので今はここで待機するしかないのですが。

そう考えていると、ニコラスさんが歩み寄ってきて丁寧にお辞儀しました。

「これはこれは丁寧なご挨拶、痛み入ります。ただいまご紹介にあずかりました、王太子殿下付きの執事をしておりますニコラスと申します。どうぞ次期子爵さまに覚えていただければ幸いです」

「王太子殿下付きならば、さぞかし優秀なのでしょう」

「いいえ、そのような。まだ若輩者ゆえ、先輩方にご指導いただいている身でございます。此度《こたび》は我らもパーバス伯爵さまのご不幸を耳にいたしまして、こうして随行させていただいております」

「そうでしたか」

ニコラスさんの営業スマイルに、メレクも笑顔を返しています。

私としてはこの胡散臭い男が何を考えて弟に話しかけているのかとハラハラしているわけですが、とりあえず何もない……はずです。

さすがにキースさまの前ですし、次期子爵から挨拶をされて無言というのも失礼にあたりますからね。無難に挨拶しているだけだと思います。

当然といえば当然の行動ですから。

なにせニコラスさんがいかに胡散臭かろうと、王太子殿下の執事と名乗っている以上、彼の行動が王太子殿下の評判にも関わることとなりますのでね！

ちなみにですが、ミュリエッタさんは変わらず座ったまま……なんというか、メレクをただじっと見つめていました。何も言わず、ただただ本当にじぃっとね。

うちの弟に一目惚れでもしちゃった？　なんて内心で茶化すこともできないほど、彼女はひどい顔色をしていました。

上位の貴族に挨拶されたのに立ち上がらない、そんなマナー違反を注意できないほどに、ひどい顔色です。

（そう、まるでひどいショックを受けたような……）

しかし私の弟のことなど『いたの？』レベルで知らなかった彼女が、なんでそんなにショックを受けたのか、さっぱりわかりません。

ニコラスさんも奇妙に思うのか、私の方を見ましたが……私だって知りませんよ！

「あの、ミュリエッタさん。もしかして具合が悪いのですか？　よければ医師を呼びましょうか？」

「え？」

「確かにゆっくりはしていられませんが、幸いにもここに来るまでが順調でしたから、急がなくても余裕はあります。顔色も悪いですし……無理はしなくていいですから」

とにかく彼女の顔色はひどくて、震えてもいます。

これが演技とは思えず、私はそう声をかけたのですが……彼女は私の言葉にハッとした様子を見せたかと思うと、すぐに貼り付けたような笑顔を見せて立ち上がりました。

「いえ！　大丈夫です！」

「そ、そうですか？　無理はしないでくださいね？」

「はい、ありがとうございます。あたし、ちょっと緊張してて……あの！　ファンディッドさま、初めまして。ウィナー男爵家のミュリエッタと申します」

「……覚えておられないようですが、初めてではありませんよ。ですが一度だけのご挨拶でしたからね、それも仕方ないのかもしれません」

「えっ！　す、すみません……い、いつのことでしょうか」

「生誕祭のパーティで、僕の婚約者と共にご挨拶をさせていただきました」

「えっ‼」

メレクの言葉にミュリエッタさんが顔を強張らせました。

そういえば、あのパーティの日は叙爵したばかりの男爵が、王城勤務の文官に連れられて周囲の貴族に挨拶して回ったと聞いています。

その横でミュリエッタさんも一緒に挨拶はしていたはずですよね。

おそらく、統括侍女さまが横で目を光らせていたことでしょうけど。

（まさかメレクが覚えてもらえていなかっただけだとは……）

いやまあ、大勢と挨拶したらいっぺんには覚えられないものですよね。

しかし同い年くらいの貴族の令息と挨拶を交わしたら、結構印象に残っていそうなものですが……。

それに姉の贔屓目《ひいきめ》かもしれませんが、うちのメレクはなかなかイイオトコなんです！

素朴で穏やかな人柄に加えて、努力家ですよ？　素晴らしいじゃありませんか。

そりゃまあうちの家系らしく並外れた美形とかではありませんが、お義母さまの遺伝子が良い働きをして見目麗しいとまではいかなくても十分好青年です！

私から見たらまだまだ少年ですけども、これからニョキニョキ伸びていくことでしょう。

背丈が抜かれたからって、婚約者ができたからって、可愛い弟は可愛い弟のままですのでこれからもずっと可愛いって言い続けますけど、何か！

（なんか悔しいな、うちのメレクだって絶対イイオトコなんだぞう）

多分、ミュリエッタさんはアルダール以外、眼中になかったんでしょうね。これっぽっちもね！

とはいえ、挨拶をした貴族のことをできる限り覚えておくよう忠告もされていて、これとは……。

（まあ、あの日はプリメラさまに失礼を働くっていうとんでもないことを仕出かして、統括侍女さまを怒らせちゃったからなあ）

彼女は監視の目が厳しくてパーティを楽しむどころじゃなかったんだと思います。

なんとなく気まずい雰囲気の中、にやにや笑うキースさまと、お決まりの胡散臭いスマイルを浮かべたニコラスさんは、メレクとミュリエッタさんのやり取りを観察……もとい、見守るだけのようです。

どうやら彼女をフォローする気は欠片もないようですね！

（私が助けに入ってもいいけど……）

なんせ顔色の悪い彼女を見ていると、なんだか落ち着かないじゃないですか。

メレクだって責めている訳ではないのでしょうし……。

私は小さくため息を吐いてから、二人に向けて笑顔を浮かべました。

「改めてご挨拶できて二人ともよかったではありませんか。ミュリエッタさんは生誕祭の頃とあれば、大勢に挨拶されて覚え切れていなかったのでしょう。次の社交ではお気を付けくださいね」

「は……はい！　あの、覚えていなくて……大変失礼いたしました。以後、気をつけます」

「メレクも。ミュリエッタさんについては噂で聞いているとは思うけれど、学園に入学される予定の、大変優秀な方なのよ。オルタンス嬢とも先輩後輩の仲になるのだし、見かけたら挨拶をしてあげてね」

「はい、姉上」

率先して関わりを持ちたいとは思わないけれど、社交辞令的にはこのくらい許されるのではないでしょうか。年長者としてできる限りのフォローはしたと思いますよ！

あからさまにホッとした様子のミュリエッタさんでしたが、お義母さまが戻ってきたことでまたなんともいえない表情を浮かべました。情緒どうしたの。

「あらメレク、戻っていたのね。みなさんにご挨拶は済んだのかしら？」

「はい、ちょうど終えたところです」

「そう。ウィナー嬢、これが私の息子なの。貴女と年も近いから、見かけたら仲良くしてあげてね」

「母上、小さい子供じゃないんですから……」

「あら、ごめんなさいね」

メレクがお義母さまの言葉に困ったような声を上げましたが、苦笑するお義母さまの中ではおそらくミュリエッタさんは小さい子供に思えているのかもしれません。

それでつい、そんな扱いをしてしまったのでしょう。

「ウィナー嬢？　どうしたの、大丈夫？」

「あ、いえ。……こんな、大きなお子さんがいるようには、やっぱり……見えなくて。あの、びっくり、しました。びっくりしただけ、です……」

「そう？　うふふ、照れちゃうわね」

ミュリエッタさんが無理矢理貼り付けた笑顔でそう言うのをお義母さまが嬉しそうに受け止める光景は、なんだか……第三者である私からすると、とても奇妙な光景でした。

「それじゃあ慌ただしいけれど、出発をしようか」

どうして……と、それを思わず探ろうとしたところでキースさまが手を叩いて、満面の笑みを私たちに向けたのを見て、私はハッとしました。

そしてそんな私に向かって、ニコラスさんが他の人に見えないように、指を唇に当てています。

（……静かにしていろって？）

どういうことなんだろう。

一体、ミュリエッタさんに、何が起こっているのでしょうか？

私にはやっぱり何もわからなくて、ほんの少しだけイラッとしました。また蚊帳の外なんでしょうか？

いいえ、私は諦めませんよ！

蚊帳の外で守られるだけの、深窓のご令嬢なんて私の性に合いません‼

（そうよ、私はご令嬢じゃないの。侍女なんだから！）

思惑なんて知ったこっちゃないのです。

これまで培ってきた経験という武器をもって私は立ち向かってやろうじゃありませんか。

自分の力で守って見せますよ、侍女ライフ‼

番外編　聞こえてくる、現実の足音

あたしは、何も間違ってなんかいない。そのはずだ。

恋は素敵なものでしょ？

誰だって素敵な恋に憧れる。あたしだって、そうだ。

あたしはこの世界のヒロインに生まれ変わった。

だから、素敵な恋を手にするために生まれてきたようなものだと信じているの。

それって当たり前のことでしょう？

可愛いし、強いし、貴族にもなっちゃうしで完全無欠とはまさにこのことって感じだもの！

（……どこでどう間違えたのか、修正が大変だけどね）

ちょっと調子に乗ってたのは認めなくっちゃいけない。

上手くいかなくて悔しいし、なんで上手くいかないのって不満にも思うけど……それだけじゃあだめなんだってことくらい、あたしはちゃあんとわかってる。

反省は次に活かすものだって誰かが言っていたものね。

言っていたのは、家庭教師さんだっけ？　侍女さんだっけ？　もう忘れちゃった。

とにかく、これまでのいろんな失敗に対して反省したって示さなきゃ！

しおらしい態度で治癒師として努力するあたしの姿を見たら、きっとみんな注目してくれるわ。

（若くて可憐《かれん》なレディであるあたしに、みんな夢中になるのが目に浮かぶよね！）

まあ、あたしの目的はアルダールさまただ一人なんだけど……。

なのにお目当ての相手からは遠ざけられて、近づいてくるのって言ったらろくでもない感じの連中ばかりで本当にいやになる。

この間もタルボットさんが急ぎの用事があるとかで来なかった日、ちょーっとだけでも息抜きがしたいなって思って町に出たら、変な男に絡まれたし！

なによ、あの男！　言うに事欠いて『嫁にしてやるからありがたく思え』って‼

話を無理矢理聞かされたところ、あの侍女さんの親戚にあたるらしい。

（ほんと、いやんなっちゃう！）

タルボット商会とも縁が切れてしまいそうだしアルダールさまを見返してやりたいからお前で手を打ってやる、感謝しろ……みたいなことを言ってきたから、ぶん殴ってやろうかと思った。

（まあ、あたしは淑女だからそんなことしないけど）

一体何様だって感じじゃない？

だって、あたしは、恋をしている。あんたなんてお呼びじゃないのよ。

そりゃまあ、まだその恋は実っていないけど……でも、この世界に生まれるよりも前、それこそ前世から持っている恋心だもの。

運命。それ以外、この恋に名前をつけようがないでしょ？

そりゃまあ、その恋心が先走って警戒されちゃったり、恋人がいることに焦ってたくさん失敗もしちゃったけど……大丈夫よ。あたしは、ヒロインだもの。

物語のヒロインなあたしがいろいろ失敗するのは、きっと必要な試練だから。

最終的には試練を乗り越えて本当に運命の相手と結ばれる。なんてロマンチックなんだろう。

アルダールさまだって、頑張るあたしの魅力にいつか気づいてくれるはず！

……だけど、だけどよ？

ふと、気づいてしまったの。それって、本当にそうなのかな？　って……。

あのモブ侍女であるユリアさまの継母《ままはは》って人に出会って、あたしから見たらすごく若いのにもう子供があたしと同じくらいいって！

それが当たり前なんだって言われて……。

(恋をするって、思ってた)

恋をして、恋人ができて、二人で愛を育んで。

……その、先は？　ゲームだったら恋が実ってハッピーエンド。

でも現実は？　それに気が付いてしまった。

漠然とした未来を、あたしは描いていた。あの【ゲーム】のエンディングの、その先を。

アルダールさまと結ばれて冒険者になって、その日暮らしをする。

あたしたちの実力なら問題なんて何もないし、どこに行ったたって歓迎されると思っていたから不安なんてない。そこにはただ、自由な世界が待っている。

ゲーム通りならバウム家の人たちは家を出ることを決めたアルダールさまに対し、表立っては何もしてあげられないけどって精一杯の祝福の言葉をくれて……そうしてあたしたちは、幸せになるのだ。

(そう思ってた。今でも思ってる。だけど)

でも、貴族だけじゃない。

農民だって何だって、この世界では早くに結婚して子供を産んで、日々暮らしている。

あたしも、見てきた。

同い年くらいの女の子が、冒険者をするあたしのこと自由で羨ましいって、もうすぐ嫁がなきゃいけないとか、村にいなくちゃいけないよそに憧れる……って言っていたことを、あたしは確かに見聞きした。

女性が冒険者になったり職を得たりするのは珍しいけど、いないわけじゃない。

そんな珍しい中で、更にあたしの状況は特殊だと自覚もしてる。

(違うわ、あたしはみんなを幸せにできる、唯一のヒロインなのよ)

みんな。

そうよ、あたしがゲームの中で見てきた全てのキャラたち。

みんなに幸せになってほしいから、もっと被害が出るはずだった巨大モンスターだってお父さんと協力して早く倒してあげた。

エーレンだってもっと暗い過去になるところを早めに接触して助けてあげた。

本当だったら肉まんじゅうのプリメラとだってお友達になってあげるつもりだったし、我儘娘のスカーレットだってちゃんと理解者になってあげるつもりだった。

なのに、なのに全部、違っていたから……あたしが、あたしのすることがなかっただけで。

あたしは、ちゃんとみんなを幸せにするつもりだったのよ！

(お父さんとお母さんは仲の良い夫婦だった)

恋をしてたくさんデートをし、愛し愛され、結ばれた……。

あたしはそう、聞いていた。それを聞いて、素直に素敵だって思っていたの。

あたしもそんな風に恋をしようって、小さい頃から思っていたのよ。

(みんなに祝福されて、恋した人と自由に生きるんだって)

でも違った。

ニコラスから聞いた話だと、お父さんたちは駆け落ちだった。

お母さんは自分の家族を捨てて、お父さんとの恋に生きて……死んでしまったんだ。

祝福してくれた人がどれだけいたかなんてわからない。だって駆け落ちするくらいだもの、反対されていた方が多かったんじゃないだろうか。

お父さんに聞こうかと思ったけど、怖くて聞けなかった。

(あたしが憧れるのは、祝福された関係で……でもそれって、どこに繋がるの?)

パーバス伯爵家の、あのぶん殴ってやりたい男に謝罪させるために行くぞって、あたしの意見なんか無視でニコラスに連れて行かれた先には、何故か侍女さんがいた。

しかもなんでかパーバス伯爵家に行く途中で、侍女さんの家にも行かなくちゃいけないって言われて、あたしはもうどうしていいかわからなかった。

あたしが頭を悩ませる理由になった、あの継母さんにまた会ってしまった。

自分の中に渦巻く疑問に答えが出ない。

ぐるぐるした疑問だけがまた頭を占めて、気分が悪い。

あの継母さんは恋なんてしないまま結婚して、でも幸せだって言っていた。

義理の娘も、実の息子も大切だって……見ただけでも、わかった。

だって、子供たちのことを語るその眼差しは、お父さんがあたしに話しかけてくれるのと同じだから。

(どうして？　どうしてそう思えるの？)

継母さんの姿が、アルダールさまとあたしが恋を実らせなかった未来みたいで、気持ち悪い。

あたしは恋がしたいの。

恋をして、恋をされて、自分の力で幸せになりたいの！

そのためには、笑顔でいなきゃ。

ヒロインは、笑顔の可愛い女の子だもの！

だからあたしは、気持ち悪いのを抑え込んで、侍女さんの弟にも笑顔で挨拶をした。

「……覚えておられないようですが、初めてではありませんよ。ですが一度だけのご挨拶でしたからね、それも仕方ないのかもしれません」

「えっ！　す、すみません……い、いつのことでしょうか」

「生誕祭のパーティで、僕の婚約者と共にご挨拶をさせていただきました」

「えっ‼」

でも、ここでもまた失敗してしまった。

そういえばオルタンスちゃんがいたことは覚えてるんだけど……。

まだ学園に入る前だし、イベントでもないからいいかなって思ったんだよね。

(まさか、こんなことがあるなんて思わなかったんだもん‼)

その時、隣にいた男の子がまさか侍女さんの弟だなんて！

オルタンスちゃんがいたんだから、イベントがどうのとか考えずに愛想よくして、ちゃんとサポートキャラの近くにいる人にまで目を配るんだった。

ここは現実なのだ。ゲームに出てくるキャラだけじゃ、成り立たない。

それをちゃんと理解していたはずなのに。

（そうよ、ここは……現実、なんだわ）

わかっている。わかっていた。わかっていたつもりだった。

でもそれは、本当の意味であたしは理解できていたんだろうか？

（あの継母さんが、産んだ子が、この人）

こんなに大きな、男の子……いいえ、あたしよりも背が高くて、もう男の人だわ。

あたしは、アルダールさまと結ばれる。

それがお互いにとって、最高の幸せに繋がるんだって信じている。

信じているけど……ああ、頭がこんがらがる！

（いいえ、あたしはヒロインなのよ。ミュリエッタはいつだって前を向くの。諦めないの。前を向いて、明るく未来を切り開くのよ！）

こんな現実、知りたくなかった。

いいえ、知ろうとしなかった？

（違うわ！　あたしにとっての現実は、学園生活が始まってからなんだから。これからなのよ！）

学園生活が始まって、神童って前以上に褒められて、でも驕《おご》らず治癒師としても努力を続けていく。

そうしたら今までの非礼な振る舞いは無知だったからだって、周りも納得してくれるだろうって家庭教師さんも、タルボットさんも言っていた。

（そうよ、これからなんだから！）

でも、もし上手くいかなかったら？　そんな考えが、頭を過《よぎ》った。

ゲームと違う現実世界、違うことなんていくらだってあるはずだ。

前世の記憶があったから、違うことをしても、違うことにぶつかっても、同じように進めようとしたツケがここに来ているんじゃないの？

そもそもシナリオにだって、現実との違いがあってもおかしくないんじゃないの？

（違う！　違う、違う……違う違う違う‼　そんなことない、そんなはずがないのよ！）

頭の中で顔を覗かせた不安を、あたしは頭を振って追い出した。

思い出さないように、迷わないように。

ぎゅっと痛いくらい手を握って、自分は大丈夫だと言い聞かせる。

爪を噛みたいけど、我慢する。ここはまだ、人前だから。

（あたしは努力してきた。なにもせず、運だけでのし上がったわけじゃない！　これからだって、上手くやるわ。やってみせるんだから……！）

だってあたしは、ヒロインなのだから。

番外編　息子は、かく願うのだ

祖父が、亡くなった。

いや、もう長くないだろうという話は母から聞いていたから、今更驚くこともない。

それに……なんというか、殆ど会ったことがない人だし、つい最近会えた時には印象も最悪だったから、きっとその報せを受けても僕は何も思わないのだろう……そうとしか思っていなかった。

(だけど)

それは、小さな雫《しずく》が静かな湖面に生み出す波紋のように、僕の心を波立てる。

だがそこについて今、自分のことを考えるよりも前に、しなければならないことがある。

僕は父上と共に行っていた視察を中断し、一人で家に帰った。

祖父の訃報が届いたら、母上と僕に来るよう連絡が来るはずだ。

だがその通りにせず、まずは姉上が到着するのを待つ。そういう手筈だった。

(まさか姉上がこんなに早く来るなんて)

それは想定外だったのだ！

きっと姉上の方でもあれこれ対策を練っておられるだろうから、そのことについて少し話を伺った上で出立なさるに違いない。

キースさまもご一緒する予定だと、事前に聞いていたから尚更急がねばと思った。

大慌てで取るものもとりあえず急ぎ家に戻って、皆が待つというサロンに向かって扉を開ける。

そこにいたのは、母上とキースさま、そして姉上……だけではなく、見知らぬ男性と、そして〝英雄の娘〟の姿もあった。

僕の視線に気づいたのだろう、姉上が笑みを浮かべて紹介してくれる。

「メレク、あちらにいらっしゃるのは王太子殿下の執事をしているニコラス殿。それと、そのお隣がウィナー男爵家のミュリエッタさん。今回の弔問にご一緒することになったのよ」

王太子殿下の執事？

何故そんな人が一介の伯爵のところへ弔問に行くというのだろう。

少なくともパーバス伯爵家は王家の覚えめでたい家ではなかったと記憶しているが……それなりに王家が国内貴族に対し敬意を払ってくれるにしても、王太子殿下の執事が行くなんて妙な話だ。

それに加えて、隣にいる〝英雄の娘〟。

彼女はひどく場違いな気もする。

だが、それについて聞いてはならない。そんな気がした。

「……大変お見苦しいところをお見せいたしまして、申し訳ございません。ファンディッド子爵家のメレク・ラヴィと申します」

「これはこれは丁寧なご挨拶、痛み入ります。ただいまご紹介にあずかりました、王太子殿下付きの執事をしておりますニコラスと申します。どうぞ次期子爵さまに覚えていただければ幸いです」

「王太子殿下付きならば、さぞかし優秀なのでしょう」

「いいえ、そのような。まだ若輩者ゆえ、先輩方にご指導いただいている身でございます。此度は我らもパーバス伯爵さまのご不幸を耳にいたしまして、こうして随行させていただいております」

「そうでしたか」

ありきたりなやり取り。

目の前の執事服を身に纏《まと》った青年は、とてもにこやかで柔らかな雰囲気を湛えている。

姉上は彼が苦手なのだろうか？　少しばかり距離がある気がする。

そんなことを思っていると、姉上は〝英雄の娘〟に歩み寄っていた。

「あの、ミュリエッタさん。もしかして具合が悪いのですか？　よければ医師を呼びましょうか？」

「え？」

「確かにゆっくりはしていられませんが、幸いにもここに来るまでが順調でしたから、急がなくても余裕はあります。顔色も悪いですし……無理はしなくていいですから」

姉上に言われて僕も彼女の顔色が悪いことにようやく気が付いた。

ああ、反応が何かおかしかったのは具合が悪いせいだったのか。

僕は相変わらず気が回らないなと反省しつつ、それに気が付いて優しく声をかける姉上を尊敬した。

噂ではこの〝英雄の娘〟は姉上の恋人であるバウム卿に懸想《けそう》してやらかしている……と聞いている。それなのに大人の対応をするその姿に、僕はまだまだ姉上に届かないなと痛感したのだ。

ふとセレッセ伯爵さま……いいや、キースさまが僕を見て笑っていることに気が付いて、苦笑で返す。

きっとまだまだだと思われているんだろうなあ。

そんなことを考えていると、姉上の心配を受けて〝英雄の娘〟が立ち上がった。

「いえ！　大丈夫です！」

「そ、そうですか？　無理はしないでくださいね」

「はい、ありがとうございます。あたし、ちょっと緊張してて……あの！　ファンディッドさま、初めまして。ウィナー男爵家のミュリエッタと申します」

どうやら元気だとアピールしているようだ。

そしてそれ以上何かを言われないようにだろう、僕の方にやってきて挨拶をしてきた。

だが、一応訂正しておくべきだろうか？

こういうことはあまりなあなあにすると良くないと聞いているし……。

「……覚えておられないようですが、初めてではありませんよ。ですが一度だけのご挨拶でしたからね、それも仕方ないのかもしれません」

「えっ！　す、すみません……い、いつのことでしょうか」

「生誕祭のパーティで、僕の婚約者と共にご挨拶をさせていただきました」

「えっ‼」

盛大に驚く彼女に、苦笑する。

貴族社会において目上の人間との挨拶を忘れるのは、マナー違反だ。

もちろん僕もそうだけれど、みんな人間だから、全員を覚えておくことは厳しいだろう。

でもあの生誕祭のパーティでは彼女と同い年の貴族令嬢・令息はあまり彼らと挨拶をしていなかった。貴族家当主とか、そういう立場の人が多かったから遠慮していたんだと思う。

だから同年代である僕とオルタンスは珍しい部類だったと思っていただけに、少し残念な気持ちになった。特に、僕の婚約者であるオルタンスは彼女が学園に入ってくると聞いて期待もしていたし、仲良くできたら嬉しいと喜んでいたのだ。

まあ、結果は……今のところ『仲良くなろうとは思わない』というものらしいけれど。

（なるほど、頭脳明晰《めいせき》で治癒師としても名を馳せたところで、令嬢教育は上手くいっていないのかなんなのか。こちらの執事さんはお目付役なのか？）

姉上と共にいるということは、バウム卿絡みなのだろうか。

確かパーバス伯爵家はバウム家とも、セレッセ家とも因縁があるという話だったし、あり得ないことでもないだろう。

（姉上も、難儀なものだなあ）

きっとまた何かよくわからないことに巻き込まれているのであろう姉を思うと、僕は苦笑したくなる。

その立場から仕方のないこともあるのだろうし、我が家の立ち位置を考えればどこに何を言われても従う他ないというのがわかるだけに申し訳なくもなる。

僕が当主になった後は、少なくともファンディッド家のことで姉上を煩わせないよう……そこだけでもしっかりとしなくてはと改めて思った。

しかし彼女は淑女としてこれからも苦労しそうだな……そう思ったところで姉上がやんわりと笑う。

「改めてご挨拶できて二人ともよかったではありませんか。ミュリエッタさんは生誕祭の頃とあれば、大勢に挨拶されて覚え切れていなかったのでしょう。次の社交ではお気を付けくださいね」

「は……はい！　あの、覚えていなくて……大変失礼いたしました。以後、気をつけます」

謝罪の仕方がいまいち令嬢らしくないが、これはこれで彼女らしいのかもしれない。

僕としてもそこまで礼儀作法にきっちりとしていなくてはダメだと思う人間ではないので、彼女の謝罪については受け入れることにして、頷いておいた。

きっと、その役目は僕ではないだろうから。

「メレクも。ミュリエッタさんについては噂で聞いているとは思うけれど、学園に入学される予定の、大変優秀な方なのよ。オルタンス嬢とも先輩後輩の仲になるのだし、見かけたら挨拶をしてあげてね」

「はい、姉上」

返事はしたものの、率先して関わりを持ちたいとは思わないけれどね。

それでも姉上がこのように仰るのだから、否定だけはしないでおこう。

まあそもそも、治癒師として王都で働く彼女がファンディッド子爵領にまで来ることもないだろう。

オルタンスが仲良くしているならともかく、今後お近づきになる必要性も感じない。

ウィナー嬢の持つ〝英雄の娘〟という名前は強い影響力を持っているのだろうが、僕には大きすぎる話だし、特別仲良くして恩恵に与《あず》かろうとも思わない。

姉上の言葉にあからさまにホッとした様子のウィナー嬢も、きっと似たような気持ちなのではないだろうか？　彼女は彼女で苦労しているのかもしれない。

（オルタンスが〝英雄〟父娘を巡って貴族たちの間でいろいろあるようだって言ってたしな）

生まれながらの貴族でも苦労するのだ、貴族に〝なった〟側はもっと大変なんだろう。

そう思うと同情する気持ちはわくが、それでも親しくしようとは思わなかった。

姉上との件がなければ、もう少しあったかもしれないけどね。

（そういえば、ディーンも彼女のことをよく思っていないいんだっけ）

そんなことを手紙に書いてきたような気もする。

基本的に人の悪口や好き嫌いを言わないように心がけているディーンにしては珍しく、ほんの少しだけ愚痴を零すような書き方をしていたなと、ふと思い出した。

だけれど、それもすぐ母上がサロンに戻ったことでどこかへ霧散《むさん》する。

「あらメレク、戻っていたのね。みなさんにご挨拶は済んだのかしら？」

「はい、ちょうど終えたところです」

「そう。ウィナー嬢、これが私の息子なの。貴女と年も近いから、見かけたら仲良くしてあげてね」

「母上、小さい子供じゃないんですから……」

「あら、ごめんなさいね」

言われて仲良くするつもりは特にない、なんて大人げないことはもちろん言わないが、かといって子供扱いのように言われるのもなんだか他の人の手前むずがゆい。

だが母上は来客がいることで少しだけ、気が紛れているのだろうと思えばホッとした。

息子の僕の目から見ても、随分と憔悴《しょうすい》していたから。

姉上も心配そうに母上を見ていることから、きっと誰の目にも明らかなのだろう。

(それに、パーバス家との問題もある)

僕と母上を捕まえて姉上を呼び出し、タルボット商会との縁を繋ぎ直そうとしている、あるいは他の高位貴族と縁を繋がせようとしている……なんて言われても、正直なところあまり実感はない。

ただ、祖父と伯父、従兄《いとこ》と顔を合わせてそんな馬鹿なと笑えないところが、もっと笑えないのも事実。

僕でさえそうなのだから、母上はどうなのだろうか。

なかなか心の内を語ってくださらない母上は今、穏やかにウィナー嬢と話している。

「ウィナー嬢？　どうしたの、大丈夫？」

「あ、いえ。……こんな、大きなお子さんがいるようには、やっぱり……見えなくて。あの、びっくり、しました。びっくりしただけ、です……」

「そう？　うふふ、照れちゃうわね」

母上はどこか誇らしげに、笑った。そして照れているのだろう。

そっと頬に手をやって微笑む母上が、どうかこれ以上実家のことで悩まされることなく過ごせる日が早く来てほしいと、僕はそう思うのだった。

転生しまして、
現在は侍女でございます。9

おとぎ話も楽じゃない！
～転生して今は魔女だけど、悪役ではありません～

著：玉《たま》響《ゆら》なつめ　イラスト：眠《ねむ》介《すけ》

ファンタジー感満載の世界に転生したクロエ。彼女は前世の知識を活かして、魔女として化粧品や薬を販売する店を細々と営んでいた。そんなクロエのもとにある日突然、姉弟子の使いを名乗る強面のイケメン人魚ルドヴィクが現れる。彼が告げた依頼内容は、地上に家出した人魚姫ソフィを一緒に捜索することだった……！

（これってまさしく『人魚姫』では？）

クロエは前世で読んだ『人魚姫』の物語と、現在の状況がよく似ていることに気づく。ソフィの身に危険が及ぶと、人魚の国との国際問題に発展するうえ、自分と姉弟子が罪に問われてしまう……。クロエは自分の居場所を守るため、姉弟子の依頼を完遂するために『人魚姫』の悲恋の結末回避を目指すのだった!!

チートを使わずに頑張る“モブ魔女”の異世界転生ファンタジー！

転生しまして、
現在は侍女でございます。 9

＊本作は「小説家になろう」（https://syosetu.com/）に掲載されていた作品を、大幅に加筆修正したものとなります。
＊この作品はフィクションです。実在の人物・団体・事件・地名・名称等とは一切関係ありません。

2023年3月20日　第一刷発行

著者 ……………………………………………… 玉響なつめ
©TAMAYURA NATSUME/Frontier Works Inc.
イラスト ……………………………………………… 仁藤あかね
発行者 ……………………………………………… 辻 政英
発行所 ……………………………… 株式会社フロンティアワークス
〒170-0013　東京都豊島区東池袋 3-22-17
東池袋セントラルプレイス 5F
営業　TEL 03-5957-1030　FAX 03-5957-1533
アリアンローズ公式サイト　https://arianrose.jp/
フォーマットデザイン …………………………… ウエダデザイン室
装丁デザイン ………………………… 鈴木 勉（BELL'S GRAPHICS）
印刷所 ……………………………………… シナノ書籍印刷株式会社